CW01653785

MONSIEUR OPTIMISTE

Alain Berenboom

MONSIEUR OPTIMISTE

les POCHES BELGES

GENÈSE ÉDITION

Yes, my heart belongs to Daddy
So I simply couldn't be bad.
Yes, my heart belongs to Daddy
Da-da-da Da-da-da Da-daaad.

Cole Porter

À la mort de mon père, il n'y eut pas d'autopsie. Pourquoi la justice s'intéresserait-elle à la disparition d'un brave pharmacien retraité ? « Crise cardiaque », déclara le médecin. « Comme tout le monde, ajouta-t-il avec un soupir. Moi-même, je ne me sens pas très bien. »

Ma mère ne réagit pas. Assise sagement sur la chaise en plastique orange de la salle d'attente des urgences, elle s'efforçait de retenir ses larmes en suivant la fumée de sa cigarette monter vers le plafond. Moi, j'étais trop assommé pour me cabrer. Il me fallut bien des années pour comprendre que tout cela était trop banal pour être honnête. On ne se méfie jamais assez des dossiers fermés avant d'avoir été ouverts.

Une heure après l'hospitalisation de mon père, le médecin sortit de la salle de réanimation. Il prit soin de refermer la porte métallique derrière lui, comme pour empêcher l'âme de mon père de le suivre. Il s'approcha de moi et me tendit sa montre en hochant la tête d'un air soucieux. J'ai vite compris la raison de son inquiétude. Le verre de la montre était étoilé et moi, j'étais avocat. La montre s'était cassée pendant qu'on essayait en vain de le ranimer. La responsabilité médicale, ça peut coûter cher. Voilà ce que je lisais dans ses yeux, alors qu'il venait de fermer ceux de mon père. Il avait tort de s'en faire. Ma mère n'a pas protesté (je parle du décès, pas de la montre). Elle s'est contentée de pleurer et de survivre. Ou au moins d'essayer. Dans notre famille, il est de tradition de ne pas remuer le passé. On verra bientôt pourquoi. De plus, elle n'a jamais été du genre bavard. Alors, moi non plus, je n'ai pas insisté, je n'ai pas cherché à savoir.

À propos, malgré son verre étoilé, la montre marche toujours.

LA PHOTO

Un enquêteur scrupuleux aurait eu l'attention attirée par un certain nombre d'indices bizarres. La méfiance de mes parents pour les caméras, par exemple. Il n'existe d'eux aucune photo de vacances, de fête, de pique-nique. Même pas de photos de groupe en compagnie d'amis. Et sur les clichés qu'ils ont pris ou laissé prendre de moi, j'apparais seul dans le cadre, petit garçon un peu perdu, tendant les bras vers quelqu'un que l'objectif a évité de montrer ou prêt à filer dans ma petite voiture à tombeau ouvert très loin du domicile familial, alors que les autres gosses de mon âge sont immortalisés dans les bras de leur maman ou tenant fièrement leur papa par la main. Vous trouvez ça normal ?

Dans son ambition de vivre en anonyme, mon père a magnifiquement réussi. Jusqu'à ce jour funeste de janvier 1979 où la Camarde l'a surpris. Il a eu beau errer de ville en ville, multiplier les précautions, changer d'identité et d'adresse plusieurs fois, se perdre au milieu d'une grande ville, loin de son pays natal où la plus grande partie de sa famille est partie en fumée, il a fini par être rattrapé. Mais par qui ? Quel est ce vengeur masqué, l'homme, la femme – ou le couple – qui lui a brisé l'élan, détruit la vie, trahit l'innocence, l'organisation, le service, le pays, qui l'a mis en danger ? Mon père le savait-il lui-même ? Ses multiples changements de nom, sa peur des portraits, son silence sur son passé – avec la complicité de ma mère –, le laissent penser. Mais qui, à notre époque, peut prétendre à l'oubli ?

PETITE PRÉCISION : LES ÉVÉNEMENTS ET LES PERSONNAGES DE CE LIVRE SONT...

Ce que je connais de mes parents se résume à peu de choses. Je suis leur seul enfant (à ma connaissance, mais j'en sais si peu). En tout cas, leur fils préféré. Mon père avait quarante ans quand je suis né et ma mère trente-deux. Ajoutez-y sept ou huit ans avant que mes propres souvenirs ne commencent à émerger de la brume. Mais je me méfie. Mon témoignage est bien fragile. J'ai une très mauvaise mémoire. De toute façon, me souvenir de quoi ? Pendant toutes les années que j'ai vécues avec eux, mes parents ont pris soin de ne pas me raconter leur passé, ne laissant échapper que quelques bribes d'histoires incompréhensibles. Que sais-je d'eux ? Mon père travaillait tard, toujours planqué au fond de sa pharmacie, y compris le samedi. Le dimanche après-midi, on allait se promener tous les trois dans les rues animées du centre-ville, entre la place de Brouckère et la Grand Place. On se précipitait, quand il pleuvait, au cinéma ou dans les musées, après une heure de lecture de la Bible le matin avant le déjeuner. Où trouver dans ce programme le temps d'ouvrir les armoires bien fermées et de remuer les ombres de la famille ? Chez nous, personne n'aimait se livrer, soulever le couvercle de l'intimité, gratter les histoires de famille. Les années de guerre ? Effacées, passées à l'eau de Javel.

Qui se soucie de la vie de ses parents ? Qui a la curiosité, la force ou simplement l'idée de percer leurs secrets, de violer leur jardin personnel ? Pour un enfant, les parents n'ont pas d'âge, pas d'histoire, pas de passé et surtout pas de mystère. À l'adolescence, on ne s'intéresse qu'à soi. Plus tard, après avoir quitté le nid, on ne les voit plus qu'un dimanche de temps en temps, puis aux fêtes d'anniversaire, à la nouvelle année. Et que reste-t-il de nos parents quand la tentation nous prend enfin d'ouvrir la boîte de Pandore ? Des morceaux d'histoires qui leur ont échappé et qu'on a miraculeusement retenus, on ne sait pourquoi : le nom d'un ancien ami – ou d'un ennemi – à qui ils n'ont jamais pardonné, des rancœurs familiales à l'origine obscure.

Parfois mes parents racontaient en riant une scène dont j'ignorais le contexte, dont je ne connaîtrai jamais le début ni la fin, sans que personne ne m'explique ce qui la rendait si amusante. Les soirs où il y avait « de la visite », ma mère me couchait tôt. Dès que leurs amis sonnaient à la porte, je m'échappais de mon lit pour saisir leurs secrets. Du couloir sombre où je les guettais, je n'entendais que des propos affreusement décevants. Des conversations banales à pleurer. Il était question de vacances (« Où aller se détendre sans croiser d'Allemands ? »), de la situation politique en Europe de l'Est (« Regardez ce que sont devenus nos amis communistes rentrés en Pologne après la guerre, l'air conquérant, en imaginant que des Juifs pourraient y vivre comme des rois ! »), du nombre de Juifs touchés par la chasse aux sorcières aux États-Unis (« Qu'ils fassent de bons films plutôt que de la propagande pour Staline ! »), et surtout de la crainte que le tout jeune État d'Israël, aussi maigre sur la carte qu'un poivron sec, ne puisse survive aux attaques de ses voisins ou des terroristes venus de la ville maudite de Gaza, poussés par Nasser, le nouveau raïs qui avait brisé la douce coexistence séculaire des juifs et des musulmans d'Alexandrie. S'exprimaient-ils dans un langage codé par crainte d'espions antisémites ?

Mon père remplissait les verres d'une liqueur épaisse et rougeâtre qu'il distillait lui-même, avant de vider la bouteille de vodka polonaise que lui avait donnée un membre de l'ambassade en échange de pilules miracles ou d'une crème de beauté censée transformer sa femme en star occidentale. Pendant qu'ils jouaient à la canasta, ils mangeaient le gâteau préparé par ma mère, ce qui asséchait la conversation. Du moins, je l'imagine. Car j'avais regagné mon lit, vaincu par le sommeil et saoulé par des sous-entendus que je ne parvenais pas à déchiffrer.

À la mort de mon père, je ne vivais plus avec mes parents depuis plusieurs années. Après l'enterrement, ma mère a réintégré l'appartement où elle a passé le reste de sa vie sans rien changer à l'ordre des choses. Il ne me serait pas venu à l'idée de toucher à la grande armoire du hall où s'accumulaient leurs papiers. Dès que j'ouvrais l'armoire où il y avait aussi des livres et l'album photo, elle me criait : « Alain ! Qu'est-ce que tu cherches ? Tu vas tout mettre en désordre ! Je déteste quand tu touches à mes affaires ! »

Ce n'est donc qu'après la mort de ma mère – longtemps après sa mort, comme si l'interdit continuait à peser sur mes épaules et que je l'entendais d'avance gémir – que j'ai commencé à « toucher à ses affaires ».

Exactement dix ans après, pour être précis – à quelques jours près. Pris d'une envie subite de rangement, je me suis attaqué aux cartons abandonnés dans la cave. Un rouleau entier de sacs-poubelle à mes pieds, j'ai commencé d'un œil distrait l'examen des papiers, bien décidé à jeter l'essentiel sinon le tout. C'est alors que je suis tombé sur quelques documents singuliers. Des documents qui réveillaient tant d'histoires oubliées – ou plutôt dont j'ignorais tout. J'en suis resté saisi. Que faire de ces papiers épars ? Tenter de les mettre bout à bout, reconstituer une chronologie ? Il y avait beaucoup trop de lacunes. Des traces incompréhensibles d'un long testament effacé. Le plus simple aurait été de les fondre dans une fiction. Laisser l'imagination combler les trous, raconter le siècle. Pour un chroniqueur libre de ses mouvements, mes parents étaient des personnages parfaits.

Mon père est né l'année où les frères Wright, les inventeurs de l'avion, ont fait enregistrer leur premier brevet, et il est mort dix ans après que Neil Armstrong a marché sur la Lune. Ma mère a vu le jour pendant la Grande Guerre, le début en fanfare du XXe siècle, avant de s'évaporer en 2001, juste avant l'explosion des gros pétards qui ont inauguré le nouveau siècle.

En racontant leur errance de Pologne et de Russie vers la Belgique, leurs aventures sous l'occupation nazie et leurs espoirs depuis la Libération et les Trente Glorieuses, j'aurais pu écrire le grand roman européen. Mais mes parents auraient été rapidement emportés par le flot de l'Histoire, perdus dans la fiction. Au diable, l'histoire du XXe siècle ! Au risque de ne pas avoir grand-chose à me mettre sous la dent, j'ai choisi d'être le greffier scrupuleux de leur vie, rien de plus, laissant béants les trous de leur biographie sans les combler de supputations dont je serais le maître. Au risque de ne donner des événements qu'ils ont traversés qu'une vague esquisse. Sous peine d'inventer. Lecteur, vous êtes donc averti : pour l'essentiel, j'en ai peur, vous resterez sur votre faim, autant que moi. Mais si les personnages de ce livre vous paraissent de vaporeux fantômes, ils sont le reflet d'êtres vivants dont les âmes continuent d'errer, parce que j'ai refusé de les enterrer, même après avoir récité le Kaddish sur leurs tombes.

LE REGISTRE DES JUIFS

Le premier document qui me tombe sous la main, à l'en-tête de la commune de Schaerbeek, est intitulé *registre des Juifs*. Ce registre dont je n'avais jamais entendu parler – et que mes parents n'ont jamais évoqué devant moi – a été créé en exécution d'une ordonnance du 28 octobre 1940 de l'autorité d'occupation.

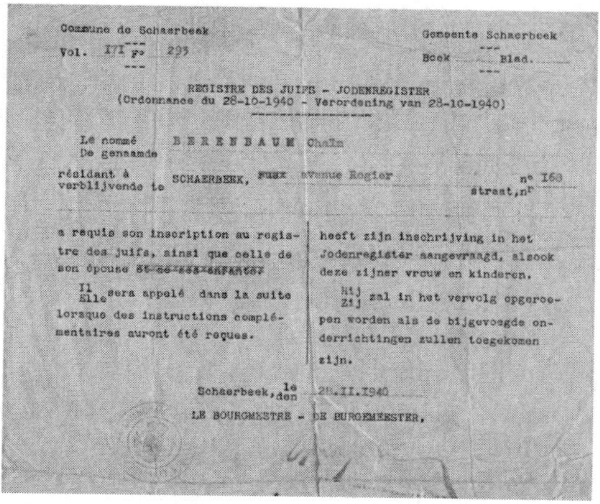
Commune de Schaerbeek — Gemeente Schaerbeek
Vol. XVI F° 295 — Boek ... Blad. ...

REGISTRE DES JUIFS - JODENREGISTER
(Ordonnance du 28-10-1940 - Verordening van 28-10-1940)

Le nommé / De genaamde B E R E N B A U M Chaïm
résidant à / verblijvende te SCHAERBEEK, avenue Rogier n° 160 straat, nr

a requis son inscription au registre des juifs, ainsi que celle de son épouse ~~et de ses enfants~~

Il / Elle sera appelé dans la suite lorsque des instructions complémentaires auront été reçues.

heeft zijn inschrijving in het Jodenregister aangevraagd, alsook deze zijner vrouw en kinderen.

Hij / Zij zal in het vervolg opgeroepen worden als de bijgevoegde onderrichtingen zullen toegekomen zijn.

Schaerbeek, le / den 28.II.1940

LE BOURGMESTRE - DE BURGEMEESTER,

Le feuillet, de médiocre qualité et dont le texte commence à s'effacer, est le premier témoignage écrit et direct de la vie de mon père et de ma mère après l'arrivée des Allemands à Bruxelles. Un document administratif à l'aspect neutre, terne, inoffensif, dont les pièges et les trous noirs sont dissimulés même aux yeux de ceux qui l'ont établi, rempli, signé.

Schaerbeek est le nom de l'agréable commune bruxelloise où vivaient mes parents, où je suis né et où j'ai vécu toute mon enfance, heureuse et insouciante.

Une commune où tout le monde se saluait au passage, même les policiers et les étrangers, où le facteur s'arrêtait pour boire un coup dans la cuisine avec le marchand de charbon venu livrer un seau de coke. Une brave commune habitée par de braves gens, dirigée par un brave bourgmestre, flanqué de braves échevins et de braves fonctionnaires qui n'auraient pas fait de mal à une mouche. Quelle est donc la différence entre une mouche et un Juif ?

Au mois d'octobre 1940, les autorités d'occupation ont ordonné à toutes les communes du royaume de Belgique d'inscrire leurs Juifs dans un registre *ad hoc*. À ma connaissance, aucune n'a refusé d'exécuter ces instructions et d'y coller ses fonctionnaires, alors que, si tous les maïeurs s'étaient croisé les bras, les Allemands n'auraient jamais eu le personnel nécessaire pour procéder eux-mêmes à cet enregistrement. Pardon ! Je vous ai promis de ne pas réécrire l'Histoire.

À Schaerbeek, le registre des Juifs a été ouvert au mois de novembre 1940. La loi, c'est la loi. Le désordre, l'anarchie, bien pire que l'occupation. Et la politique de l'autruche, la pierre angulaire de la politique et de la culture belges de l'époque.

Toute personne de race juive doit s'inscrire dans sa commune de résidence, décrète l'ordonnance d'octobre 1940.

Si les Allemands avaient obligé, disons tous les myopes, les goitreux, les unijambistes, les bègues ou les maladroits à s'inscrire dans un registre, imagine-t-on qu'ils auraient obtempéré ? Et si une ordonnance avait décrété qu'il fallait dresser un inventaire des maisons envahies par les mouches, quel propriétaire aurait été assez candide pour tomber dans le panneau ? Faudrait avoir eu une araignée dans le plafond ! Alors, pourquoi diable mon père s'est-il empressé de se déclarer Juif et d'inscrire son nom et celui de ma mère dans ce foutu registre ? Voulait-il prouver que lui aussi respectait la loi comme tous ses chers voisins ? Qu'il était aussi bon Belge qu'eux ?

Pourquoi s'est-il déclaré Juif, alors qu'il n'avait jamais fréquenté de synagogue depuis son départ de Pologne, qu'il détestait les rabbins plus encore que les curés et toute la « clique des religieux » qu'il traitait avec plus de virulence qu'un antisémite ?

Pourquoi mon père s'est-il affirmé Juif, lui, le laïc, le gauchiste, l'internationaliste ?

Pourquoi mon père a-t-il « requis son inscription » au registre des Juifs en sachant, non pas le sort tragique qui attendait ses coreligionnaires, mais au moins les brimades, les humiliations et les exclusions qui frappaient les Juifs allemands depuis la prise de pouvoir par Hitler sept ans plus tôt ?

L'ordonnance du 28 octobre 1940 déclare qu'est juive toute personne qui compte au moins trois grands-parents de race juive. C'est l'appartenance religieuse qui détermine la race, précise l'ordonnance. Ou encore « l'adhésion personnelle au culte israélite ».

Mon père adhérant au culte israélite ? Ce serait si simple de répondre oui. Mais comme dans toutes les histoires juives, la réponse est : dans un sens oui, mais dans un autre, non.

CINQUIÈME COLONNE

L'expert de la *Militärverwaltung* à l'origine de l'ordonnance, le haut conseiller Duntze, soulignait, pour expliquer les différences dans la définition du Juif entre l'ordonnance belge et la législation allemande, qu'« une petite partie seulement des Juifs de Belgique appartient à la communauté religieuse juive et prend part à son activité. » Il conseillait de ne pas accorder trop d'importance à la synagogue, pour éviter « l'effet dangereux d'y ramener des Juifs indifférents en matière religieuse », ce qui « n'est pas l'intérêt des Allemands. »

Comment ce Duntze connaissait-il aussi bien les Juifs de Belgique, en tout cas la personnalité de mon père ? Est-ce Chaïm Berenbaum qui lui aurait mis dans la tête toutes ces idées saugrenues sur les Juifs ?

La question est moins farfelue qu'il n'y paraît.

Nous sommes en 1937. Après avoir décroché son diplôme de pharmacien à l'université de Liège et travaillé dans plusieurs officines de province, mon père est monté à Bruxelles où il est devenu aide-pharmacien dans les beaux quartiers de Schaerbeek. L'un de ses clients s'appelle Tomas, un ingénieur d'origine allemande. Les deux hommes se sont rapidement liés d'amitié. Ne sont-ils pas tous deux étrangers, universitaires, amateurs de littérature et à peu près du même âge ? Mon père adore l'allemand, la musique de la langue, sa complexité, ses poètes. Il ne peut s'empêcher d'étaler sa culture, d'épater la galerie. À qui d'autre pourrait-il réciter Heine dans le texte ? Pardonnons-lui ce péché de vantardise. Personne n'est obligé de l'écouter. Tomas, lui, est un auditeur modèle. Il boit ses paroles, l'encourage, l'applaudit. Ému d'entendre la voix d'Heine, alors qu'en Allemagne ses livres sont interdits, brûlés. Au fil des mois, Tomas est devenu un familier. Dans l'appartement de mon père, au-dessus de la pharmacie, tous deux passent de longues soirées à jouer aux échecs et à parler de l'état du monde, bercés par l'odeur piquante des poudres, des cachets, des plantes médicinales, qui embaume toute la maison. Ah ! le monde ! Le sujet favori de mon père depuis qu'il a quitté son *shtetl*, le village de Maków, près de Varsovie. Avec Tomas, Chaïm ne se tient plus. Face à une oreille complaisante, il est intarissable. D'autant qu'il a du mal à en trouver ! La plupart de ses amis, Juifs immigrés de fraîche date comme lui, ont la fâcheuse habitude de lui couper la parole dès qu'il prononce les noms d'Hitler ou de Chamberlain, qu'il veut analyser la diplomatie byzantine de Pilsudski, le dictateur polonais, ou expliquer pourquoi il faut se méfier de Paul-Henri Spaak, le ministre caméléon belge des Affaires étrangères. Eux qui ont fui les synagogues et les traditions étouffantes de leurs parents ne sont pas venus se réfugier dans une capitale occidentale, moderne et laïque, pour entendre mon père décortiquer des discours politiques sur le même ton et avec autant de minutie qu'un rabbin talmudique s'attaque au livre de Job. Pour le faire taire, ils s'empressent de parler de filles, de football, de vacances, de bagnoles, bref de tout, sauf de politique. Tais-toi, Chaïm ! La politique, ce n'est pas une bonne affaire pour les Juifs ! C'est un très mauvais investissement qui ne rapporte que des misères ! Regarde ce qui est arrivé à ceux qui s'y sont frottés en Russie. Partis l'étoile rouge au fusil, que sont devenus tous ces camarades juifs qui se croyaient déjà l'égal de leurs camarades *goyim* ? Ils parlent politique, oui, mais en cassant des cailloux en Sibérie !

Tomas n'a pas du tout la même réaction que tous ces défaitistes, ces Juifs à l'esprit de ghetto, qui se mettent la tête dans le sable. Il boit les paroles de Chaïm avec l'appétit d'un élève devant son mentor. Tout juste s'il ne prend pas de notes. Seul hic, un respect exagéré pour la parole de mon père. Tomas ne le contredit jamais, ce qui à la longue atténue le plaisir de mon père. Tout au plus, laisse-t-il un jour échapper ce surnom qui va lui coller la peau : « Chaïm, on devrait t'appeler Monsieur Optimiste ! Je n'ai jamais rencontré quelqu'un aussi persuadé que toi de l'avenir radieux de la planète. Si au moins tu étais communiste ou national-socialiste, je comprendrais ta ferveur, mais non, c'est au fond de toi que tu puises la force de ton optimisme. À notre époque, tu es unique dans le genre ! »

Bien vu, Tomas ! Mon père parlait avec autant de flamme que Mussolini sur son balcon, mais sans ses grands gestes grotesques de chanteur d'opéra tentant de dissimuler à ses auditeurs qu'il était sur le point de perdre la voix. Comme le *Duce*, mon père était petit, râblé, avec des yeux noir pétrole lançant des éclairs pour souligner sa colère ou sa passion. Tomas avait raison. Mon père croyait à la marche irréversible de la civilisation, au recul de la barbarie, vaincue par le mot ou l'éducation, enfin ce genre de choses.

Mon père admirait Tomas parce qu'il avait fui le Reich sans demander son reste après la prise du pouvoir par Hitler. Né dans une famille liée au mouvement socialiste, il a compris qu'il n'avait aucun avenir dans son pays et tout à craindre d'un régime qui se préparait à briser ceux qui n'entraient pas dans le rang, le doigt sur la couture du pantalon. Grâce à son diplôme d'ingénieur, Tomas avait réussi à se faire engager dès son arrivée en Belgique par la société Erpé, une entreprise qui fabriquait d'excellents postes de radio. Songez que l'appareil qu'il a fabriqué pour mon père fonctionne encore quatre-vingts années plus tard, alors que Tomas, mon père et ma mère sont morts depuis longtemps. Il est posé sur une petite table à côté de moi pendant que j'écris.

C'est sur ce poste de TSF que, pendant leurs parties d'échecs, mon père et Tomas suivaient en direct les discours du chancelier Hitler. D'après mon père, Tomas avait l'art diabolique de déplacer le fou sur le damier. Cela aurait dû lui mettre la puce à l'oreille.

Tomas resta l'interlocuteur rêvé pour mon père, réorganisant avec lui le monde à sa façon, un monde où les méchants tremblaient de terreur devant la force et l'intelligence des gentils. Jusqu'à ce jour ensoleillé de mai 1940 où l'armée allemande envahit la Belgique. Ce jour-là, Tomas a disparu. A-t-il été arrêté par les troupes d'occupation ? A-t-il fui en France, en Angleterre, aux États-Unis ? S'est-il lancé dans la lutte contre ses méchants compatriotes pour ramener les gentils au pouvoir à Berlin ? Oui, à coup sûr, il était entré en résistance. Mon père en était persuadé après avoir vainement sonné à sa porte. À Erpé, on ne savait rien. Il n'était pas le seul employé à avoir déserté son poste sans laisser d'adresse.

Quelques mois plus tard, alors que la neige commençait à tomber sur Bruxelles, un officier allemand, uniforme impeccable et bottes étincelantes, poussa la porte vitrée de la pharmacie, faisant entrer dans son sillage un grand vent glacial. Dans l'officine, tout le monde se figea, le cœur battant. Une femme éternua. Un enfant se mit à pleurer, que sa mère n'osa pas apaiser. « Eh bien, Chaïm, *meine Freunde*, s'écria l'officier avec un grand sourire, tu ne salues plus ton vieux camarade ? »

Mon père faillit tourner de l'œil. Tomas n'était bien sûr ni socialiste ni réfugié. Il faisait partie de ce qu'on appelait à l'époque la *cinquième colonne*, cette armada d'espions que le régime nazi avait disséminée dans les pays européens pour préparer l'invasion et informer Berlin de l'état d'esprit de la population.

En découvrant la vraie personnalité de son ami, mon père n'a regretté qu'une chose : que Tomas lui ait caché son adhésion au national-socialisme pendant leurs longs mois d'intimité et qu'il l'ait laissé pérorer sur le poison nazi sans jamais le critiquer, au lieu de défendre bec et ongles le point de vue national-socialiste. Il aurait tant aimé croiser le fer avec l'avocat du diable. Si Tomas avait joué franc jeu, mon père aurait réussi à le retourner. Il en était convaincu. Sacré monsieur Optimiste !

Tomas savait tout de mes parents, sans doute plus que je n'en saurais jamais moi-même. Mais il ne les a pas dénoncés à la Gestapo. Alors, où le classer ? Parmi les gentils ? Les méchants ? Ou ailleurs, quelque part dans le monde réel, ni blanc ni noir mais gris, couleur de la cendre qui peu à peu couvrait toute la planète ?

Que valait Tomas comme espion ? Je ne le sais pas. Mais comme bricoleur, c'était un génie. Écoutez le son du poste de radio qu'il a bricolé pour mon père. Aussi pur qu'en 1937, lorsqu'il retransmettait en direct les concerts de l'Orchestre philharmonique de Berlin, entre deux discours du *Führer*. Bien meilleur que le son brouillé de la BBC que mon père écoutait, l'oreille collée contre le haut-parleur, en décryptant les messages à voix basse pour ma mère. « Ici Londres… De Marie-Thérèse à Marie-Louise : un ami viendra ce soir… » La seule trace qui restera du IIIe Reich mille ans après.

Est-ce à cause de Tomas que mon père a jugé prudent de s'inscrire au registre des Juifs ? C'est une hypothèse. Lorsqu'il a débarqué dans son officine, revêtu de sa défroque de la Wehrmacht, il savait tout de Chaïm Berenbaum. Tout ce qu'il fallait pour l'envoyer vers *Nuit et Brouillard*. Venu de Pologne pour étudier en Belgique où l'on n'inscrivait pas les étudiants selon la forme supposée de leur nez ou de leurs oreilles, il disposait d'une carte de séjour provisoire, une bénédiction pour se faire repérer par les autorités d’occupation. Il avait toujours remis à plus tard les formalités de naturalisation, devenues insurmontables au fur et à mesure que la fièvre gagnait l’Europe – peut-être n’était-il pas encore vraiment décidé à faire sa vie en Belgique ? Au cirque, mon père aurait été Monsieur Loyal et il aurait fait dévorer Hitler par les lions sous les roulements de tambour de l’orchestre. Avant d’annoncer l’entrée du prestidigitateur, son artiste favori, qui se serait empressé de lancer une poignée de paillettes sur le monde. Hélas ! Les nouvelles autorités avaient immédiatement interdit les cirques, les gitans, les Juifs et les numéros de magie.

UN MARIAGE DANS LA PLUS STRICTE INTIMITÉ

Tomas a-t-il assisté au mariage de mon père ? Celui-ci a toujours accordé sa confiance d'instinct. Et il aurait donné sa chemise à ceux qui l'écoutaient pérorer. Pourquoi d'ailleurs cacher à un ennemi d'Hitler qui il était et ce qu'il pensait ? Après la partie d'échecs sur la table de cuisine, mon père sortait la bouteille de vodka, et sa sœur Esther, qui vivait avec lui, apportait le samovar pour le thé et un morceau du gâteau qu'elle venait de sortir du four. La chaleur ne venait pas seulement de la nourriture et des boissons. À la fin de la soirée, la pièce était illuminée par leur bonheur. Ils se sentaient heureux, jeunes, pleins d'espoir dans l'avenir. Hitler ? Jamais le *Führer* ne toucherait à la Belgique. Grâce au roi Léopold III – allemand par sa mère – et à son rusé ministre des Affaires étrangères, Paul-Henri Spaak, instigateurs de la politique de neutralité, la Belgique resterait à l'écart du champ de bataille. (Si, si, on le promet ! Croix de bois, croix de fer, si on ment, on va en enfer !) Certes, Hitler allait se venger des Français et des Anglais, défier les bolcheviques, mais pas les Belges si gentils, si patelins avec lui.

Débarqué en Belgique en 1928, mon père s'inscrivit à la faculté de pharmacie de l'université de Liège sans connaître un mot de français. Après avoir décroché son diplôme, il trouva facilement du travail dans des officines de la région de Liège et de Namur, puis à Bruxelles. C'est là qu'un jour, une superbe brune à la peau mate, aux cheveux bouclés et aux yeux rêveurs, une vraie star de cinéma, venue chercher des médicaments pour son oncle, allait croiser sa route et son destin. Quelques mois plus tard, Chaïm épousait

Rebecca, la plus belle femme du monde, en tout cas du monde juif. Un optimiste à qui tout réussissait.

Ne fallait-il pas une sacrée couche d'optimisme pour se marier en janvier 1940, quelques semaines à peine avant que la Wehrmacht n'envahisse le pays ?

À ceux qui ne furent pas invités, mes parents prétendirent qu'ils s'étaient mariés dans la plus stricte intimité. Quelle blague ! Seuls les enterrements se font dans la plus stricte intimité. Or le temps n'était pas aux enterrements. Pas encore…

Un couple d'amis mit son salon à disposition de la noce. Il était un peu plus vaste que le minuscule appartement de mon père au-dessus de l'officine. Les amis se pressaient autour des jeunes mariés, mais pas les membres de leurs familles. La Pologne était déjà aux mains des Allemands (et des Russes). Seuls participaient à la fête, l'oncle et la tante de ma mère, Harry et Herta, qui vivaient à Bruxelles, et une des deux sœurs de mon père, Esther, venue étudier elle aussi la pharmacie en Belgique.

Un des invités avait amené Joseph Schmidt, un ténor allemand fameux à l'époque, une vedette du cinéma, de la scène et de la radio. Sa célébrité l'avait un temps protégé des lois nazies antijuives. En 1937, il jouait encore dans les films produits par l'UFA de Goebbels. Avant de se faire la malle à son tour. Face au piano qui trônait dans le salon, il ne résista pas longtemps à la supplique générale. (Allez, Joseph ! Allez ! Une seule ! S'il te plaît ! Pour les jeunes mariés !) Lorsqu'il se mit à chanter ses plus grands succès, *Tiritomba*, *Funiculi* et les airs légendaires de *La Flûte enchantée*, un attroupement se forma dans la rue. Entre chaque morceau, les gens applaudissaient à tout rompre, criant son nom. Malgré le froid, les fenêtres du salon étaient ouvertes – ce qui valait mieux, car ses trémolos faisaient dangereusement trembler les vitres. À la fin de son récital, Schmidt dut céder à la liesse de la foule qu'il vint saluer. Ils appelaient ça un mariage « dans la plus stricte intimité » ?

Étrange atmosphère ! D'un côté, la fête célébrant le coup de foudre de Chaïm pour Rebecca. Vin, champagne, musique. De l'autre, l'haleine fétide du monstre qui souffle dans le cou des invités. Et, au milieu, mon père, un peu étourdi, ivre de discours (surtout des siens, que les invités ont dû écouter sans l'interrompre pour une fois). Au bras d'une vraie star. Une autre lui donnant l'aubade. Janvier 1940… Avec les dieux, c'est toujours la même chanson. Ils ne peuvent s'empêcher de casser l'ambiance, des fois que le bonheur des humains ne mette leur puissance en péril.

Ma mère a vingt-cinq ans. Mon père trente-trois. Joseph Schmidt, à peine quatre de plus. J'ai l'impression qu'à cette époque tout le monde était jeune. Quand les gens ont-ils commencé à être vieux ?

Un mot encore de Joseph Schmidt. Après bien des difficultés, il finit par gagner la Suisse l'année suivante, malade, à bout de forces. Mais son sort n'allait pas être meilleur que s'il avait échoué comme le reste de sa famille à Dachau ou Treblinka. Aussitôt enfermé dans un camp de réfugiés, il mourut, faute de soins, les Suisses ayant refusé de l'hospitaliser.

Mon père m'a souvent donné en exemple le sort de son idole, les yeux brûlant de rage et de douleur. On croit fuir le diable et l'on se jette dans ses bras, parce qu'il s'est déguisé en mouton. Les Suisses figuraient à son tableau d'horreur, bien placés entre Polonais, Roumains, Lituaniens. Et quelques autres.

Le voyage de noces eut lieu quelques semaines après le mariage. Un voyage un peu improvisé. Avec les Allemands en guise d'accompagnateurs, qui n'avaient pas encore acquis les bonnes manières de Neckermann. Direction Boulogne-sur-Mer, sa plage, son enceinte du

XIIe siècle, son port. Malgré la beauté du lieu, le périple ne s'est pas tout à fait déroulé comme ma mère l'avait rêvé…

LE JOUR OÙ MON PÈRE N'EST PAS DEVENU UN HÉROS POLONAIS

Dès l'arrivée des Allemands en Belgique, mon père et ma mère partirent fêter leur mariage sur les plages du Pas-de-Calais, en compagnie de quelques centaines de milliers de Belges qui les suivaient à pied, à cheval et en voiture. Mes parents avaient choisi le vélo. Façon de montrer leur assimilation à la culture belge où la bicyclette était reine depuis les récentes victoires au tour de France de Sylvère et de Romain Maes.

Dans cette douce journée de printemps, mes parents pédalent donc au milieu d'un peloton tellement en désordre et si peu combatif que les suiveurs (allemands) sont sur le point de les dépasser.

– Un dernier effort, Kuka ! On y arrivera. Je sens déjà l'air de la mer, s'écrie Chaïm en se retournant vers elle et en faisant des moulinets de la main.

– Fais attention de ne pas laisser tomber la valise, grogne ma mère d'un air soucieux.

Fichu optimisme de mon père d'imaginer que l'armée française allait résister à l'assaut ennemi et protéger les réfugiés. Si mes parents avaient su le sort que réserveraient bientôt les autorités françaises aux cyclistes juifs, au Vel' d'Hiv' de Paris, ils auraient vite décampé vers l'Espagne, l'enfer ou même la Suisse, la direction choisie par l'oncle et la tante de ma mère, Harry et Herta, qui fonçaient vers la Côte d'Azur, espérant passer chez les Helvètes. Monsieur Optimiste avait parié sur la victoire de la France. L'oncle Harry sur sa défaite.

Arrivés à Boulogne, mes parents découvrent leur erreur. La guerre est finie. Ou presque. Un désordre épouvantable règne dans une ville qu'ils croyaient prête au combat. Boulogne, tête de pont de la contre-offensive britannique. Tête de pont ? Tu parles ! L'armée française est en débandade, les Anglais rembarquent en catastrophe avec ceux, peu nombreux, qui veulent continuer le combat. Surtout des étrangers, dont beaucoup de Polonais. Ils n'ont plus rien à perdre puisqu'ils ont déjà tout perdu. Leur pays a été dépecé par les Allemands et les Soviétiques, qui ont pris tout le monde par surprise en signant un pacte de non-agression – Ah ! la tête des communistes occidentaux en apprenant que les ministres d'Hitler et de Staline trinquaient ensemble en se partageant le corps encore chaud de leur voisin !

– Ne nous énervons pas. Le voyage continue, affirme mon père. Nous, les Belges, sommes les spécialistes des courses à étapes.

Reste à quitter la France, déjà perdue, et à rejoindre la Grande-Bretagne.

– Attends-moi ici, Kuka. Je vais chercher les tickets ! annonce-t-il, indifférent au chaos ambiant.

Mais une sacrée surprise l'attend lorsqu'il brandit son passeport pour s'enregistrer sur l'un des derniers bateaux à traverser la Manche. « Polonais ? Très bien. Mettez-vous dans cette file ! »

Et voilà mon père, parti pour offrir une croisière de rêve à sa jeune épouse, qui se retrouve mobilisé sous l'uniforme polonais en moins de temps qu'il a fallu aux Allemands pour envahir la France ! Lui, dont les écoles polonaises n'avaient pas voulu parce qu'il était Juif, redevenait soudain citoyen polonais avec les mêmes droits que ses compatriotes de se faire tuer pour sa mère patrie. Il n'y a que sur la chair à canon que la mention de la race n'est pas inscrite.

Mon père aurait pu devenir un héros. Rentrer en Belgique quatre ans plus tard, couvert de médailles, à la tête d'un régiment cosmopolite. Ou débarquer en Pologne sous l'uniforme du libérateur. Ou encore mourir au champ d'honneur et devenir le plus célèbre soldat inconnu polonais de la Seconde Guerre mondiale. Mais ce n'était ni son destin ni son ambition. Vous pensez qu'il avait juste envie de se terrer ? Peut-être. On peut aussi interpréter son attitude d'une façon plus noble : ce jour-là, il a choisi la Belgique et rompu définitivement ses liens avec la Pologne (il n'y retournera jamais). Mon père préféra résister (à la guerre).

Après avoir fui les Allemands, le voilà essayant d'échapper à l'armée polonaise ! Bien malin dans une telle tourmente qui peut distinguer les bons des mauvais ! Les méchants Polonais auraient-ils brusquement basculé dans le camp des bons et tous les Allemands dans celui du diable ? Quant au roi des Belges, Léopold III, il a déposé les armes – après que son armée a opposé une vaillante résistance –, ce qui lui vaut d'être traîné dans la boue par les autorités françaises déjà en déroute, trop contentes de trouver un bouc émissaire pour expliquer l'effondrement du front. En Belgique, au contraire, le roi bénéficie de la confiance et du soutien général de la population (comme Pétain quelques semaines plus tard en France).

Que faire dans une telle confusion, au milieu de cette débâcle ? Nazis et staliniens, qu'on prenait pour des ennemis implacables, fraternisent, tandis que la redoutable armée française est soufflée comme un château de cartes. *Ils n'auront pas l'Alsace et la Lorraine* !/ *Nous irons pendre notre linge sur la ligne Siegfried*. Toutes les chansons qui annonçaient la victoire française, mon père les avait entendues sur son beau poste de radio Erpé, il y avait cru dur comme fer – tous les autres auditeurs aussi. Jusqu'à ce qu'il contemple son monde prendre eau de toutes parts et ses certitudes voler en éclats. Revêtir l'uniforme polonais, c'eût été partager la folie de ses compatriotes, dont les cavaliers mouraient décimés par la mitraille en fonçant sabre au clair contre les tanks allemands. Mon père ne se doutait-il pas que l'autre camp était encore plus fêlé ?

Pris entre deux feux, mes parents choisirent donc de se jeter dans les bras des Allemands. Choix révélateur d'une époque troublée… Reprenant leurs bicyclettes, on les retrouve pédalant à nouveau, cette fois en direction de Bruxelles occupée.

Le romancier aurait vite fait de plonger le lecteur dans la tête des deux jeunes mariés fonçant droit vers leur ville aux mains des nazis. Faute de documents, de récits, de confessions, le chroniqueur, lui, est désarmé. Il a juré de ne rien inventer. D'être le greffier fidèle de ces épisodes, de ces êtres réels et de rester muet lorsqu'il ne dispose d'aucun élément qui éclaire les événements. Dans un roman policier, il suffit à l'auteur de donner un coup de pouce à l'histoire, de nourrir ses personnages pour justifier le dénouement qui les attend et qu'il a déjà fabriqué dans sa tête. Rien de pareil pour l'enquêteur scrupuleux. Pour mettre au jour la vérité, j'ai décidé de m'en tenir aux rares faits que j'ai pu glaner. Rien qu'aux faits. Et tant pis s'ils sont ténus et parfois incroyables. De temps en temps, j'ai l'impression que mon récit est dans une impasse : les témoins sont tous morts aujourd'hui, mes parents ne m'ont guère parlé de leur vie, leurs amis refusaient d'évoquer le temps de la guerre. Quand je suis sur le point de renoncer, en me maudissant d'avoir tant attendu, je me rassure en pensant que les anthropologues parviennent à raconter par le menu l'histoire des premiers hommes (et des premières femmes) rien qu'en examinant un os de leur mâchoire. En saurait-on plus sur Lucy que sur monsieur et madame Berenbaum ? Allons ! Alors, je me remets au travail. Ne suis-je pas le fils de monsieur Optimiste ?

N'empêche que j'aimerais vraiment savoir ce qui leur passait par la tête pendant qu'ils poussaient sur les pédales à l'assaut des petites routes de France puis du

Hainaut. Ma mère est jeune, mince, belle, la peau mate. Son ample chevelure noire flotte dans le vent. Plongée dans cette débâcle, regrette-t-elle déjà son mariage en contemplant le dos de son mari qui s'échine à lui ouvrir le chemin en prodiguant des paroles d'espoir dispersées dans les pierres du chemin ? Lui reproche-t-elle ce voyage de noces catastrophique où une joyeuse balade en vélo, qui devait se terminer en pique-nique sur une plage du Pas-de-Calais, se transforme en course-poursuite devant deux divisions de panzers et une troupe hystérique d'officiers recruteurs polonais ?

Ma mère n'a jamais eu l'esprit de vengeance. C'était une femme pratique. Je suis donc arrivé à la conclusion que la seule chose dont elle se souciait vraiment en traversant l'enfer du Nord, c'était du sort de sa valise.

L'HISTOIRE DE LA VALISE DE BOULOGNE

Telle que je connais ma mère, j'ai tendance à croire que, tout au long de la route, elle craignait moins les crevaisons sur les gros pavés du Pas-de-Calais, les obus, la Wehrmacht, la Gestapo, le sort de sa famille écrasée sous le joug nazi à Vilnius, les doutes à propos de son mariage ou de la vie qui l'attendait dans Bruxelles occupée que la perte de ses bagages.

Son pressentiment ne l'a pas trompée. L'idée de renvoyer la valise par le train venait de monsieur Optimiste. Pourquoi s'encombrer ? s'était-il écrié. Mieux vaut voyager léger pour arriver plus vite. Et songe aux pillards !

Devant son insistance, elle a fini par s'incliner au lieu de suivre son intuition. À leur retour à Bruxelles, la valise ne les attendait pas. Vous me direz que la France a été vaincue, envahie, le port du Pas-de-Calais ravagé sous le coup des bombes allemandes faisant des milliers de morts, de blessés, de prisonniers, des dégâts considérables. D'accord. Mais pourquoi tous ces événements auraient-ils une influence sur le sort de sa valise ? La femme de monsieur Optimiste gardait, comme son mari, une foi inébranlable dans la qualité et l'honneur des services publics. N'avait-elle pas en main le récépissé n°305 remis par un fonctionnaire des chemins de fer français, preuve du dépôt de son bagage et de l'engagement de la compagnie, c'est-à-dire de la République française, à le transporter et à le lui restituer fidèlement ?

Quelle vision déformée de la réalité nous proposent les livres d'histoire ! À les lire, le 20 mai 1940, la ville de Boulogne-sur-Mer est à feu et à sang. La veille, le cargo belge Antverpia a été bombardé par la Luftwaffe, puis détruit par des bombes incendiaires lancées dans le port. À quelques kilomètres de là, une marie-salope (un mot que ma mère, qui parlait un français châtié, n'avait sans doute pas appris au lycée français de Vilno) est coulée par un autre avion allemand. Le même jour, le pétrolier français Ophélie est détruit par des bombes incendiaires. L'épave en feu illumine le port pendant trois jours. Un chalutier britannique et un pétrolier grec sont pris à leur tour sous le feu ennemi quelques heures plus tard pendant que l'armée allemande fonce sur la ville, l'encercle, avant de s'en emparer sans coup férir.

On se dit que la panique a tout désorganisé. Commerces fermés, population en fuite, services publics à l'arrêt, démantelés. Dans la ville, tout le monde a compris que le front a craqué, que l'armée française a perdu.

Or le récépissé pieusement conservé par ma mère jusqu'à sa mort (et qu'elle a emporté dans tous les déménagements), daté du 20 mai 1940, prouve le contraire. Ce jour-là, cachet de l'administration faisant foi, elle s'est rendue à la gare de Boulogne avec mon père (qui, en galant homme qu'il était, portait la fameuse valise d'une main en poussant sa bécane de l'autre), tandis que les bombes allemandes tombaient sur le port où les bateaux en flammes s'échouaient avant de couler. Au milieu de la tourmente, elle a trouvé un guichet ouvert, un fonctionnaire au travail, qui, à la « réquisition de réfugiés belges » précise-t-il (et non « polonais », remarquez-le), prend son carnet à souches, complète soigneusement au crayon noir le formulaire n°305 qu'il leur remet calmement. Merci d'avoir fait appel à nos services ! La SNCF vous dit au revoir. Bonne route ! Et à la prochaine !

De retour à Bruxelles, ma mère patienta quelques semaines. Malgré une Europe à feu et à sang, elle conservait encore sa foi dans la qualité des services publics.

Entre-temps, il est vrai, la France – comme la Belgique – s'est remise au travail. Le courrier circulait à nouveau, les industries tournaient, les trains roulaient, les policiers poliçaient, les banquiers banquaient, les commerçants commerçaient, les administrations administraient, le tout avec la bénédiction et même sur la vive recommandation des plus hautes autorités du pays.

En juillet 1940, lassée de n'avoir toujours pas récupéré sa valise, ma mère décida d'écrire au ministère belge des Affaires étrangères (dont le patron, le ministre Paul-Henri Spaak, errait avec le reste du gouvernement à Vichy, complètement discrédité en Belgique, découragé, hésitant sur l'attitude à adopter). Ma mère adressa bizarrement sa lettre à « la direction de la Politique ».

« Messieurs,

En 1940, lors de l'exode vers la France, j'ai remis une valise à Boulogne-sur-Mer au chemin de fer français. La valise n'est jamais arrivée à destination et, malgré mes nombreuses démarches, elle n'a jamais été retrouvée.

J'ai lu récemment un avis dans le journal *Le Soir* informant le public que les Belges ayant perdu des biens en France pendant l'exode, seraient indemnisés. À la suite de cet avis, je me suis rendu au ministère des Affaires étrangères où on m'a conseillé d'introduire ma demande d'indemnisation ainsi que l'inventaire des objets contenus dans la valise. J'ai l'honneur de demander l'indemnisation que j'évalue à 15.000 frs.

Veuillez agréer, etc. »

La réponse ne dut pas la satisfaire, puisqu'elle se tourna vers la Société nationale des chemins de fer belges qui lui répondit en novembre 1940 et lui demanda une nouvelle description « aussi complète que possible » du colis, « sa couleur, le mode de fermeture, s'il est codé ou non, le nombre de serrures ainsi que son contenu détaillé. »

Le 9 mai 1941, elle remet le couvert et rappelle sa réclamation à la SNCB : « Pour votre gouverne, il s'agit d'une grande valise brune env. 1 m de longueur en fibrine à deux serrures fermées à clé. La poignée de la valise est attachée d'un côté avec une ficelle. La valise n'est pas codée. »

Kuka est convaincue que sa lettre sera acheminée de Bruxelles occupée jusqu'à Paris aux mains des nazis où un fonctionnaire prendra le temps de la lire, d'enquêter et de lui répondre. Eh bien, une fois de plus, j'ai tort de ricaner. La réponse existe et ma mère l'a conservée.

L'affaire aurait dû s'arrêter là. Les bagages avaient évidemment été dispersés, égarés, perdus, volés, au milieu de la pagaille qui régnait à Boulogne. Dans le sauve-qui-peut général, la population locale ou ce qu'il en restait attendait, cloîtrée, l'arrivée des ennemis, ne sachant plus à qui obéir.

Vous vous étonnez qu'une Juive qui a réussi jusque-là à échapper aux nazis, à survivre à l'exode, aux bombardements et aux rafles, renonce à faire son deuil de deux tailleurs (brun et bleu), de deux costumes d'homme (l'un bleu marine, l'autre gris, un peu élimé mais toujours portable, surtout en ces temps difficiles), de trois paires de chaussures pour dame, blouses, chemises d'homme, linge de dame, un porte-mine en or, un formulaire pharmaceutique écrit à la main, deux robes (l'une en laine, l'autre en soie), trois jupes (blanche, brune, noire), un cache-poussière ? Alors, vous ne connaissez pas ma mère !

Depuis quelques mois, elle est inscrite à l'humiliant registre des Juifs, sa carte d'identité porte en lettres capitales le cachet « JUIFS-JODEN » à l'encre mauve. L'étau se resserre autour des Juifs. Avocats, magistrats, journalistes, industriels, les Juifs sont progressivement privés de leurs fonctions, boulots, entreprises, commerces. Obligés de porter l'étoile jaune, ils sont peu à peu poussés à la clandestinité ou à la mort. Pendant ce temps, ma mère, elle, refuse de lâcher sa valise. Non, Monsieur, vous peut-être mais pas elle !

Sans nouvelles de la SNCB, elle s'adresse à un organisme créé à la suite des désordres de la guerre, l'Office d'identification et de liquidation des marchandises belges. Un office obligé de se pencher à son tour sur le sort terrible du colis de Rebecca Berenbaum.

L'affaire prend un tour international. Dans un document officiel envoyé à Kuka en juin 1941, la Société nationale des chemins de fer français se défausse de toute responsabilité… en vertu d'une loi postérieure à la perte du bagage ! Les députés français (ou les membres du gouvernement de Pétain qui exerçaient tous les pouvoirs depuis que la loi du 10 juillet avait de fait supprimé la République) se sont-ils spécialement réunis pour échapper à ma mère et à ses revendications ?

L'hypothèse est séduisante. Et renforcée par le fait que, le 27 juillet, le maréchal Pétain abroge le décret réprimant les insultes raciales et confessionnelles. La manœuvre du chef de l'État français paraît claire : prendre ma mère en étau en supprimant d'un trait de plume la lourde responsabilité des chemins de fer français dans le drame qui a frappé les Berenbaum, tout en permettant aux fonctionnaires interpellés par ma mère de la traiter impunément de *sale youtre* !

Je ne sais si ma mère a entamé d'autres démarches après la guerre. A-t-elle écrit au général de Gaulle ? Au président Truman pour demander la suspension du plan Marshall en France jusqu'à la restitution de sa valise ? À l'ONU ? La connaissant, ces suppositions ne sont pas tout à fait fantaisistes. Elle n'a jamais cédé au découragement. Comment comprendre autrement qu'elle ait survécu à l'extermination des Juifs de Belgique qui suivit de peu ses échanges de courriers tous azimuts ?

Que contenait donc cette foutue valise à laquelle ma mère tenait tant et qui ne figurait pas dans le très sage inventaire qu'elle a adressé à tous ses correspondants ? De l'or ? Des bijoux de famille, des photos, emportés avec elle de Vilno, derniers souvenirs de ses parents restés dans la capitale de la Lituanie et qu'elle ne reverrait plus ? À ma connaissance, rien que des vêtements (mis à part le porte-mine en or). Mais elle y avait glissé la boîte de Pandore d'où devait sortir sa vie nouvelle.

Après l'évaporation de leurs biens les plus précieux quelque part entre les gares de Boulogne-sur-Mer, Le Havre, Pont-de-l'Arche et Château-Thierry, le reste de la garde-robe de Chaïm et de Rebecca va disparaître trois ans plus tard. La faute à mon père, une fois de plus – selon la version de ma mère.

À partir de 1943, les raids alliés sur Bruxelles se multiplièrent. Dès l'appel des sirènes, les civils se précipitaient dans les caves ou dans les abris en béton. Un matin, alors que retentissait la sirène installée sur le toit du bureau de poste voisin, mon père, déjà à la porte de l'appartement, s'aperçut que ma mère ne le suivait pas. N'entendait-elle pas le hurlement déchirant de la sirène qui faisait trembler les vitres et les meubles jusqu'aux lamelles du balatum ? Courant de pièce en pièce, il finit par la retrouver dans la chambre à coucher, tranquillement occupée à trier les vêtements sur le lit.

– Que fais-tu ? cria mon père au milieu des mugissements.

– Tu le vois bien, Chaïm ! dit-elle en montrant une valise ouverte à ses pieds et les vêtements en piles sur le lit. J'emporte l'essentiel !

Empoignant ma mère par le bras et la taille, mon père

l'obligea à descendre à la cave pendant que les premières bombes ébranlaient le quartier, faisant trembler la maison jusqu'à leur refuge. Alors que résonnait le chant plaintif de la fin de l'alerte, ils retrouvèrent la chambre à coucher complètement ravagée. Les éclats d'une bombe tombée non loin de là avaient fait exploser les vitres, trouant pulls, vestons, chemises, pantalons, robes et foulards abandonnés sur le lit. Au milieu des débris, gisaient les restes de la valise réduite en bouillie.

– Tu peux me dire merci, Kuka, s'écria mon père bouleversé. Tu me dois la vie sauve !

– Merci ? Parce que tu avais le diable aux trousses ? Et que tu as laissé les Anglais détruire notre garde-robe ?

Des années plus tard, ma mère racontait toujours cette histoire où mon père avait le mauvais rôle, prenant leurs amis à témoin de son éternelle impatience, source de tant de catastrophes familiales.

Avant de faire la différence entre un acte positif et un acte négatif, je repense à cette scène qui m'a beaucoup appris sur la vraie nature du courage et du héros.

MONSIEUR ET MADAME JANSSENS

Mes parents étaient-ils des héros ?

Depuis leur retour d'exode, ils avaient réintégré leur appartement au-dessus de la pharmacie de la Poste, où mon père avait repris le travail. Servant les mêmes clients, qui souffraient des mêmes bobos et qui se plaignaient des mêmes maux, la pluie, la saleté des rues, le prix du poisson, les trams bondés qui laissaient les passagers pendre en grappes des portes ouvertes. « Et ne comptez pas sur les jeunes pour qu'ils vous fassent un peu de place ! Ils sont devenus tellement arrogants depuis que les mœurs se sont relâchées. De mon temps, Monsieur, les parents avaient à cœur de les éduquer. Maintenant, on dit qu'il faut les laisser libres. Sur le conseil, paraît-il, d'un grand psychiatre viennois. (Silence.) Un Juif. (Autre silence.) Vous avez vu le résultat ? Et leurs coiffures ? De loin, on dirait des *tchouk-tchouk* ! Et leur musique de nègres ? Pas étonnant que tout cela finisse par la guerre… »

C'est à peu près la seule allusion aux petits changements politiques du temps. Parfois, on ajoutait : « Un peu d'ordre et de discipline, ce n'est peut-être pas mauvais pour reprendre les choses en main, n'est-ce pas ? Il y a eu trop de laisser-aller dans ce pays. »

La vie va en effet changer peu à peu. Au fil des mois, on voit plus de soldats dans les rues, des SS, la Gestapo, et moins de clients à l'officine. De moins en moins. Où sont-ils passés ?

En 1942, alors que la répression commence à s'abattre sur les Juifs de Belgique, mon père fut convoqué à la caserne Dossin de Malines. Conséquence de son inscription au registre des Juifs un an et demi plus tôt. Obtempérer ou non ?

Aujourd'hui, la réponse paraît simple : en un peu plus de trois mois, dix-sept mille Juifs obéirent à la convocation. Accueillis à Malines par les SS flamands qui géraient le lieu pour leurs collègues allemands, ils furent tous envoyés franco de port à Auschwitz-Birkenau. Mais qui, à l'époque, aurait pu deviner le sort qui les attendait ?

Avec cette convocation, une page venait de se tourner. Même monsieur Optimiste en était conscient. Les certitudes sur lesquelles il avait bâti sa vie commençaient à se fissurer. Le temps était venu de sortir la tête du sable. Mais se débarrasser de son costume de bon citoyen belge moyen était un pas difficile à franchir, alors qu'il avait tant œuvré pour ressembler à ses voisins, partager leurs goûts, décoder le discours *chèvre-choutiste* des politiciens locaux. Tous les jours, entre deux clients, il lisait ostensiblement *Le Soir*, le grand journal de la capitale tombé aux mains des collaborateurs, qui faisait l'éloge des occupants, critiquait les Alliés et dénonçait les actes terroristes de la Résistance, le tout mâtiné de quelques considérations antisémites. Pour se consoler, il dévorait comme tout le monde les trois *strips* quotidiens des aventures de Tintin, lancé à la poursuite de l'Étoile mystérieuse : « À la tête d'une expédition composée de savants belges, allemands, espagnols, suédois, suisses et portugais, le petit reporter et le capitaine Haddock se sont embarqués sur L'Aurore pour planter, les premiers, le drapeau européen sur un météorite tombé en pleine mer. Mais un équipage américain, financé par le fourbe financier Blumenstein, leur dispute le précieux fragment céleste en multipliant les coups bas. »

Délaissant parfois la politique et le cours quotidien du pain et du charbon, monsieur Optimiste se passionnait aussi, en parfait Bruxellois, pour les bagarres entre les footballeurs de l'Union Saint-Gilloise et ceux du

Daring, ou pour les exploits de Sylvère Maes, dernier vainqueur du tour de France avant que les Allemands ne s'emparent du maillot jaune – et de tous les autres maillots.

Il relut la convocation, interrogea ses amis, tenta de deviner entre les lignes le sort qui les attendait. Personne ne savait. Tout le monde hésitait. Fallait-il se rendre à Malines ? Obéir et se laisser enfermer avec, à la clé, pensait-il, quelques mois de travail obligatoire ? Ou désobéir et se condamner à la clandestinité ou à la geôle, si l'on était pris, voire à la mort, l'occupant est sans pitié ? Il se tourna vers Kuka. « Que ferait un bon citoyen belge, dit-elle, sinon se soumettre à la loi, non ?»

« Évidemment, la loi, c'est la loi, intervint l'agent de police du quartier, un de ses clients fidèles, en hochant la tête. Si tu refuses d'aller à Malines, tu deviens une « personne recherchée ». Chaque matin, en entrant dans le commissariat, je contemplerai ta photo sur le mur, à côté de la bouille des autres délinquants du royaume, face au portrait de notre roi bien aimé. « *Wanted* Chaïm Berenbaum, pharmacien. De nationalité polonaise. Bonne récompense à qui le ramène mort ou vif. »

« Un flic n'a pas à juger de la gravité du délit. Même pas de l'innocence ou de la culpabilité du suspect. Encore moins de contester une loi établie, même injuste », ajouta-t-il en empochant les pilules contre l'urticaire que mon père lui préparait, les seules à l'apaiser. Il conclut, en jetant un coup d'œil dans la rue, qu'il lui laissait cinq minutes pour boucler sa valise et filer avec sa femme.

C'est ce flic, vrai Belge de souche, qui sauva mes parents. Après un rude combat. Non pas avec mon père qui hésita à peine, mais avec ma mère.

– Une valise, pas plus, insista le policier.

Ma mère poussa des hauts cris.

– Et mon gâteau ? demanda-t-elle. Je viens miraculeusement de trouver des patates et je m'apprête à mettre le tout au four. Ne pourrait-on pas attendre qu'il soit cuit ?

Le poulet n'en crut pas ses oreilles. Agitant la convocation sous leur nez, il insista :

– Vous devez partir immédiatement. Tout quitter. Tout ! Sans laisser d'adresse. Pharmacie, appartement et identité. Berenbaum est mort. D'une façon ou d'une autre. À vous de choisir la méthode. Allez, en route ! »

Avec son aide et celle d'autres fonctionnaires communaux, mon père et ma mère changèrent de peau. Abracadabra ! Plus de Berenbaum. Évaporés. Et remplacés par les Janssens, de bons citoyens belges de souche depuis les Gaulois, qui pouvaient exhiber sans crainte et sans honte leurs vraies-fausses cartes d'identité, flambant neuves, délivrées le plus officiellement du monde par les collègues de leurs sauveurs travaillant dans les services de l'état civil de la commune de Jette. Ironie de leur nouvelle identité : Janssens est le nom flamand des deux policiers qui accompagnent Tintin dans ses aventures – les fameux Dupondt dans l'édition française.

MON VRAI NOM

Mes parents auraient dû conserver le nom de Janssens. La famille a toujours eu un problème d'identité. Si mon père se méfiait des photos, il dissimulait aussi son véritable nom. Ne me demandez pas comment je m'appelle. Je ne le sais pas au juste.

Le jeune homme aux cheveux de jais coupés court qui débarque du train de Varsovie en ce beau jour de l'automne 1928, l'air plus impatient que nerveux, s'appelle Chaïm Berenbaum – le nom sous lequel il sera enregistré à la police des étrangers puis sur le registre des Juifs. Ce personnage-là disparut dans la tourmente. La guerre finie, le même homme, dont le front s'est entre-temps dégarni, abandonne sa carte d'identité et le nom de Janssens à Hergé, pour devenir « Berenboom ». Un nom bien flamand ? Traduit littéralement, il signifie « arbre aux ours », un mot aussi inexistant que l'arbre qu'il désigne. Toute personne parlant néerlandais comprend immédiatement la supercherie. Berenboom est aussi faux flamand que le magicien qui l'a imaginé.

Exit aussi son prénom d'origine. Sur ses nouveaux papiers belges apparaît un certain Hubert, que ma mère et leurs amis appellent Henri. D'où le soupçon qui m'a parfois traversé l'esprit : et si ce mystérieux Henri avait pris la place du véritable Chaïm Berenbaum dont l'inexistant Hubert n'était que le faux nez ? Juste après la Libération, ce tour de passe-passe n'était pas très difficile. Mais alors, qui est cet Hubert, dit Henri ? Quel est son lien avec moi ? Et quel Berenboom est mort en 1979 ?

Au lieu de me lancer sur la piste des commanditaires du meurtre d'Hubert Berenboom, ne devrais-je pas m'intéresser au sort de Chaïm Berenbaum ?

Mes soupçons se sont encore renforcés par l'en-tête des lettres envoyées par mon grand-père paternel, resté à Maków, « Bernbaum ». Ajoutez à ce micmac qu'une cousine établie à Chicago prétendait se nommer Birnbaum et que d'autres cousins, émigrés avant-guerre aux États-Unis, s'étaient enregistrés sous le nom de Barenboïm – comme le célèbre chef d'orchestre. Allez-vous y retrouver ! Le fils porte le nom de son père, dit le code civil. Alors dites-moi comment je m'appelle. Et de qui suis-je vraiment le fils ? Je me console en pensant que de tous les Berenbaum, je suis le Berenboom préféré de mon père. Berenbaum, une famille avec une identité à géométrie variable.

Qui suis-je ?

J'aurais dû poser la question à ma grand-mère. La mère de mon père vivait avec nous en Belgique juste après la guerre, mais je n'ai aucun souvenir d'elle, car elle est partie en Israël lorsque j'avais six ou sept ans. C'est là que je l'ai revue, une seule fois, lors d'un voyage à Haïfa. À l'époque, elle s'appelait Perlmutter, du nom de son nouveau mari – ce qui ajoute encore à la confusion. De toute façon, j'étais incapable de la comprendre. Elle parlait polonais, yiddish et hébreu, pas français.

Entre eux, mes parents parlaient polonais. Mon père, le yiddish avec son vieux copain Maurice. Ma mère, le russe avec ses amies. Des langues qu'ils avaient scrupuleusement évité de m'apprendre. Efface le yiddish, le polonais, le russe, Alain ! Néglige même l'hébreu. Étudie en français et apprends le flamand.

Alain devait devenir un vrai petit Belge, le magnifique rejeton de leur parfaite intégration. Il fallait effacer le monde d'avant, repartir d'une page blanche. Faire sortir du chapeau un petit Belge sans racines. Volonté farouche d'assimilation ou façon de dissimuler les coins sombres de leur passé ?

Un jour, mon père m'a appris que je portais un autre prénom, un prénom « pour les Juifs » qui ne figure pas sur mes papiers « pour les Belges » : Aba, le prénom de son père. L'esprit juif est ainsi fait qu'Aba signifie « père » en hébreu. Ainsi, en me donnant le nom de son père, il a aussi fait de son fils, son père. Vous me suivez ?

Le nom de mon père, Chaïm, signifie « la vie » en hébreu. Mon grand-père et ma grand-mère avaient été bien avisés de dénommer ainsi leur enfant. Ce prénom lui servit de talisman. Comment expliquer autrement qu'il ait survécu à tant d'épreuves ?

Mon père me fait penser à cette attraction vedette des magiciens, le numéro de la jeune fille coupée en deux, sortant chaque fois indemne de son cercueil sous les applaudissements du public. Est-ce une coïncidence ? C'est cette attraction qui fit de Chaïm un vrai citoyen belge. Comme par magie.

LE MYSTÈRE DE LA FEMME COUPÉE EN DEUX RESTE ENTIER

En arrachant le papier peint défraîchi de la chambre à coucher de mes parents quelques jours après la mort de mon père, je me demandais encore comment diable j'avais réussi à me retrouver dans ce guêpier, au milieu d'un nuage de poussière, un grattoir à la main, face à des kilomètres de murs, tel Sisyphe devant son tonneau. Moi qui considérais pinceau, marteau, scie ou clou comme plus impurs qu'une côte de porc pour un rabbin. À la vérité, je ne devais m'en prendre qu'à moi-même. Cédant à une impulsion soudaine pendant l'interminable discours du rabbin devant le cercueil de mon père, juste avant la récitation du Kaddish, j'avais promis à ma mère de refaire les peintures de son appartement. Ma proposition l'a surprise autant que moi. « Tu es sûr, vraiment ? » La sentant hésitante, j'insistai. Quelle mouche me piquait ? Était-ce une façon d'évacuer l'émotion qui me serrait la gorge ? D'oublier la cérémonie pour construire l'avenir dans un monde plus sûr et sans passé, selon le credo de mes parents ? De repartir d'une page blanche ?

– Demain est toujours plus rassurant, avait affirmé mon père un jour que je broyais du noir.

– Ah oui ? Et la mort au bout de demain ?

– La mort ? Un esprit scientifique ne croit qu'à ce qui a été vérifié par l'expérience. Or personne n'est jamais revenu du soi-disant royaume des morts. Donc…

– Donc quoi ?

– Donc, il n'existe aucune preuve de l'existence de la mort ni de toutes ces sortes de choses lugubres.

Avant que je ne me moque de ses raisonnements paradoxaux, il ajouta, pour me clouer le bec :

– Si la mort existait, qui pourrait encore croire en Dieu ? Honorer un Dieu qui aurait assassiné des milliards de créatures juste parce qu'Adam et Ève ont boulotté quelques fruits de son jardin ?

– Il a tout de même fini par abandonner Hitler, fis-je remarquer.

– Tu vois ? triompha-t-il. Comment croire en un dieu qui change sans cesse de héros ?

Je regardais le rabbin qui oscillait d'avant en arrière pendant la prière en se touchant de temps en temps la barbe pour vérifier que le Seigneur, dans une de ses facéties, ne l'avait pas fait disparaître en pleine cérémonie. Ce barbu croyait en Dieu. Quelques-uns de ceux qui nous entouraient aussi. Et moi ? Dans quelques instants, tout mécréant que j'étais, j'allais réciter le Kaddish pour honorer la mémoire d'un autre mécréant : « Que le nom du Très-Haut soit exalté et sanctifié dans ce monde qu'Il a créé selon Sa volonté… »

En contemplant le cercueil de mon père, le trou prêt à l'accueillir, les tombes qui nous entouraient, tremblant de trac à l'idée de réciter la prière des morts en araméen sans me planter, sans ridiculiser définitivement ma famille, je me rappelais cette conversation bizarre. Et je commençais à me demander si mon père n'avait pas raison. Quelle preuve avais-je que l'homme qui gisait au fond de cette caisse en sapin était bien mon père ? Et qu'il était mort ?

Ma mère accueillit avec réticence mon offre de repeindre sa chambre, au lieu de se montrer émue, réconfortée, reconnaissante. Mais il était trop tard pour reculer. Je me sentis obligé d'insister jusqu'à ce qu'elle finisse par hocher la tête. Après un moment, pendant que le rabbin évoquait solennellement un homme qui portait le nom de Chaïm, sans aucune autre ressemblance avec mon père, elle me demanda, toujours pratique, quand je comptais entreprendre les travaux, dans quelle couleur je proposais de repeindre ses murs et surtout qui viendrait barbouiller avec moi.« Ne casse rien ! » ajouta-t-elle à voix haute, provoquant l'ahurissement de ceux qui nous entouraient.

Le rabbin ne s'interrompit pas, même si plusieurs amis eurent l'impression que la remarque de ma mère visait son stupide discours. Elle se tourna vers moi et poursuivit à voix basse. Insistant sur l'importance du « professionnel » qui devait m'aider (entendez : du *goy* qui devait faire le travail à ma place). Elle n'imaginait pas un instant que son petit bébé de trente-deux ans serait capable d'étaler quoi que ce fût sur le mur sans se noyer et surtout sans salir l'appartement qu'elle prenait un soin maniaque à briquer. Elle avait évidemment raison, mais je tins bon. Pas question d'expulser définitivement mon père de la chambre conjugale devant témoin. C'était moi, et moi seul, qui devais effacer sa présence de notre vie.

Sous le papier, je découvris une couche de vieux journaux. Des pages du quotidien *Le Soir* des années trente, l'époque où mon père avait débarqué à Liège. Pour apprendre le français, il lisait tous les jours le journal à haute voix à ses copains de chambrée, Idel, un étudiant roumain qui étudiait la sculpture, et son ami Maurice, venu de Maków avec lui pour devenir ingénieur. Ce sont ces gazettes, clés d'entrée dans son nouveau pays, qu'il avait collées sur les murs.

Un titre attira mon attention : une interview de la reine Elizabeth où elle parlait de l'éducation de ses enfants (« envoyés dans des écoles publiques, ils sont traités comme les autres élèves ») et du handicap pour elle de poursuivre une carrière d'artiste (elle était l'élève du violoniste Eugène Ysaye). « Mais, ajoutait-t-elle, le génie réel toujours se manifeste et s'impose. Il surmonte même le désavantage du sang royal. » Autre titre, quelques jours plus tard, sur la grogne des soldats obligés d'assurer la sécurité du Sénat, dont la séance du jeudi s'était prolongée tard dans la soirée : « Il fallait bien que cela se produise aujourd'hui, justement le jour des frites », s'écriaient les troufions mécontents. « Espérons qu'à l'avenir, quand le Sénat voudra faire du zèle, il choisira un autre jour, par mansuétude pour nos braves troupiers », concluait le journaliste. Un article qui avait appris à mon père, plus que de grands discours, les secrets de la culture et de l'âme belges.

Plus le papier tombait, plus j'avais de mal à poursuivre mon entreprise de rénovation. Toute la jeunesse de mon père, ses premières années en Belgique, défilaient sous mes yeux. À travers les lambeaux de journaux déchirés, je revivais ses émotions dans le désordre. Pendant qu'il tentait de maîtriser la langue française, la situation politique devenait de plus en plus inquiétante. « Hitler gagne les élections allemandes », lit-on en septembre 1930. « Lorsque le parti national-socialiste prendra le pouvoir, une Haute Cour sera instituée qui fera rouler des têtes dans le sable », annonce-t-il. En mai 1936, les élections bouleversent l'échiquier politique belge : un parti fasciste, Rex, envoie vingt et un députés à la Chambre, auxquels s'ajoutent les huit sièges des nationalistes flamands. Le 24 octobre 1929, un étudiant italien en droit, Fernando de Rosa, tire sur le prince héritier d'Italie Umberto, venu à Bruxelles demander la main de la princesse Marie-José. C'est Paul-Henri Spaak, le futur ministre des Affaires étrangères, qui assura sa défense : « Tout le monde aime notre roi, plaida-t-il, parce qu'il est fidèle à ses engagements. Si le roi d'Italie avait pu avoir d'aussi fières paroles, le fascisme n'aurait pas été installé en Italie et mon client ne serait pas ici ! » Apparemment, le prince Umberto s'était sorti sans trop de mal de l'attentat, puisque, dans *La Petite Gazette* quelques semaines plus tard, paraissait ce conseil : « Si toutes les dames qui accompagnent la princesse Marie-José en Italie à l'occasion de son mariage, sont munies de ceintures élastiques, le voyage en chemin de fer ne les fatiguera pas. Choisissez votre collection d'habits modernes au magasin CCC, rue Neuve, Brux. »

À la tombée de la nuit, mes travaux n'avaient guère avancé. Trop découragé pour rentrer chez moi, même si l'idée me serrait la gorge, je me résolus à dormir sur le lit de mes parents.

À peine étendu, le sommeil s'empara de moi et je fis un curieux rêve. Les murs qui m'entouraient, aux papiers à moitié arrachés, s'ouvraient lentement, tel un rideau de scène, laissant entrer mon père. Il s'avançait, vêtu d'un habit noir très chic, d'un chapeau haut de forme, une canne vernie à la main, et il chantait *Boum*, de Charles Trenet. Les applaudissements de la salle m'éveillèrent en sursaut. À travers la fenêtre ouverte, des milliers d'étoiles m'observaient en silence. J'avais le cœur battant. Pourtant, elles avaient veillé sur le repos de mon père durant toute sa vie d'exil. Je vidai une bouteille d'eau. C'est alors que me revint le souvenir d'une histoire de famille, celle du magicien de Verviers.

Comme mes grands-parents n'avaient pas les moyens de financer les études de leur fils, mon père avait cherché du boulot. Avec son français balbutiant, les choix étaient limités. Un jour, il tomba sur l'annonce d'un magicien qui se produisait au grand théâtre de Verviers. On demandait un homme au physique moyen, l'air honnête, qui devait prendre place dans la salle et se lever dès que le magicien appelait un spectateur à la fin du numéro de la femme coupée en morceaux. Le témoin neutre qui garantissait à la salle qu'il n'y avait pas de truc, voilà un job qui lui convenait parfaitement. Sa méconnaissance du français, qui lui avait fermé tant de portes, était cette fois un atout. Un étranger de passage assurait les spectateurs de son innocence. Le magicien lui demandait :

– Alors, Monsieur, pouvez-vous nous dire ce que contient le coffre ?

– Rien, répondait mon père. Il est vide.

– Vide ? répétait le magicien avec un sourire incrédule.

– Imaginez ça, disait mon père au public, avec l'accent de Maków. La femme coupée en deux a été escamotée. Bon Dieu, qu'est-elle devenue ?

– Plus de corps, pas de crime ! déclarait le magicien en s'inclinant sous les applaudissements. Merci de votre aide, Monsieur. On souhaite la bienvenue en Belgique à notre aimable témoin. Et le spectacle continue ! »

Suivi par un rai de lumière, mon père retournait à son fauteuil où il découvrait l'assistante, parfaitement recollée, un grand sourire aux lèvres.

La mise en scène était très réussie et le spectacle avait beaucoup de succès. Jusqu'au soir où… Une fois l'assistante ligotée, le magicien la déposa dans le coffre dont il referma le couvercle. Pendant que retentissait une musique inquiétante, il saisit la scie et se mit au travail. Le cérémonial semblait plus long et plus pénible que d'habitude. Quand il se releva, le magicien était blême. Au lieu de chercher un spectateur au hasard, il se tourna directement vers mon père en lui demandant sèchement de le rejoindre sur scène. À l'ouverture du coffre, mon pauvre père faillit tourner de l'œil. Au lieu de disparaître par le double fond, l'assistante gisait à l'intérieur de la boîte, baignant dans son sang, le corps coupé en deux.

– Alors, Monsieur, avez-vous contrôlé le contenu du coffre ? demanda le magicien d'une voix rauque.

– Oui, parvint à articuler mon père.

– Vide, n'est-ce pas ? suggéra précipitamment le magicien.

Mon père se contenta de hocher la tête. Il avait absolument besoin de son salaire.

– Plus de corps, pas de crime », conclut le magicien d'un ton funèbre, en faisant signe à mon père de regagner sa place où personne ne l'attendait.

C'est ainsi que se termina la carrière artistique de mon père. Bien des années plus tard, alors qu'il était devenu pharmacien, j'ai souvent entendu les clients dire que ses préparations faisaient des miracles, qu'il était « un vrai magicien ».

J'ai toujours soupçonné mon père d'avoir inventé cette histoire, mais, le lendemain, je tombai sur un exemplaire jaune et sale du *Soir* de septembre 1939, qui annonçait en titre, barrant toute la première page : « Le Reich allemand entre en guerre contre la Pologne. » Je croyais que c'était le souvenir de cet événement tragique qu'il avait voulu conserver avant de le coller sur le mur, jusqu'à ce que je remarque un articulet souligné au crayon bleu qui signalait que l'ancien magicien du grand théâtre de Verviers était recherché pour meurtre, sous le titre *Le mystère de la femme coupée en morceaux reste entier*.

POLICE DES ÉTRANGERS

Grâce à une amie, j'ai pu parcourir à la police des étrangers le dossier de mes parents, qui dormait sagement au fond d'une armoire des archives du Royaume. Sagement ? Il suffit de l'ouvrir pour constater combien le mot est inapproprié. À peine ont-ils débarqué du train – et même avant, dès qu'ils ont demandé leur visa pour le paradis terrestre – le pays où coulent les frites et la mayonnaise – Chaïm et Rebecca ont été mis en observation, leurs faits et gestes notés, rangés, disséqués. Comme le seront ensuite les péripéties de leur vie à Liège et à Bruxelles, suivies à la trace, transcrites et conservées avec autant de soin que le fait un musée pour ses œuvres d'art. Rencontres, fréquentations, lieux de rendez-vous, identité des amis, tout était scrupuleusement relevé par les pandores. Tout, sauf le jour exact où la belle Rebecca est entrée dans la pharmacie de monsieur Optimiste. Où se trouvaient donc ces imbéciles de flics au seul moment essentiel de leur vie ? Cet événement-là, ces sacrés Dupond-Dupont l'ont raté ! Pourquoi diable les a-t-on payés pendant toutes ces années ?

L'agent qui avait la redoutable tâche d'espionner mon père s'appelait L. Porcin (quel romancier aurait osé lui donner ce nom ?). Pendant des années, il a filé mon père, relevé le détail de ses rencontres, vérifié la personnalité de ses interlocuteurs, radiographié leurs opinions politiques. Qu'un Porcin soit chargé de décider si mon père était kasher prouve que le dieu des juifs est moins à cheval sur la Loi que le prétendent les rabbins !

L'un ou l'autre voisin a-t-il glissé à l'oreille de mon père que le redoutable pandore enquêtait sur lui ? Tel que je le connais, il aurait alors trouvé un prétexte pour l'inviter à goûter un « délicieux alcool sucré que je distille moi-même, mais n'en dites rien » dans son petit laboratoire, à l'arrière de la pharmacie, entre le poison et le sirop. Sauf que Porcin, ses rapports scrupuleux en attestent, n'était pas du genre à se laisser endormir. « Je n'ai pas soif, merci. Surtout pendant le service. Je dirais même plus. Pas de service. Même pendant la boisson. » Un fonctionnaire modèle, comme le service public en fabriquait à l'époque. Et qui en a été récompensé. À force d'observer Chaïm, de jouer avec lui au chat et à la souris, il a fini par débusquer un de ses plus redoutables secrets, son lien avec un certain Mates Catzaf.

Feuilleter ces feuillets jaunis, écrits à la plume il y a plus d'un demi-siècle, provoque en moi une émotion bizarre. Alors que mon père, soulagé d'avoir échappé aux hooligans polonais, vantait l'air pur de la liberté dans le délicieux royaume d'opérette où il s'était exilé, les pandores du Roi guettaient dans l'ombre son moindre faux pas, ses amis suspects, sa sympathie pour tel groupe politique subversif, tout ce qui devait justifier son renvoi manu militari vers Varsovie.

« Cet étranger – c'est ainsi que tu qualifies mon papa, agent Porcin – est un ami intime de M. Catzaf. » En marge de son rapport, il ajoutait d'autres détails inquiétants pour la stabilité du pays : « La police de Liège, qui l'a déjà à l'œil, a signalé que Chaïm Berenbaum loge de temps à autre l'expulsé Szafran Moszek. » Son cas est grave, décidément. « Suivant renseignement, poursuit Porcin, Berenbaum reçoit parfois de la visite à domicile. »

Comment ne pas songer, en passant en revue ces rapports, au monde de 1984 ? Orwell dénonçait la terreur stalinienne qu'il a vue à l'œuvre à la même époque en Espagne, où il avait rejoint les combattants républicains. Mais n'évoquait-il pas aussi la fliquerie bureaucratique qui se développait avec hystérie beaucoup plus près de chez nous ? Où tant de braves citoyens collaboraient spontanément avec les flics pour alimenter leur soif insatiable d'informations ?

La guerre finie, la filature reprit. Il y avait pourtant près de vingt ans que mon père vivait en Belgique, mais Porcin s'accrochait obstinément à ses basques, se croyant sur la piste du chef d'orchestre clandestin qui menaçait les bons bourgeois de Belgique. Regardez cette carte postale envoyée par la clinique Baron Lambert à la police des étrangers le 7 janvier 1947, et soigneusement rangée dans le dossier de l'agent Porcin. Elle annonce que Rebecca, la femme du suspect, vient d'être admise pour accoucher d'un petit garçon mâle – circoncis sous peu. L'information est aussitôt enregistrée au dossier et classée avec la carte postale de la maternité, transcrite dans les registres, gravée dans le marbre où je la retrouverai soixante-quatre ans plus tard, aussi fraîche que le bébé qui venait de naître.

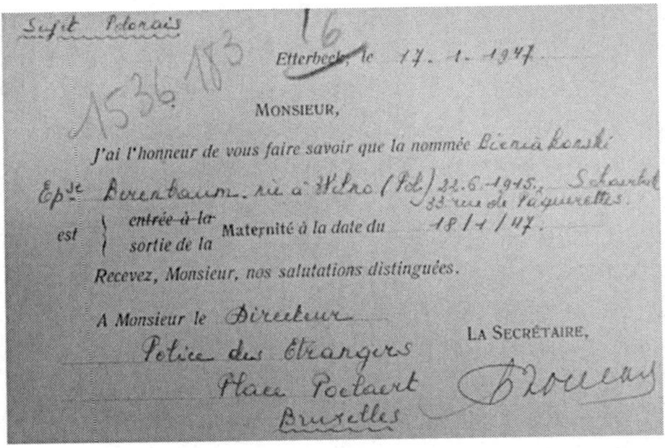
Sujet Polonais

16

15369 183

Etterbeek, le 17. 1. 1947

MONSIEUR,

J'ai l'honneur de vous faire savoir que la nommée [illegible]

Ep^se Berenbaum. née à [illegible] (Pol.) 22.6.1915. [illegible] 33 rue des Pâquerettes.

est ~~entrée à la~~ / sortie de la Maternité à la date du 18/1/47.

Recevez, Monsieur, nos salutations distinguées.

A Monsieur le Directeur

Police des Etrangers

Place Poelaert

Bruxelles

LA SECRÉTAIRE,

[illegible]

Revenons à Catzaf. D'après la police, Catzaf, d'origine roumaine, a étudié la pharmacie à l'université de Liège en même temps que Chaïm Berenbaum. Depuis que tous deux se sont installés à Bruxelles,

Catzaf, observe l'agent Porcin, se rend régulièrement dans l'appartement de Chaïm – le rapport ne fait pas mention d'Esther, la sœur de mon père, qui explique peut-être l'assiduité de Mates ?

Catzaf… Le nom m'était inconnu jusqu'à ce que je le découvre dans les fiches de police de mon père, longtemps après sa mort.

Lorsque je finis par retrouver la trace du sulfureux ami de mon père dans d'autres archives, je m'en suis voulu du ton ironique avec lequel j'ai traité l'agent Porcin. J'ai eu tort de me moquer de lui et du temps qu'il a passé à enquêter sur les deux « pharmaciens étrangers ». Dans un livre documenté[1], sous une photo de Catzaf extraite du dossier de la police des étrangers, on peut lire : Mates Catzaf a pris dans la résistance le pseudonyme de Gorki.

Dès les premiers mois de la guerre, Catzaf a rejoint la branche belge de la MOI, composé d'une vingtaine de membres (dont plusieurs anciens des Brigades internationales d'Espagne) et dirigé par un tresseur de chaussures bulgare, Théo Angheloff. Cet homme redoutable affichait la gueule impressionnante de Tarass Boulba tel qu'on le représentait dans les films soviétiques. La MOI était l'un des groupes « terroristes » les plus actifs de la résistance à Bruxelles. Attentats, bombes, assassinats ciblés, dont ceux de plusieurs notables juifs accusés de collaborer avec les nazis. À peu près tous les membres du groupe ont été arrêtés et exécutés par les Allemands. Sauf Catzaf, l'un des seuls à échapper à la rafle de 1943 qui décima le groupe Angheloff.

Quel fut son sort après la mort de ses camarades ? Les informations à son sujet sont contradictoires. D'après le livre qui raconte le parcours du groupe Angheloff,

1. *Otages de la Terreur. Le groupe du Bulgare Angheloff et son groupe de partisans juifs 1940-43*, Maxime Steinberg et José Gotovitch, VUBpress, Bruxelles, 2007.

Catzaf fut attrapé à la fin de la guerre et envoyé à Auschwitz. Survivant – Dieu sait comment ! – au camp de la mort, puis à son évacuation, il aurait succombé au camp d'Ebensee trois petites semaines avant la Libération. Le nom de Mates Catzaf apparaît aussi sur le site de la Knesset (le parlement israélien) qui énumère l'identité des victimes de l'Holocauste. Mais il existe une autre version. Dans le dossier de Catzaf à la police belge des étrangers, un rapport indique qu'il aurait survécu à l'Apocalypse (la date et le lieu de naissance, en Roumanie, sont les mêmes que ceux du Catzaf soi-disant victime de la Shoah). Revenu de l'enfer, il aurait demandé un permis de séjour en Belgique en 1946, qui fut renouvelé en 1952.

Faut-il en conclure que, dans l'entourage de monsieur Optimiste, tout le monde mène une double vie ? Un Catzaf mort dans l'Holocauste et son ombre survivant aux camps d'extermination, comme il y a un Chaïm Berenbaum devenu après la guerre un Hubert Berenboom ? Et sa mère, Frania Berenbaum, commerçante à Maków, déportée au ghetto de Varsovie, transformée en une respectable madame Perlmutter en Israël ? Et moi, et moi, et moi ?

Ce qui est sûr, c'est que les membres du groupe de la MOI étaient tous communistes. Aussi, suis-je obligé de tirer mon chapeau aux services belges de contre espionnage. En soupçonnant Catzaf, dès 1937, d'appartenir à un mouvement subversif, l'agent Porcin s'est révélé beaucoup plus futé que ses collègues Dupond-Dupont ! Sans se laisser abuser par les dénégations de Catzaf qui se défendait comme un beau diable de tout engagement politique. En brandissant des attestations signées par de « bons Belges » qui témoignaient de sa parfaite neutralité. « Je fréquente son officine de pharmacien depuis deux ans, écrit l'un d'eux, et ne l'ai jamais entendu causer politique ni émettre de réflexion pouvant toucher l'amour-propre des Belges. »

Catzaf lui-même protesta auprès du ministre de la Justice lorsque sa toute jeune épouse fut renvoyée en Roumanie : « Elle a dû me quitter… Elle est seule là-bas dans son village et les gens chuchotent que son séjour serait la conséquence de la désunion de notre ménage ! Je vous assure, Monsieur le Ministre, que nous n'avons pas fait de politique et que nous n'en ferons jamais. Les soupçons, les accusations qui pèsent sur nous, Monsieur le Ministre, sont inexactes. Nous sommes victimes d'erreur. Une enquête le démontrerait sans peine. »

Ces déclarations auraient trompé un agent ordinaire. Hélas pour lui, l'enquête avait été confiée à L. Porcin, un agent pas ordinaire. « La présence de l'intéressé a été plusieurs fois constatée au local du *Porteur* dont le tenancier et sa famille sont des militants communistes. »

À cette époque, boire du gros rouge dans le bistrot d'un rouge vous classait automatiquement dans la liste des subversifs rouges. Mais la suite de l'histoire le démontra, Porcin avait eu le nez fin en guettant les allées et venues du futur terroriste auprès de son confrère et ami Chaïm Berenbaum – un appartement où se croisaient étrangement le nazi Tomas et le communiste Catzaf, le seul évidemment à intéresser les services secrets.

À contempler les yeux ironiques de Mates sur la photo d'identité glissée au dossier, et le petit sourire narquois qui retrousse ses lèvres minces, on comprend d'un simple coup d'œil qu'il se régale d'avoir leurré les flics avec ses déclarations lénifiantes et ses témoins bidon. Quelle erreur ! Porcin avait démasqué Catzaf avant même que le futur Gorki ne revête son habit de terroriste.

Lorsque les Allemands s'installent à Bruxelles, Mates et Chaïm continuent-ils à se voir ? Rien ne l'indique dans les dossiers. La police belge des étrangers, hélas, a dû interrompre ses activités lorsque leurs collègues germains ont pris le relais, leurs fichiers et leurs bureaux. Mon père a-t-il été tenté de se joindre à la MOI ? Les cris d'horreur qu'aurait poussés Rebecca, à la seule idée que son mari songe à frayer avec un groupe armé, communiste au surplus, permet de répondre à la question. Même si la tentation l'a effleuré, la crainte d'une crise de nerfs de ma mère, autrement plus redoutable qu'une descente de la police allemande dans son officine, l'aurait convaincu qu'il valait mieux pour la santé de son ménage continuer à fabriquer des pilules dans son labo, distiller de l'alcool pour ses amis et servir des médicaments miraculeux à ses clients. En faisant le gros dos, il éviterait que les Allemands ne s'intéressent à sa petite et insignifiante personne. Ce que faisaient aussi tous ses voisins, appliquant la politique du « moindre mal », recommandée par le Roi et les plus hautes autorités du royaume. « Ne résistez pas. Ne collaborez pas, du moins dans la mesure du possible. Comportez-vous comme si tout était normal et la vie sur Terre redeviendra normale. » Un slogan conforme aux idées de ma mère, fraîche immigrée qui adopta spontanément la culture de ses futurs concitoyens, et qu'elle n'abandonnera plus – malgré quelques tentatives de mon père.

Y avait-il plus citoyen belge modèle que ma mère ? N'importe quel flic l'aurait compris au premier coup d'œil. Pourtant, elle aussi retint l'attention de Porcin…

D'après son dossier à la police des étrangers, ma mère est arrivée en novembre 1938, avec un visa d'étudiante à l'école de commerce Solvay de l'université libre de Bruxelles. Les archives de la Sûreté précisent que son visa est accompagné du certificat médical d'un médecin « agissant en vertu d'un mandat du gouvernement belge et les instructions de la Légation du Roi à Varsovie », qui certifie qu'elle n'est « pas atteinte d'une affection pouvant être transmise à des tiers ». Et l'amour, docteur, n'est-ce pas une affection pouvant être transmise à un tiers ?

Novembre 1938 ? Dix ans presque jour pour jour après que Chaïm a posé ses valises sur le quai de la gare à Bruxelles pour ensuite s'installer trois mois plus tard dans une masure de la rue du quai Saint-Léonard à Liège. Comme moyen de subsistance, « il déclare recevoir 15 dollars par mois de ses parents, domiciliés 31, rue des Marchands à Maków, dans le gouvernorat de Varsovie. »

Pas un mot, en revanche, de l'enveloppe que lui remet chaque soir le magicien du grand théâtre de Verviers pour ses prestations de témoin anonyme. Une fois encore, les seules informations importantes ont échappé aux pandores. À moins que l'agent chargé de le suivre au théâtre n'ait fini par être éliminé par le magicien, coupé en morceaux dans sa boîte magique ? Abracadabra !

VOYAGE AVEC MA MÈRE

Une fois son bac en poche au lycée français de Vilno, ma mère voulut poursuivre ses études. Comme les hautes écoles de la capitale de la Lituanie étaient fermées aux Juives, elle s'inscrivit à l'université de Bruxelles où vivait son oncle Harry.

Toute sa vie, oncle Harry mit autant de passion à jouer à l'homme d'affaires qu'à haïr la politique. Sautant d'un pays à l'autre jusqu'à un âge avancé, il a parcouru la planète, fuyant fascistes et communistes, tout en étant à l'affût du beau coup qui le rendrait millionnaire. Un vrai aventurier, qui croyait en son destin, quelque part entre Lancelot en quête du Graal et La Tulipe, le héros du *Million*, de René Clair, courant dans tout Paris à la recherche de son billet perdu de la Loterie nationale.

Harry était le sosie de l'acteur américain E.G. Robinson. Lorsqu'il se promenait sur la Croisette pendant le festival de Cannes dans les années cinquante, les gens se précipitaient vers lui pour lui demander un autographe. Il signait sans rechigner en lâchant un « You are welcome, baby ! », de sa voix grave avec un accent russe appuyé. Le cinéma occupa une place importante dans sa vie bien avant qu'E.G. Robinson ne devînt une vedette.

À Berlin, Harry travaillait pour l'UFA. Lorsque je suis devenu un habitué de la Cinémathèque, je guettais le générique des chefs-d'œuvre tournés à cette époque à Babelsberg : *M le maudit*, *Le Testament du Dr Mabuse*, *L'Ange bleu* ou *L'Opéra de Quat'sous*, pour y retrouver le nom de Harry Beilis.

L'un de ses boulots m'a particulièrement fasciné. L'UFA lui avait confié le marché chinois. Un réseau de salles de cinéma ouvert par la grande société allemande dans les principales villes de l'empire du Milieu, Shanghai, Canton, Nankin, qu'il fallait alimenter avec les nouveautés tournées dans les studios de Berlin qui, à l'époque, faisaient jeu égal avec ceux d'Hollywood.

Tous les trois mois, mon oncle embarquait dans le train de Moscou, les malles pleines de bobines. Arrivé dans la capitale bolchevique, il prenait le Transsibérien jusqu'à Vladivostok où il attrapait la correspondance pour Pékin. Après avoir déposé les nouveaux films, il repartait dans l'autre sens, Pékin-Vladivostok-Moscou-Berlin, en ramenant les copies dont l'exploitation était terminée.

À travers les vitres grasses de poussière et de suie du compartiment, quand l'épaisse fumée de la locomotive qui entourait le convoi tel un suaire lui permettait d'entrevoir le paysage, Harry contemplait les régions en pleines convulsions de son pays natal, mal remis de l'effondrement des empires dont elles formaient les anciens territoires soumis. Des régions aux contours flous, champs de bataille non encore cicatrisés de la Grande Guerre mais prêts à servir de tombes pour la prochaine. Le thé était servi en Pologne, redevenue indépendante depuis peu, mais au régime incertain et fragile, les sandwiches vendus sur les quais de Minsk, de la mauvaise vodka aux buvettes des gares de Russie, hantées par des soldats mal vêtus, portant l'étoile rouge, une goutte de sang brillant sur leurs habits en loques. Puis venait la traversée de la Sibérie blanche et sanglante, en pleine conquête bolchevique, avant de pénétrer dans les territoires sans fin de la Chine en déliquescence. J'imagine la fascination de l'oncle Harry regardant défiler ces villes, ces plaines monotones, ces gares décaties, ces cohortes d'hommes, de femmes, d'enfants, mal nourris, mal vêtus, sortis à peine vivants du chaos de la guerre, aussitôt écrasés par l'ouragan soviétique et, déjà, l'ombre nazie se profilant à l'horizon. Il était l'un d'eux, un de ces hommes nés par malheur dans cet immense empire mou, simples fétus ballotés par une série d'histoires incompréhensibles qui va ravager la planète. Entre-temps, regardez-le sur sa banquette, bercé depuis des jours et des jours sans fin par le mouvement du train, le raffut de la locomotive, le grincement des boggies, un œil sur le samovar brûlant, l'autre sur l'Histoire qui défile à travers la vitre du train, tout en veillant à sa précieuse cargaison de rêve et de paillettes.

L'arrivée d'Hitler au pouvoir tua le cinéma allemand, dont les plus célèbres et talentueux représentants partirent sur les routes de l'exil. Fritz Lang et Billy Wilder aux États-Unis, Pabst et Siodmak en France, Joseph Schmidt en Hollande et… oncle Harry en Belgique.

Si ses collègues ont tout abandonné sur place, Harry, lui, réussit à emporter un véritable trésor dans ses bagages, une splendide Berlinoise, Herta, rencontrée dans les coulisses de Babelsberg où elle faisait de la figuration.

Herta ressemblait à Marlène Dietrich. Moins dans le visage que dans la silhouette, mince et souple, le maintien droit comme un officier prussien, jusque dans sa vieillesse, et surtout la voix un peu rauque avec cet accent et cette morgue aristocratique qui faisait de chaque Berlinoise, fût-elle vendeuse ou servante, un membre de la caste des déesses.

L'oncle Harry n'est pas né à la bonne époque ni au bon endroit. Lui qui détestait la politique et méprisait l'idéologie avait fui Vilno pour Berlin à cause de la menace bolchevique, puis Berlin pour Bruxelles, devant la menace allemande, puis Bruxelles pour Nice, devant l'invasion nazie, puis Nice pour Montevideo, quand les Italiens s'emparèrent de Nice, puis Montevideo pour Paris quand les mouvements communistes commencèrent à fleurir en Amérique latine. À peine s'était-il installé sur la Côte d'Azur que des ministres communistes entraient dans le gouvernement français...

« J'aurais dû choisir, m'a-t-il avoué ce jour-là, de retourner en Belgique, où la situation politique est tellement plus sûre. » Il vivait dans le souvenir des années heureuses de Bruxelles, où il avait monté un bureau d'import-export dans son appartement quai du Commerce. Grâce à la magie du fax, il accomplissait des miracles. Effectuant des dizaines d'opérations d'achat et de vente dans le monde entier en une seule journée, il formait à lui tout seul une société multinationale.

Le matin, après avoir allumé le samovar et avalé un verre de thé brûlant, il achetait quelques tonnes de clous italiens qu'il revendait une demi-heure plus tard à une entreprise polonaise. En guise de paiement, celle-ci lui cédait un haras, revendu aussitôt à une compagnie anglaise en échange d'une cargaison de caoutchouc, dont il se débarrassait avant qu'elle n'arrive à destination au plus offrant, un entrepreneur français, allemand ou australien, et ainsi de suite jusqu'à l'acheteur final qui lui remettait une lettre de change ou un autre instrument de crédit documentaire qu'il escomptait.

Il ne touchait jamais ni aux clous, ni aux chevaux, ni au caoutchouc dont il avait été propriétaire un bref moment. Si un grain de sable avait grippé la succession de ses achats-ventes et qu'il avait dû prendre livraison d'une seule de ces cargaisons, il aurait été ruiné.

L'arrivée de sa nièce Rebecca tomba à pic. Harry cherchait une secrétaire de confiance à qui il pourrait révéler sans danger tous ses secrets et son inestimable carnet d'adresses.

Aussitôt débarquée du train de Vilno, ma mère fut accueillie quai du Commerce. Oncle Harry et tante

Herta mirent à sa disposition une jolie pièce inondée de lumière, donnant sur le quai et ses platanes majestueux, située stratégiquement, dans l'appartement, entre leur chambre à coucher et le petit bureau où trônait le fameux fax qui assurait leur fortune, tout près du samovar. Ma mère aurait pu ne jamais quitter l'appartement où se déroulait désormais sa vie et où défilait la planète entière si, par un beau jour, elle n'avait eu besoin d'un médicament et qu'elle n'était entrée dans une certaine pharmacie…

RÉSISTANCE

Alors qu'Hitler envahissait l'Europe, qu'Harry et Herta fonçaient vers la Suisse et Tintin vers *L'Étoile mystérieuse* en se jouant des manœuvres déloyales de ses adversaires judéo-yankees menés par l'affreux Blumenstein, mes parents, eux, entraient dans la clandestinité. Mes parents ? En tout cas, les époux Janssens.

Obligé d'abandonner son identité et la pharmacie, désormais recherché par les Allemands, mon père aurait dû rester planqué au fond d'un appartement ami en attendant l'arrivée des judéo-yankees. Mais M. Janssens se montrait aussi incapable de rester en place que Chaïm Berenbaum, et il proposa ses services aux policiers qui le cachaient et à leur réseau de résistants. Avec le recul, on peut trouver bizarre, paradoxal et surtout stupide, qu'un Juif en fuite, obligé de se planquer pour échapper à la Gestapo se promène dans les rues de Bruxelles, au nez et à la barbe de ses bourreaux, les poches bourrées de faux papiers. Comment expliquer un comportement aussi déraisonnable ? En revêtant les habits de M. Janssens, mon père s'était-il défait du même coup de la personnalité petite-bourgeoise de M. Berenbaum ? Était-il entré dans son nouveau rôle comme Humphrey Bogart se glissait dans la peau de Sam Spade ou Christopher Lee dans celle de Dracula dès que le réalisateur criait : « Silence ! On tourne ! » ? Pas plus qu'Humphrey Bogart ou Christopher Lee lorsqu'ils arrivaient le matin au studio, mon père n'avait l'impression de se comporter en héros. Il faisait simplement son boulot. Il payait sa dette à ceux qui les protégeaient, lui et sa femme.

La chance sourit aux innocents. Pendant des mois,

monsieur Optimiste parvint à se faufiler d'un coin de la ville à l'autre sans être pris. Jusqu'au jour où la baraka faillit l'abandonner. Ce matin-là, il transportait de fausses cartes d'identité et des permis de travail plus vrais que nature en compagnie du fils d'un des membres du réseau, lorsque le tram dans lequel ils circulaient fut arrêté par les Allemands. Et les voyageurs obligés de débarquer et de se mettre en rang d'oignons le long du véhicule. Les faux papiers étaient cachés dans le béret du jeune adolescent. Alors que les soldats, qui fouillaient un à un les voyageurs, se rapprochaient d'eux, mon père pinça violemment le gamin qui se mit à crier et à pleurer. Prétextant que le petit, gravement malade, allait vomir, mon père l'entraîna vers le caniveau. Sitôt sur le trottoir, ils se mirent à courir comme des dératés. Le temps que les soldats reviennent de leur surprise, ils étaient loin. Se faufilant dans le dédale des rues environnantes, ils se glissèrent à bout de souffle dans une cour d'immeuble, attendant la nuit pour rentrer à la maison où ils étaient hébergés, juste avant le couvre-feu.

Mon père a toujours prétendu qu'il ne fallait aucun courage pour servir la Résistance, transporter de faux papiers, se comporter en terroriste. Pas plus que pour continuer de fabriquer des pilules contre l'urticaire pour les résistants. Il fallait juste détester les nazis. Avait-il peur d'être pris lors d'un contrôle ou d'une rafle, fauché par un coup de fusil, emmené dans les locaux de la Gestapo, pour y être torturé ? Bien sûr. Mais la peur d'attendre en tremblant au fond de sa cachette qu'un groupe de SS vienne le surprendre avec sa Rebecca chérie était encore plus grande. Mourir pour mourir, il préférait choisir son destin. À l'image des Juifs du ghetto de Varsovie qui venaient de se soulever et qui avaient réussi à défier la *kolossale* puissance allemande pendant quelques semaines avant de se faire anéantir, leurs misérables armes à la main, les nazis détruisant leur réduit maison par maison, pierre par pierre. Ce ghetto dans lequel se trouvaient sa mère, sans doute son père, son frère Motek et sa sœur Sara.

Depuis sa convocation à Malines, mon père avait vu s'éclipser mystérieusement tous ses amis juifs. Aucun de ceux qui s'étaient rendus à la caserne Dossin n'était revenu. Où avaient-ils donc tous disparu ? Personne ne le savait, personne ne voulait en parler, rendant cette interrogation encore plus angoissante. En quelques semaines, des milliers de personnes autour de lui s'étaient tout simplement évaporées. L'absence peut être plus terrible que la vue d'un cadavre. Parce qu'elle réveille des peurs ancestrales irrationnelles, l'intervention de forces maléfiques qui n'ont plus rien d'humain. Là où quelques jours auparavant habitait un Lévy ou un Goldstein, un autre nom était inscrit sur la sonnette comme sur l'enseigne de leur magasin. Seule la peinture fraîche attestait de la réalité. Oui, il y avait bien eu avant un Lévy ou un Goldstein, même si le voisinage en niait l'existence.

L'existence des camps de la mort était au-delà de ce que l'imagination ou même la terreur inconsciente de mon père pouvait deviner. La décision de régler le « problème juif » par la solution finale resta secrète. Ce fut bien plus tard que l'on apprit où elle avait été adoptée. Lors d'une réunion des principaux chefs nazis à Wannsee, le 20 janvier 1942. Le sort des Juifs fut scellé ce jour-là en deux heures. Coïncidence : dans le *strip* d'Hergé publié dans *Le Soir* du 20 janvier 1942, tandis qu'Heydrich, Eichmann et leurs camarades planifient la solution finale, les trois protagonistes de *L'Étoile Mystérieuse* sont eux aussi en conférence pour régler le compte du banquier Blumenstein et de ses séides. « Laissez-moi ! s'écrie Haddock, Je vais les couper en petits morceaux, ces individus… »

Comme Hergé et le reste du monde, mon père n'a découvert l'Holocauste qu'après l'ouverture des camps, alors que Bruxelles était libérée depuis plusieurs mois.

Pour expliquer son travail pour la Résistance, les risques qu'il prit, mon père n'a jamais évoqué le sort de ses coreligionnaires. Il en avait juste assez de voir des Allemands tenir le haut du pavé, dicter leur loi, l'obliger à vivre dans la clandestinité, lui qui voulait tout simplement retrouver sa pharmacie, ses clients et rouler entre ses doigts habiles les petites pilules qui lui donnaient la réputation méritée de meilleur magicien de l'Est (de Bruxelles).

LE LIVRE DE CUISINE

Alors que mon père dut arrêter de travailler pour échapper aux rafles des réfractaires, ma mère se lança dans une étrange occupation pendant les deux ans qu'elle vécut cachée : la rédaction d'un manuscrit de près de deux cents pages couvrant trois cahiers d'écolier, qu'elle emportait à chaque déménagement avec les formulaires relatifs à sa valise perdue – il leur fallait sans cesser changer d'abri pour échapper à la curiosité des voisins, aux rumeurs, aux dénonciations. La passion de l'écriture n'avait pas seulement touché ma mère. Le virus semblait fort répandu à l'époque, au vu de la masse de lettres envoyées par tant de bons Belges aux occupants pour signaler la présence ou l'arrivée de voisins pas très *kasher* dans leur coin de paradis. Hélas, la plupart de ces œuvres sont restées anonymes. Tradition oblige dans un pays de bâtisseurs de cathédrales dont la modestie est la principale vertu.

Le livre de ma mère n'est pas une fiction merveilleuse ou tragique dans laquelle elle se serait réfugiée. Pas davantage le récit de sa vie, roulé dans une bouteille, sa façon de laisser une trace de son passage avant d'être arrêtée. Ma mère, la femme de monsieur Optimiste, avait foi en un avenir radieux, où elle fêterait avec son mari la fin de la guerre et des privations devant une table de roi. Pour s'y préparer, elle composa un livre de cuisine. Voilà à quoi ma mère passait ses journées, enfermée dans des appartements amis avec interdiction de montrer le bout de son nez. Une collection de recettes soigneusement organisées, commençant par douze pages de soupes, entrées, hors-d'œuvre froids, chauds, suivis par la préparation des viandes et des poissons, légumes, salades et sauces, avant, cerise sur le gâteau, vingt pages de desserts.

« Faire colorer dans une casserole un peu de graisse chaude, trois carbonades de porc. Retirez-les et gardez-les au chaud. Dans la même casserole, ajoutez l'oignon haché, laissez rissoler. Saupoudrez le tout de farine pour faire un roux… L'anguille se vend d'ordinaire tout préparée, écorchée et vidée. Il suffit de la laver à plusieurs eaux… Le dessert angélique nécessite 300 gr de farine, 3 œufs, 150 gr de beurre, 200 gr de sucre et de l'angélique (facultatif). Mélanger la farine et le sucre avec du bicarbonate de soude et un verre de liqueur d'angélique. Triturer le tout et former une pâte moelleuse… »

Pendant que mon père, à bout de ressources, cherchait désespérément de quoi manger, ma mère décrivait par le menu les plats qu'elle était bien incapable de cuisiner. J'ai d'abord cru à un élan de nostalgie, le souvenir de la cuisine familiale de Vilno. Mais, à lire les recettes, aucune ne rappelle la cuisine traditionnelle juive ou russe, sinon la carpe farcie – « à la juive », a-t-elle pris soin de préciser –, comme si madame Janssens préférait prendre un peu de distance avec la cuisine exotique. Au contraire, le recueil est un hommage appuyé à la gastronomie de son pays d'accueil. Façon pour elle de s'assimiler au terroir ? De prouver, en cas de descente de flics, manuscrit à l'appui, que s'ils cherchaient des étrangers, il y avait erreur ? De s'imprégner de la culture locale ou d'en rêver ? Le dénuement dans lequel mes parents vivaient ne leur permettait même pas de préparer la soupe aux tomates qui ouvre le manuscrit. Que dire alors du gigot de mouton en chevreuil, de la langue de bœuf au salpêtre, de la raie à la daube ou de la tarte Goliath d'Ath, avec amandes pilées, raisins, un litre de lait et sucre à volonté ?

Au cours d'une de ses expéditions, mon père tomba,

dans la cave d'une maison abandonnée, sur un véritable trésor : un tonneau de harengs salés, de quoi assurer leur subsistance pendant plusieurs semaines. J'imagine la scène. Ma mère lisant à voix haute quelques pages savoureuses de son livre pendant que mon père reprenait un morceau de hareng en avalant une gorgée d'eau entre chaque bouchée. Sans la faire taire ni l'empêcher d'énumérer cette liste de plaisirs interdits, inaccessibles.

Mon père hochait la tête en écoutant ma mère décrire leur avenir gastronomique. Mais le doute commençait à ronger monsieur Optimiste. Il sentait que la table de leur salle à manger ne serait jamais garnie d'aucun des plats décrits par ma mère. D'ailleurs, il n'y aurait bientôt plus ni table ni salle à manger. Jusqu'à présent, seule une chance insolente les avait aidés à échapper aux rafles, une chance qui avait déjà failli leur faire défaut. Quelques semaines plus tôt, ils s'étaient sauvés de justesse. L'amie qui les cachait, la fille d'une députée socialiste, avait remarqué une voiture noire qui se garait devant la maison pendant qu'elle lavait les carreaux. En l'entendant crier, ils s'enfuirent par les jardins arrière alors que les nazis sonnaient à la porte. Mais combien de temps encore avant que la Gestapo ne débarque dans leur nouvelle planque ? Mon père reconnaissait pourtant, tout en mâchant ses harengs, que Rebecca avait trouvé le meilleur remède à son désarroi, la lecture de son manuscrit. Le rêve de plats merveilleux sans le risque d'une indigestion à la clé. De longues soirées pendant lesquelles se succédaient sans fin tous ces incroyables plats, ces sauces et ces crèmes, sans jamais le rassasier. Dans notre famille, le plaisir est toujours passé par la tête.

Si mon père avait rejeté l'éducation étroite et obscurantiste de son père, il en avait gardé l'essentiel, sans même en être conscient, le culte du mot. Le mot, le don que Dieu a fait à l'homme. C'est pourquoi le livre de ma mère était le plus divin des cadeaux.

CARBONADES FLAMANDES

Une fois la guerre terminée, que devinrent ses talents culinaires ? Ma mère était convaincue que la préparation des mets se faisait selon un rite aussi immuable et dans un ordre aussi rigide que les chapitres de son livre de cuisine.

Dimanche, poulet-compote ; lundi, oiseaux sans tête ; mardi, boulettes sauce tomate ; mercredi, carbonades flamandes et ainsi de suite. Sans le moindre écart.

Notre boucher annonçait-il un mercredi matin, consterné, qu'il n'avait pas été livré en bœuf maigre, elle dédaignait le morceau de roi qu'il lui proposait à la place pour parcourir toutes les autres boucheries du royaume à la recherche des ingrédients indispensables à ses carbonades. La solennité de ses menus et leur composition obéissaient à un dessein politique. Elle avait décidé de me faire entrer la Belgique par la cuisine. C'est l'estomac qui allait faire de moi un vrai Belge de souche.

À quoi bon avoir écrit un bouquin de deux cents pages, un coffre aux trésors débordant de recettes plus savoureuses les unes que les autres pour composer semaine après semaine les mêmes repas sans aucune surprise ? Je n'ai jamais goûté (ni mon père) aucune de ces extravagances composées derrière les volets fermés de sa cachette pendant que les Allemands arpentaient les rues. De tous les plats qu'elle avait décrits de façon si appétissante, elle ne garda que la substantifique moelle : une carte limitée, raisonnable, sans chichis, immuable, mais une carte belge qui révélait la véritable magicienne qu'elle était devenue au contact de son mari. Si on l'avait laissée diriger toutes les cuisines du royaume, jamais les Flamands n'auraient songé à se séparer des Wallons.

Quand j'arrivais de l'école, un délicieux parfum se répandait jusqu'à la rue, odeur mêlée de sauce, d'épices et d'herbes. Inutile de me lancer dans le passionnant récit de ma matinée. Affairée au fourneau, ma mère me faisait signe de me taire. Chut ! Le temps était suspendu. C'était l'instant essentiel où elle plongeait la cuiller de bois dans la casserole et goûtait sa préparation, les yeux fermés. En faisant toujours la même grimace, que le plat soit prêt, trop cuit ou pas encore à son goût. Puis elle se tournait vers moi pour me scruter de bas en haut en décidant du reproche qu'elle allait m'asséner ce jour-là: tes souliers ! Tu as oublié de les enlever ! Tes cheveux ? Il y a combien de mois que tu ne les as plus lavés ? Et tes mains ? Elles doivent être pleines de microbes !

Sa manie de me culpabiliser fut le seul trait qui rapprochait ma mère des clichés sur la maman juive. Pour le reste, elle parlait peu, détestait les grandes phrases et les discours. À part un petit cercle (qu'elle voyait pour faire plaisir à mon père et jouer à la canasta) et quelques amies avec lesquelles elle allait prendre le café l'après-midi, elle n'aimait que deux choses : ranger son appartement et plonger dans un livre. J'ai eu beau l'interroger – j'y ai vite renoncé –, elle ne me parla jamais ni de ses parents, ni de son judaïsme, ni de la Lituanie, ni d'Israël, le sujet de conversation préféré de mon père. À tout, elle préférait le silence, Tolstoï et Koestler. Après m'avoir nourri de carbonades flamandes. Est-ce que j'appartenais vraiment à cette famille ?

LES CAMPS DE LA MORT

Comme à peu près tout le monde, mes parents n'ont appris l'existence des chambres à gaz qu'une fois la guerre finie. Sous l'occupation, ils pensaient que les rafles avaient pour but d'alimenter la machine de guerre d'Hitler et d'écarter les Juifs des terres du nouveau Reich : travail forcé dans les usines allemandes et camps de détention insalubres pour les vieux et les enfants quelque part dans les plaines glacées de l'Est. Jamais ils n'ont imaginé, même dans leurs pires cauchemars, le sort qui les attendait si la Gestapo leur avait mis la main dessus.

Les images de la libération des camps par l'armée américaine les ont pris par surprise. Ils ont découvert dans les journaux et les actualités cinématographiques les photos grises, presque illisibles, d'abord incompréhensibles puis inacceptables, de ces corps entassés comme autant de rebuts, ces cadavres non humains, irréels, ces poussières tombées d'une autre planète, ces masses d'objets personnels en tas immondes : lunettes, dentiers, nounours, à moitié calcinés. Cette masse de déchets, dernières traces humiliantes d'un peuple à jamais disparu. Le peuple du Livre n'existait plus que sur papier.

Dans ma jeunesse, je me suis passionné pour une série de reportages illustrés de photos magnifiques, parue dans *Paris Match* et intitulée *L'Homme, d'où vient-il ? Où va-t-il ?*. La découverte de races humaines disparues me bouleversait. Mais ce qui me fascinait le plus, c'est la virtuosité avec laquelle les anthropologues parviennent à reconstituer un monde disparu, des tribus entières à partir de quelques os, un tas d'outils, une paire de bijoux. D'un coup de baguette magique, l'homme de

Neandertal, l'*Homo erectus*, l'homme de Spy ainsi que leurs charmantes dames poilues, ressurgissaient aussi vivants que des dinosaures dans les pages glacées de mon magazine, marchant gaiement vers leurs proies, sans se douter qu'en fait ils étaient morts depuis des millions d'années. Cette même baguette magique ne pourrait-elle pas ressusciter les six millions de Juifs disparus bien plus récemment, mais dont les restes étaient à peu près dans le même état que ceux de ces lointains ancêtres ?

À propos d'ancêtres, je me demandais également si, au temps des cavernes, il existait déjà une différence entre les Juifs et les autres. Sacrée interrogation à laquelle *Paris Match* ne donnait pas de réponse : comment distinguer par exemple un néandertalien israélite de son cousin *goy* ? Pour l'*Homo erectu*s, en revanche, je commençais à avoir quelques idées sur la question.

Une fois la liberté retrouvée, mon père se préoccupa plus du sort de sa famille que de la religion de nos lointains aïeux. Monsieur Optimiste n'avait pas tout à fait perdu le moral. À sa place, tout un chacun aurait essayé d'oublier, de tourner la page, de construire l'avenir. Pas lui. Il restait persuadé que sa famille n'avait pas péri dans l'Holocauste. Tout le monde avait été emporté sauf eux. N'était-il pas lui-même la preuve qu'on pouvait en réchapper ?

LE RETOUR DE FRANIA

Dès la fin de la guerre, la Croix-Rouge et de multiples autres organisations prirent en charge les millions de réfugiés abandonnés comme des coquillages oubliés par la mer lorsque la marée nazie reflua enfin. Populations déplacées, prisonniers libérés des camps, civils et militaires égarés, chassés, en fuite, sans toit ni nourriture. L'Europe ressemblait à une région frappée par un tremblement de terre de magnitude 9. Il fallait loger, nourrir, soigner, calmer, rapatrier. Et continuer à enterrer ceux qui allaient encore mourir dans les mois qui suivirent la Libération. Partout, sur les maisons restées debout, les murs en ruines, les poteaux, les panneaux de bois, étaient placardés des affiches, des papiers portant le nom des personnes recherchées. Appels désespérés à des gens envolés dans la tourmente et dont la plupart ne réapparaîtront pas. Sous un nom, parfois la photo d'un homme ou d'une femme souriants, bien habillés, prise avant le ravage. Une image vaine, puisque aucun survivant ne ressemblait même vaguement au beau cliché noir et blanc que ses proches avaient gardé de lui ou d'elle. Via les organisations en charge des réfugiés, les gens semaient comme des pierres blanches ces avis de recherche d'un père, d'une mère, de frères, de sœurs, dont ils avaient perdu la trace. Ceux qui occupaient le dernier domicile connu des disparus, quand l'immeuble n'avait pas été soufflé par une bombe ou écrasé par les chars, ne savaient rien des précédents locataires. Le plus souvent, il n'y avait plus de domicile connu. Ni de voisins, de commerçants ou de fonctionnaires susceptibles de donner la moindre information. Que pouvait alors espérer mon père ? Varsovie avait été rasée, plus de quatre-vingt pour cent de la population juive polonaise envoyée dans les camps de la mort, réduite en poussière. Malgré tout, mon père soutenait *mordicus* que sa famille allait se reconstituer. C'était sa nature de faire confiance aux pouvoirs infinis de la magie. Une fois encore, il avait raison. À force de chercher, d'insister, de harceler la Croix-Rouge, ma grand-mère Frania fut retrouvée, errant dans Varsovie ou dans ce qui en restait après la fureur allemande – et la passivité des Soviétiques qui avaient contemplé, une bouteille de vodka à la main, les massacres et la destruction de la capitale polonaise depuis leur campement sur l'autre rive de la Vistule.

Mon père n'eut droit qu'à un seul vœu : tous les autres membres de la famille s'étaient évaporés, son père Aba, son frère Motek, sa sœur chérie Sara, ses oncles, tantes, cousins, cousines.

Fuyant par les égouts quelques mois avant la révolte du ghetto, Frania était parvenue à se faire embaucher par des fermiers abusés par ses yeux bleus, sa peau claire et ses cheveux blonds. S'ils s'étaient doutés qu'elle était juive, elle aurait couru le risque d'être chassée, peut-être dénoncée aux Allemands. Vous êtes choqués ? En deux phrases, je me permets d'exécuter les Russes en dénonçant leur cynisme face au martyre polonais et de réduire les Polonais à une bande d'assassins antisémites, sans un mot sur leurs propres souffrances, le prix qu'ils ont eux aussi payé à la barbarie nazie, le courage dont la plupart firent preuve pendant la guerre et après, sous le joug soviétique. Ai-je le droit de décider en deux coups de cuiller à pot qui sont les bons et qui sont les mauvais avec aussi peu de nuances que mon père et ma mère ? Oui, c'est ainsi qu'ils parlaient des Russes et des Polonais (et des Ukrainiens et des Lituaniens). Ils ont l'excuse d'avoir vécu dans leur chair, selon l'expression consacrée, la haine des Allemands, des Polonais et des Russes. Mais moi ? Aucun Allemand ne m'a jamais insulté, ni un Russe, ni un Polonais, même pas un Lituanien. Pas un ne m'a volé ni même fait une queue de poisson. Et le seul qui m'ait traité de « sale Juif ! » était un brave Belge, un ami, du moins je le croyais, issu de ce bon peuple tant vénéré par mes parents. Alors, de quel droit juger ces peuples – eux aussi ravagés par la tourmente – avec aussi peu de nuances ? Pourquoi d'ailleurs évoquer ces événements historiques alors que mon dessein est simplement de reconstituer le modeste parcours de mes parents ?

J'aurais aimé contredire le jugement radical de mes parents en invoquant l'Histoire. Même s'ils ont vécu repliés sur eux-mêmes, s'ils ont essayé de préserver leur identité, leurs rites, leurs coutumes, s'ils se sont mariés entre eux, les Juifs n'ont pas échappé à l'influence des peuples au milieu desquels ils vivaient et dont ils ont absorbé la culture, la vision du monde. Mettez ensemble des Juifs polonais, marocains, égyptiens, yéménites, français, portugais. Que voyez-vous ? L'État d'Israël, c'est-à-dire une auberge espagnole, autrement dit, un fameux bordel ! L'histoire polonaise, son rapport à Dieu, sa façon de manger, sa musique, la personnalité des Polonais, leur démesure, leur amour de la liberté, leur folie, tout cela a imprégné les Juifs, aussi sûrement que la vodka, quoiqu'ils prétendent. Sans parler des amitiés, des combats, des amours et des haines. La différence dans l'éducation que j'ai reçue de chacun de mes parents tenait aussi au fait que mon père était polonais et ma mère russe. La vérité sur ce qu'ils pensaient des Polonais était sans doute plus nuancée que leur discours. Ce n'est pas par hasard si, au milieu des papiers de mon père, entre les dernières cartes de sa sœur Sara et les lettres de sa mère Frania, se trouvait un texte en polonais. *My, Żydzi polscy* (« Nous, les juifs polonais »), écrit en 1945 par l'un des plus célèbres poètes juifs de l'époque, Julian Tuwim :

« [...] Et j'entends déjà la question "Comment cela – NOUS ?" La question n'est pas sans raison. Elle m'est posée par des Juifs à qui j'ai toujours dit que j'étais polonais, puis elle m'est posée par des Polonais pour qui je suis et je serai toujours juif. Voici la réponse pour les uns et pour les autres.
Je suis polonais parce que cela me plaît. Je divise les Polonais comme les Juifs, et comme les autres nations, en sages et stupides, en honnêtes et voleurs, en intelligents et bêtes, en intéressants et ennuyeux, en blessants et blessés, en gentlemen et non-gentlemen, etc. Je divise les Polonais également en fascistes et antifascistes. »
Avant d'expliquer pourquoi il se sent viscéralement polonais et pourquoi il en est fier. Parmi les nombreuses raisons rationnelles et irrationnelles, sérieuses et absurdes, grandiloquentes ou émouvantes, il écrit :
« Je suis polonais parce que je suis né en Pologne, j'y ai grandi, j'y ai été élevé et éduqué, parce qu'en Pologne j'ai été heureux et malheureux, parce que, de mon exil, je veux retourner en Pologne, même si ailleurs on me promettait des plaisirs paradisiaques.
Polonais, car j'ai en moi une superstition sentimentale que je ne peux expliquer par aucune raison ni aucune logique et, après ma mort, je veux être absorbé, aspiré par la terre polonaise et par aucune autre.
Polonais, car on me l'a dit en polonais dans ma maison familiale ; car on m'a nourri de cette langue depuis mon enfance ; car ma mère m'a appris des chansons et des poèmes polonais ; car, quand la poésie m'a secoué pour la première fois, elle s'est

exprimée avec des mots polonais ; car ce qui est devenu le plus important dans ma vie – la créativité poétique – est impensable dans une autre langue, même si je la parlais parfaitement.
Polonais, parce qu'en polonais, je confiais les inquiétudes de mon premier amour, et en polonais, je parlais en bredouillant de ses bonheurs et de ses tempêtes.
Mais je suis juif aussi, poursuit-il. Juif par le sang versé, par l'étoile de David peinte sur les brassards portés dans le ghetto.
Nous, suffoqués dans des chambres à gaz et transformés en savon – le savon qui ne fera partir ni les traces de notre sang, ni les stigmates du péché que le monde a commis envers nous.
Nous, dont les cervelles jaillissaient sur les murs de nos misérables habitations et sur les murs devant lesquels on nous fusillait en masse seulement parce que nous étions Juifs. [...]
Nous, encore dans des catacombes – dans des *bunkers* sous les pavés de Varsovie, traînant nos pieds dans les égouts puants, surprenant nos compagnons – les rats.
Nous, fusils en main sur les barricades, dans les ruines de nos maisons bombardées du ciel ; nous, les soldats de la liberté et de l'honneur [...] »

N'est-il pas étrange que mes parents aient glissé ce texte parmi leurs souvenirs de famille les plus précieux, dans la même boîte que le formulaire des chemins de fer français garantissant la délivrance de la valise confiée par leurs soins à la gare de Boulogne ?

Après la fin de la guerre, Julian Tuwim, rentré en Pologne, a scribouillé quelques odes en hommage à Staline – exercice obligatoire auquel ont succombé tant d'autres écrivains qui, tels Éluard ou Aragon, n'avaient pas besoin de donner ce gage au Petit Père des peuples pour garder la vie sauve. Mes parents ne l'ont pas suivi. Coupant les ponts avec leurs terres natales, ils ont choisi la *bruxellisation* à tout crin. Ont-ils hésité ? Tant de choses les rattachaient encore à la terre de leur enfance, la langue, les odeurs, les bruits de la nuit, les murmures des amis, du premier amour qu'ils ont tenu dans leurs bras. Est-ce pour rompre ce lien si difficile à dénouer qu'ils ne m'ont jamais parlé de leurs nostalgies, de Maków ou de Vilno, et qu'ils ont, tout au contraire, raillé l'antisémitisme de leurs compatriotes, sans leur reconnaître la moindre circonstance atténuante ?

À quoi bon leur donner des leçons ou passer sous silence leurs préjugés ? J'ai promis de vous servir leurs mots sans fard, seule façon de leur rester fidèle. Rien de plus. Même si j'aurais préféré vous décrire mon père comme un modèle de tolérance, ouvert, intelligent, doux, le *kalos kagathos* grec qu'on appelle le *mensch* en yiddish. Il était un *mensch*, je vous l'assure. Son jugement caricatural à l'égard de ses compatriotes est le reflet exact de son discours, mais sans doute pas de sa pensée au vu de l'importance accordée au texte de Tuwim.

Ajoutons que le peu de confiance de mon père envers les Polonais a sauvé la vie de ma grand-mère. Dans sa hargne d'arracher sa mère à leurs griffes, il remua ciel et terre pour l'accueillir en Belgique le plus rapidement possible. Sage précaution lorsqu'on sait que des Polonais, à peine libérés de la terreur allemande, s'étaient mis à massacrer quelques Juifs survivants venus se réinstaller dans leurs anciens villages, les tenant pour responsables de la férocité nazie, de la cruauté de Dieu et de la difficulté à dénicher une vodka convenable. Juste retour des choses : débarrassés des Juifs, ils héritèrent des communistes, ce qui améliora sensiblement la qualité de la vodka, mais pas leur sort.

Au moment où le POUP s'emparait du pouvoir à Varsovie, ma grand-mère assistait à la naissance de son petit-fils à Bruxelles. Sur les quelques photos de son séjour en Belgique, son sourire doux, lorsqu'elle m'exhibe fièrement devant l'objectif, dissimule à peine sa vraie nature, décidée, énergique, volontaire. Capable de déplacer des montagnes, de s'échapper du ghetto de Varsovie et de survivre aux nazis. La coexistence avec ma mère n'a pas dû être facile. Comme le révèle ce court passage d'une lettre que ma mère, partie se soigner à Davos en Suisse, adresse à son mari : « Ne dis pas à ta mère que je lui ai acheté une montre, que ce soit une surprise. » Ajoutant après cette sympathique entrée en matière : « Tu ne dois pas insister dans chaque lettre que je lui dois une reconnaissance éternelle ; crois-moi que je l'apprécie. »

Comment survivait mon père entre ces deux femmes décidées à lui remonter les bretelles et à diriger la maison Berenbaum-Berenboom ? Se battre contre les nazis a dû lui paraître parfois moins épuisant. Et le couple finit par tanguer après tant d'épreuves et un dur retour à la réalité d'après-guerre.

« En général, je ne suis pas contente de tes lettres, écrit-elle encore à mon père du haut de sa montagne suisse, tu ne réponds jamais à mes questions. Si tu savais avec quelle impatience j'attends toujours tes lettres, tu te donnerais un peu plus de peine à les écrire. À les lire, j'ai l'impression que tu ne m'aimes pas et que je ne te manque pas », déclare crûment l'amante avant de céder la plume à la mère qui a, elle aussi, de profonds motifs d'insatisfaction : « Et jamais tu ne me dis comment va Alain ; tu pourrais tout de même me faire un peu plaisir et écrire plus à son sujet. Enfin, je le verrai bientôt de mes propres yeux. »

À l'évidence, le séjour en Suisse n'a pas seulement rendu la santé à Rebecca. Il lui a aussi permis de parfaire son tir. Merci, Guillaume Tell ! Et de rappeler qu'elle ne sera jamais une femme soumise, tremblant à l'idée de perdre son homme. C'est une jolie provocatrice qui ne doute pas de son pouvoir.

Pendant qu'elle se rétablit à quelques centaines de kilomètres de Bruxelles, son mari travaille avec acharnement tout en veillant sur leur jeune bébé avec l'aide de sa mère. Mais, rappelle Rebecca, c'est elle et elle seule qui fait tourner leurs vies. Va-t-elle dans la foulée révéler enfin un pan de sa vie sentimentale ? Me laisser découvrir quelle amoureuse elle était ? Pensez-vous ! Sans prendre le temps de souffler après sa tirade de reproches et sans même aller à la ligne, elle poursuit : « Demande à Jeanne de laver la nappe rouge qui est sur la commode dans la chambre à coucher. »

En bout de lettre, allait-elle revenir sur sa déception, sur ses propres sentiments, grâce à une formule finale brûlante ? « À bientôt, écrit-elle sèchement à son mari. Des baisers pour Alain. » Et : « Compliments pour tout le monde. » Entendez : sa belle-mère et Jeanne, la bonne.

J'ai eu beau fouiller. Aucune des autres lettres que j'ai retrouvées (une trentaine, qui s'étalent sur vingt ans, toutes de ma mère, aucune de mon père) ne fait la moindre allusion à l'état de leur relation. Elles se révèlent tout aussi dépourvues de la moindre sensualité que sa missive de Davos. Pas une phrase, pas un mot qui fasse battre le cœur.

Que leur est-il arrivé ? Après leur rencontre en forme de coup de foudre et un mariage-passion, ils ont affronté ensemble nazis, famine, peur, collaborateurs. La Libération a-t-elle tari les sentiments de mon père ? Ou la découverte des horreurs commises pendant qu'il se cachait avec sa Rebecca chérie ? Mon père a toujours été d'une grande pudeur, mais il semble bien que les fantômes aient réussi à étouffer en lui toute manifestation de ses émotions amoureuses. Fidèle à mon engagement, je n'essayerai pas d'imaginer la réponse que mon père a formulée à l'appel de ma mère, la manière dont il l'a accueillie quelques jours plus tard à son retour de Suisse. Ils ont vécu encore trente ans ensemble, sans jamais se quitter, sinon au moment des vacances. Je sais. Cela ne veut rien dire. Mille autres raisons peuvent expliquer qu'ils ne se soient pas séparés.

Une fois cette lettre envoyée (le jeudi 25 mars 1948 ? 49 ?), la boîte sera en tout cas définitivement refermée sur cette affaire. Rebecca n'y reviendra jamais par écrit. Son cœur s'est-il aussi refermé ? C'est son secret. Aujourd'hui enfoui avec elle.

LA FANFARE DE MAKÓW

Frania survécut au ghetto de Varsovie, mais pas son mari. Aba disparut, mort de faim ou de maladie Dieu seul sait où. On pleura le mari, le père, l'homme, la victime de la barbarie. Mais, au fil du temps et des demi-confidences de mon père, l'image familiale se fit plus floue. Frania ne s'entendait guère avec son mari. Le mariage lui avait été imposé par la famille, alors qu'elle aimait un autre homme – un de ses cousins, qu'elle finira par épouser quelques dizaines d'années plus tard. Quand mon père parlait de son papa, il essayait de me faire partager sa nostalgie, sa tristesse, sa rage devant sa mort atroce, mais il ne parvenait pas à me cacher combien sa bigoterie, son conservatisme, sa raideur d'esprit les avaient opposés. Était-ce une des vraies raisons de son départ pour la Belgique ? En tout cas, Chaïm n'a pas été mécontent de quitter Maków.

Au nom de principes d'un autre temps, qu'il croyait éternels, Aba régnait sur sa femme, ses deux fils et ses deux filles. « Soyez en bonne santé », écrit-il à ses enfants en Belgique en novembre 1938. « En ce qui concerne les affaires, tout est avec l'aide de D. Les clients qui avaient cessé d'acheter sont revenus. » Il ajoute aussitôt, reprenant son habit de *pater familias* : « Et écrivez-moi tout de suite une réponse concrète à mes questions et non des fantaisies. »

Moi non plus, je n'aurais pas réussi à m'entendre avec un homme qui détestait les *fantaisies*.

À la différence de ma mère, née et élevée à Vilno – la « Jérusalem de l'Est », une ville magnifique, avec ses églises baroques, son université réputée, sa belle cathédrale, capitale intellectuelle du rang de Berlin, Paris et Londres –, bébé Chaïm contemplait pour tout paysage une bourgade boueuse de la région de Varsovie. Son grand-père était fermier et son père, Aba, avait ouvert un magasin où l'on vendait tout ce dont un villageois a besoin, un genre de *general store*, à la fois mercerie, quincaillerie, corderie, droguerie, où se bousculaient les produits pour les champs et les animaux et accessoirement pour leurs propriétaires et leurs femmes.

Tous les clients étaient traités de la même façon. La maison faisait crédit, hélas ! Dans ses courriers à mon père, ma grand-mère se plaint régulièrement de la famille Flatan qui tarde à les rembourser. Avant d'annoncer avec soulagement que les Flatan ont fini par solder leur ardoise à l'occasion de la vente inespérée de leur maison pour le prix de quinze mille zlotys.

Il n'y avait pas que des Juifs à Maków. Le *shtetl* était aussi envahi par les poux et les puces. On ne s'en plaignait pas, si cela éloignait les Polonais ! Les poux et les puces sont autrement plus tolérants que les antisémites, puisqu'ils ne font aucune distinction entre les hommes et les animaux !

Maków devait ressembler à un de ces villages que l'on voit dans les westerns. Qui sait ? Mon grand-père est peut-être à l'origine de mon goût pour le cinéma d'aventure, car, pour le reste, j'ai beau chercher, je ne vois pas ce qu'il a pu me léguer – quoique. On y reviendra.

Il faut bien que je me raccroche à l'Ouest sauvage et à ses clichés, car de son village natal, mon père ne m'a laissé aucun autre souvenir que celui de la fanfare locale. Il ne m'a jamais parlé ni de ses voisins, ni de son école, ni de la gare (s'il y en avait une), ni des clients qui fréquentaient la boutique. Pas davantage de sa vie quotidienne, lorsque enfant, il fréquentait l'école juive du village, la salle d'études, le *cheder*, où son père l'obligeait à prier, et la synagogue où il célébra sa Bar

Mitzvah. De sa vie à Maków, il n'a pas gardé plus d'images que de Liège, de Bruxelles, de ses prestations de magicien au théâtre de Verviers ou derrière le comptoir de ses pharmacies. Aucune image, aucune photo. Surtout pas de photo !

Je me raccroche au western, parce que les autres sources auxquelles j'ai fait appel pour tenter de reconstituer la vie à Maków, chez les romanciers juifs de l'époque, me paraissent encore plus excentriques. Qu'y a-t-il de commun entre mon père et le magicien de Lublin, les rabbins miraculeux ou les autres personnages irréels d'Isaac Bashevis Singer ou de Cholem Aleikhem ?

Des années que mon père a passées dans son village natal, je ne connais donc que sa fanfare. Il en parlait avec le même émerveillement que moi de ma visite à Saint-Nicolas, installé sur son trône doré au dernier étage du Bon Marché. Chaque fête était prétexte à la joyeuse sortie de cette fameuse fanfare.

Ce jour-là, le village s'animait. Lorsqu'il évoquait le défilé tonitruant à travers les ruelles, mon père debout lançait à travers le salon de retentissants boum-boum, censés me donner un aperçu du répertoire. Comme il n'avait aucune oreille musicale et qu'il chantait comme une casserole, je défie quiconque de distinguer le moindre refrain dans ces boum-boum qui résonnaient depuis mon enfance. Lorsque la fanfare pointait sa cymbale au hasard d'une confidence, la lueur qui s'allumait dans les yeux de mon père illuminait son visage. Pas besoin de mots pour partager son émotion. Il suffisait de le regarder pour que feu la fanfare se reconstitue soudain et défile dans l'appartement, avec ses musiciens dans leurs habits du dimanche, soufflant et tapant joyeusement dans leurs instruments. Elle marchait d'un pas lent. Pas à cause des airs de son répertoire – à entendre les boum-boum de mon père, le rythme semblait allègre –, mais pour éviter que la grosse caisse ne se fasse distancer. Pour Dieu sait quelle raison, la pièce maîtresse de la fanfare avait été confiée à un garçon efflanqué, traînant un pied-bot, qui avançait en sautillant comme une marionnette désarticulée dans les rues poussiéreuses tout en tapant sur son tambour systématiquement à contretemps. Et mon père d'arpenter la chambre en bondissant à la façon du pauvre musicien, pendant que ma mère hurlait depuis la cuisine « de cesser ces gamineries » parce qu'elle venait de nettoyer le salon, qu'elle n'allait pas le remettre en ordre « toutes les cinq minutes » et qu'elle n'était pas notre servante. Mon père n'écoutait pas. Il était à Maków en 1920 et le pied-bot traînait dans notre salon avec le reste de la troupe. « Allez, *hingkediker rebbe* (maître boiteux) ! Remets-nous un coup de ta grosse caisse ! », criait mon père au pauvre musicien sur le point de se prendre le pied dans le tapis du salon. Il fallait que ma mère surgisse, brandissant son aspirateur comme un marteau, pour que la fanfare se disperse et retourne prestement dans les limbes d'un monde disparu.

Quel autre souvenir mon père gardait-il de Maków ? Ah oui ! Les douces années de l'occupation allemande. Ne vous frottez pas les yeux. De toutes les guerres, celle que mon père préférait, c'était celle de 14-18.

Au lieu de le combattre, les populations polonaises avaient accueilli l'éternel conquérant teuton comme un généreux touriste venu dépenser ses précieux Deutsche Marks. Malheureusement, ce traitement n'était pas appliqué aux Juifs. Pour le dire autrement – je sais, j'aggrave mon cas ! – les ennemis de mes ennemis ne sont pas nécessairement mes ennemis.

Les historiens, qui ne se préoccupent guère des détails – sauf quand ils illustrent leur thèse –, ont omis de relever les avantages du séjour des Allemands en

Pologne : pendant l'occupation de 1915 à 1918, il n'y eut ni pogrom, ni aucun acte antisémite dont les Polonais étaient si friands. De plus, grâce au yiddish, les Juifs entretenaient avec l'occupant (en tout cas à Maków) des relations de coexistence harmonieuse. Le souvenir de la Première Guerre explique-t-il la confiance de mon père envers les Allemands lors de leur entrée en Belgique en mai 1940 ?

La synagogue tenait une place essentielle dans la vie de mon grand-père. Comme tous les Juifs pieux, Aba ne s'attardait pas dans la boutique, c'était l'affaire de Frania. Il passait l'essentiel de son temps dans la salle d'étude, penché sur la Bible ou discutant avec ses copains de l'opinion de tel ou tel rabbin, du Talmud et du mariage de sa fille avec le fils du voisin. Frania n'était pas heureuse. Elle regrettait son amour d'enfance – son cousin tant aimé, marié entre-temps à une autre. Hélas pour mon Aba, Frania n'avait rien de ces femmes soumises qui jouent les fourmis ouvrières dans toute famille pieuse, quel que soit le dieu auquel elle se voue. La vie d'une jeune et belle femme dans un petit bourg polonais au début du XXe siècle ne devait pas être plus sexy que celle d'une jeune et belle femme dans un petit bourg iranien ou pakistanais un siècle plus tard – ou dans les quartiers orthodoxes de Jérusalem de nos jours.

L'image que mon père traçait d'Aba, un bigot à l'esprit étroit, ne l'a pas empêché de me donner son prénom. Un homme qui a engendré un fils aussi curieux, poétique, ouvert au monde que mon père, ne pouvait pas être tout à fait fermé. À moins que Chaïm ne tienne ses qualités du mauvais esprit de Frania ? Mais, s'il était aussi peu sensible aux plaisirs de la vie, comment mon grand-père a-t-il pu succomber aux charmes de ma grand-mère, qui n'avait aucun goût pour les bondieuseries ni pour ses rites ? Pauvre Aba ! Comme il devait souffrir de vivre avec pareille « femelle » ! Une Lilith à Maków ! Et dans son lit !

Oui, il existe une étrange parenté entre Frania et Lilith, le personnage de la mystique juive, longtemps considérée par les hommes comme une sorcière avant de devenir l'Ève des féministes. Pourquoi la tradition fait-elle de Lilith la femme du diable ? Parce qu'elle voulait en tout point se montrer l'égal des hommes. La Kabbale stigmatise Lilith qui refuse de faire l'amour dans la position du missionnaire pour ne pas être obligée de se coucher sous son mari – plutôt mal vu, ça, du côté circoncis du peuple du Livre ! Je ne connais rien de la vie privée de mes grands-parents (sinon qu'ils ont eu quatre enfants). Une chose est sûre, ma grand-mère ne se laissait pas marcher sur les pieds, surtout par un homme. « Ne prenez pas mal les bêtises de papa », écrit-elle sans détour dans une lettre à ses enfants en Belgique. « Il est toujours pareil. Il n'écrit jamais rien d'intéressant, mais toujours la même chose. »

Mon père est donc le fruit de l'union entre un Juif pieux traditionnel respectueux de la Bible et une Lilith, le démon femelle de la Kabbale. Et l'on voudrait me faire croire qu'il n'était qu'un brave pharmacien inoffensif ?

LA VILLE IMMERGÉE

À quoi ressemblaient Maków, sa vie et ses habitants, les jours où la fanfare ne défilait pas ? Sur une photo brunâtre, qui commence à s'effacer, mon grand-père fixe l'objectif, accoudé au garde-fou d'un pont qui surplombe une rivière – sans doute l'Orzyc. C'est la seule image que je possède de lui. La seule aussi sur laquelle on devine vaguement le Maków du temps des Berenbaum, la ville ayant été entièrement détruite pendant la guerre. Du moins, je le croyais jusqu'à ce que je découvre, au milieu des papiers récupérés dans l'appartement de ma mère, un paquet de lettres de ma grand-mère, Frania, adressées à ses deux enfants, Chaïm et Esther, exilés à Bruxelles. Elles esquissent la vie que j'aurais menée si mon père était resté dans le village de son père et de son grand-père et si j'y étais né – ce qui suppose qu'Hitler soit devenu artiste autrichien plutôt que moustachu allemand.

Ma grand-mère écrivait à ses enfants en polonais (mon grand-père ajoutait parfois quelques lignes en yiddish). Au fur et à mesure que je découvre la version française des cartes et des lettres (que deux étudiantes polonaises ont patiemment traduites), signées « Frania, votre mère qui vous aime », un monde inconnu émerge. Tels ces bourgs recouverts par les eaux d'un barrage, qui réapparaissent à l'occasion de travaux d'entretien quand se vide le lac de retenue.

À leur lecture se redessinent les rues, les maisons, les commerces du Maków d'avant-guerre et surtout la vie de leurs occupants. Un théâtre d'ombres ressurgit. Le rideau se lève. Magie, magie… Que n'ai-je eu l'idée, l'envie, de les faire traduire plus tôt ?

La première lettre que m'envoie ma traductrice nous

entraîne en février 1937, en plein hiver. La neige tombe sans discontinuité. On claque des dents, même en récitant les psaumes à la synagogue. En écoutant les prières des Juifs de Maków monter jusqu'à Lui, Dieu n'entend-il pas qu'il y a des parasites sur la ligne ? Imperturbable, Il continue de déverser sur le pauvre *shtetl* polonais des seaux et des seaux de poussière blanche. Pour retrouver Frania, il faut se faufiler entre les congères, en faisant attention à ne pas glisser, si l'on veut atteindre sain et sauf le *magazuyn Towarow Ganateryjnych, Rynek*, n°31. Avant de passer le seuil, on grogne, on secoue les épaules, parce que la neige vous descend dans le cou malgré la grosse écharpe de laine, et on vérifie avec angoisse que le nez est toujours accroché au milieu de la figure. Mais à peine avez-vous poussé la porte de la boutique que vos efforts se trouvent récompensés. La douce chaleur du poêle à charbon se mêle à une odeur ensorcelante, venue tout droit de la cuisine, mélange de graisse d'oie et de pain d'épices.

« Les derniers jours précédant les fêtes, alors que nous nous attendions à un afflux de clientèle, un hiver glaçant est arrivé. Il y avait de la neige sur plus d'un mètre d'épaisseur. Même en ville, il était impossible de bouger de chez soi et personne ne pouvait venir au village pour faire des courses. À présent, s'il fait encore froid, il n'y a presque plus de neige.

Quels plats avez-vous mangé pour les fêtes ? De notre côté, nous avons préparé du pain d'épices avec vingt œufs. Il était excellent ! Comme nous n'avions pas de graisse fondue pour la fête, nous avons demandé à Mme S. de nous apporter une poule d'au moins un kilo de graisse. Jafa a également acheté une poule tout aussi grande pour 4 zlotys, donc nous sommes à présent servis ! Jafa est une magnifique cuisinière qui m'aide beaucoup et qui fait beaucoup d'efforts. D'ailleurs, je lui ai donné un pull en cadeau. »

Malgré une météo plus clémente, les gens ne se bousculent pas dans la boutique. En tout cas, les ardoises s'allongent dès le début du mois en attendant d'hypothétiques temps meilleurs.

« Nous n'avons que très peu d'argent ce mois-ci. Les clients ne payent pas. Tout l'argent est dépensé en charbon et nous y perdons… Cette semaine, il y aura la foire. Cela va sûrement être dur de marchander, car tout le monde a du mal. »

Confirmant les craintes de Frania, les résultats de la foire sont décevants. Les affaires sont moins bonnes que les autres années où la foire coïncidait avec l'arrivée du printemps.

« Mercredi, c'était la foire. Chez nous, il y avait plus de vendeurs que de clients. Le temps n'est pas favorable. La foire est venue bien trop tôt. Même s'il ne gèle plus, il fait très froid… Les affaires se passent plutôt mal. Postępska nous doit encore 150 złotys. Elle a promis de nous payer ce mois-ci. Qui sait ? Elle l'a déjà promis si souvent sans tenir parole. »

Les problèmes d'argent la préoccupent au point de demander à sa fille en Belgique si le dentiste, qui lui réclame le paiement de sa note, n'a pas menti sur l'importance des soins dentaires qu'il lui a prodigués quelques mois plus tôt en Pologne :

« Tu te rappelles combien Loskinowa t'a fait de plombages ? Elle dit ne plus se rappeler s'il y en avait trois ou quatre et me demande de l'argent pour quatre. Je ne veux rien payer avant que tu me répondes. »

À la fin de l'hiver 1937, les choses ne s'arrangent pas :

« La marchandise ne part pas très bien. Je ne vous enverrai pas d'argent avant les fêtes. Les 100 złotys que j'avais mis de côté pour vous, je vais les envoyer à Varsovie, car il faut de la marchandise et nous n'avons plus d'argent.
Samedi soir, Janowska est venue me demander si elle pouvait mettre ses pommes de terre dans notre cave. En contrepartie, elle m'a promis de nettoyer la maison. J'étais contente de cette proposition, car je n'avais personne pour le ménage.
Quand j'ai une heure de libre le soir après le souper, je mets les écouteurs de la TSF pendant que je répare ou raccommode. J'aime bien que tout soit réparé. Écouter la radio me fait du bien. »

La situation s'améliore peu à peu au point que ma grand-mère décide d'engager une bonne pour l'aider. Pendant que mon grand-père, Aba, passe ses journées à démêler les mystères que Dieu a dissimulés sous les mots du Livre et à attendre l'arrivée du Messie, Frania tient la boutique, passe les commandes, reçoit les clients, négocie avec les fournisseurs. C'est elle aussi qui tient le ménage, entretient la maison, prépare les repas après avoir élevé quatre enfants, tous adultes à présent. Elle parvient même à économiser un peu d'argent qu'elle envoie à Chaïm pour qu'il constitue le trousseau de ses sœurs.

« Concernant l'argent, je devais vous envoyer 85 złotys, car vous allez avoir des grandes dépenses pour le manteau en fourrure et la robe. J'enverrai seulement 50 złotys ; je ne peux pas vous donner plus. Le mois prochain, j'espère qu'il sera possible d'en envoyer davantage. »

Mais elle attend aussi de mon père, dont la réputation de docteur-miracle a franchi la ligne Oder-Neisse, qu'il envoie des bonbons noirs au goudron de pin contre la toux (à expédier comme envoi sans valeur). Il faut bien plus à Aba que des bonbons, même sortis de la baguette magique de mon père.

« Papa est parti à Varsovie au petit matin. Il prenait des bains ici mais sans grand effet. C'est pourquoi il a décidé de partir aux thermes de Ciechocinek en compagnie de plusieurs autres personnes de Maków. Il se plaint souvent de la goutte. Apparemment, on peut en guérir complètement là-bas. Pour l'occasion, il s'est acheté de nouveaux vêtements. Il porte enfin des habits convenables ! »

Les voisins, tantes, cousines, défilent dans leurs plus beaux costumes sous la plume de Frania, qui s'entête à garder ses enfants dans le cocon natal. Ainsi, lorsqu'ils rentreront à Maków plus tard, ils retrouveront le petit monde immobile que Frania a entretenu pour eux aussi sûrement que le poêle à charbon du magasin. Leur séjour en Belgique, pense-t-elle, est de courte durée. Un petit voyage à l'étranger ? Bon. Pourquoi pas ? Il faut que jeunesse se passe. Elle est loin d'imaginer qu'Esther et Chaïm ne remettront plus jamais les pieds en Pologne et que c'est elle au contraire qui, fuyant sa terre natale dévastée, finira par les rejoindre, miraculeusement sauvée de l'Apocalypse.

« J'ai reçu une carte de tante S. Elle écrit que R. va bien et qu'elle a du travail. *Akenachem*[2] ! Elle a une place dans un dortoir. Je vais vous dire un secret. Lors de son passage par Maków, tante S. m'a confié, en toute discrétion car elle n'en est pas certaine à 100 %, que R. allait bientôt être mère. Si vous voulez mon avis, je pense que tel est bien le cas et qu'elle est même dans son cinquième mois. Cousine Estusia nous a écrit qu'elle espère obtenir un poste d'institutrice, car elle a passé ses examens et qu'elle est déjà syndiquée.

Comme vous pouvez le voir, je partage avec vous tout ce que j'apprends (avec qui d'autre pourrais-je le faire ?). Je voudrais que vous aussi vous me décriviez les plus petits détails de votre quotidien. Les choses les plus insignifiantes de votre vie de tous les jours m'intéressent bien plus que les plus importantes nouvelles venant d'inconnus. En terminant ma lettre, je vous souhaite de joyeuses et agréables fêtes, car il y en aura encore beaucoup ! »

Oui, pour deux petites années encore, ma chère Frania. Deux ans avant la catastrophe. « Quand comptez-vous partir en vacances ? » demande-t-elle à ses enfants à qui elle décrit ses nouveaux vêtements. Chaque détail forme une pièce de ce paysage qu'elle trace de son plus beau pinceau de lettre en lettre pour qu'il ne s'efface pas de leurs mémoires.

« J'ai un ensemble d'été élégant ; le seul problème, c'est qu'il n'y a pas de bonnes occasions pour le porter. Je le mettrai quand j'irai à la synagogue pour les fêtes, s'il fait beau.

J'ai déjà préparé le repas pour aujourd'hui et pour

2. NDA : Cette exclamation signifie quelque chose comme « si Dieu le veut ».

demain. Une soupe de légumes à la moelle, des escalopes avec carottes et une compote de cerises. J'ai laissé quelques escalopes et des carottes pour le repas de demain. Il y aura aussi des concombres marinés pour accompagner la viande. »

Parfois, Sara, l'autre sœur de Chaïm restée au village, prend le relais.

« Est-ce que Chaïm est content de toi en tant que maîtresse de maison ? écrit-elle à sa sœur Esther, partie rejoindre mon père à Bruxelles. Est-ce qu'il aime bien ta cuisine ? Es-tu contente de lui ? Je suppose que vous vous partagez bien les tâches et que personne n'exploite l'autre comme cela arrive parfois. J'imagine que Chaïm est néanmoins le chef: il a plus d'expérience que toi.
Les vacances ont déjà commencé. Heureusement, le temps est vite passé et il y avait du monde à la boutique. Tu connais la vie ici. Je ne vais pas au club, dont je ne trouve pas l'atmosphère sympathique. Une fois, j'y suis allée par hasard. Il n'y traînait que quelques vieux sionistes qui jouaient aux cartes. C'est toujours comme cela, il n'y a pas d'autres attractions.
Lundi, je suis allée avec Fela à la réception de fiançailles de Sara Łaszer. Et je me suis très bien amusée. Les invités étaient mal choisis, et pour cause, nous y étions la véritable fine fleur de la société locale ! Le fiancé de Sara Laszer est un garçon plutôt ordinaire, il a l'air d'un garçon de boutique ; tu as eu la même impression, il me semble ?
Hier, je suis retournée chez les Rekant qui avaient organisé une fête pour les jeunes mariés. Nous, nous

avons passé notre temps à dévorer des pączki[3]. Encore un bon moment ! Bref, la vie est agréable à Maków.

Masza est encore à Varsovie. Il paraît que l'on veut lui arranger un mariage avec N., un garçon de Przasnysz. La rumeur dit qu'elle doit se fiancer avec lui. Sa mère y tient fort et sa vie est en danger si elle refuse !

Chaïm, comment vont les affaires ? Es-tu déjà devenu un Rothschild ? Ou faut-il encore patienter un peu ? Je vois que vous avez une vie "royale" à Bruxelles, mais… vous ne nous expliquez pas comment vous la financez ! Dites-nous si vous avez besoin d'argent et nous vous en enverrons. Prenez soin de vous, soyez joyeux. Sara. »

L'été qui suit est magnifique. Personne n'entrevoit les nuages terribles qui s'accumulent à l'horizon, l'orage dévastateur qui va bientôt s'abattre et la bourrasque qui va arracher des centaines d'années de civilisation. Grâce à une météo clémente, les mariages se multiplient au village.

« Il y a eu un grand événement chez nous. Mademoiselle Szulc s'est mariée la semaine passée. Elle a trouvé un mari sympathique – beaucoup plus jeune qu'elle. Même s'il a déjà trente-trois ans, il semble bien plus jeune. Les Juifs, ce peuple élu, ont de la chance pour tout. »

Voilà ce qu'écrit Sara deux ans presque jour pour jour avant l'entrée des premiers tanks nazis en Pologne.

3. Beignets fourrés à la confiture.

En ce mois de mars 1938, ma grand-mère, intarissable chroniqueuse, mais indifférente ou aveugle aux bouleversements politiques qui fissurent déjà l'Europe (et secouent une partie de la Pologne, rongée par les idées fascistes), poursuit pour son fils et sa fille établis au loin, les chroniques du Makówland dont les personnages, parents, voisins et amis, tous, absolument tous, vont disparaître quelques mois plus tard. Frania bannit de son récit tout ce qui pourrait inquiéter ses enfants. Maków devient une enclave toute rose au sein d'une Pologne en convulsions. Au royaume de la famille Optimiste, on n'entend que les bonnes nouvelles.

« Il y a eu quelques petites transformations dans la boutique. Elle est plus belle maintenant. Nous soignons beaucoup plus la présentation. Nous avons ajouté quelques étagères en verre. Ce qui rend les produits exposés plus appétissants et attirants pour les chalands. Il serait évidemment préférable d'abaisser les fenêtres et de construire une vitrine comme dans les grandes villes, mais cela coûte trop cher. La publicité est devenue une chose très importante. J'ai toujours pensé qu'une belle vitrine attirait plus de clientèle. Chaque fois que nous avons mis une nouveauté en évidence, elle a aussitôt été vendue. »

Le village commence à sortir du Moyen Âge, de ce temps figé dans lequel il flottait depuis des siècles, ce cocon étouffant dont mon père et sa sœur se sont échappés, aspirant à découvrir le vrai monde, le mouvement, leur siècle.

« Aujourd'hui, écrit Frania, j'ai envie d'aller au cinéma. On projette un beau film, *Une symphonie oubliée*[4]. Je peux me permettre ce luxe quatre jours avant les fêtes. Motek me dit que nous pouvons maintenant capter les émissions de la radio belge ! Est-ce que vous écoutez parfois la radio polonaise ? Il paraît qu'il y a souvent des transmissions polonaises à l'étranger. »

L'arrivée à Maków des idées nouvelles et de la modernité s'accompagne des premières tentatives d'émigration de voisins et même de membres de la famille vers la Terre promise. Seules allusions implicites au fait qu'autour d'eux certains prennent leurs cliques et leurs claques, ayant compris qu'il était temps de quitter la terre sur laquelle leurs ancêtres s'étaient installés et où leurs familles vivaient depuis des siècles. Sans plus attendre le signal de départ que doit donner ce foutu Messie, promis depuis deux mille ans, et qui n'arrive pas. Malgré les résistances de mon grand-père et de ses amis, choqués de cette violation des textes sacrés, l'écho de la vie en Palestine envahit peu à peu les conversations. Une des cousines est bien décidée à s'y installer, ce qui réjouit Frania.

« J'espère tant qu'Estusia pourra partir en Palestine. Que Dieu leur donne la force de surmonter la situation ! Rien que pour le voyage, elle a besoin de 800 zlotys. Je ne sais pas où ils vont se procurer une telle somme. »

---

4. Sans doute une opérette dont le cinéma autrichien s'était fait la spécialité depuis *Liebelei* (Symphonie inachevée) de Max Ophuls au début des années trente.

LES FIANCÉES PERDUES

Le mariage, le thème central de presque toutes ses lettres. Entre l'état des affaires et des finances, Frania ne manque jamais une occasion de s'y attarder. Tel est fiancé, telle autre mal mariée. Telle autre encore ferait bien de ne pas tarder. Le printemps est si court, dit-elle. Si tu savais à quel point, Frania…

> « Je n'ai pas beaucoup de nouvelles de Lucia. Je pense qu'elle est plutôt bien avec son fiancé. C'est ce que m'a dit L., toujours au courant de tout. J'ai pitié de ce garçon. Connaissant Lucia, je peux comprendre qu'il ne l'aime pas. Cette fille fait seulement ce qui lui convient. Elle est encore plus intéressée que sa mère. Mais ils sont mal tombés avec ce jeune homme ! Il leur a déjà coûté près de 15 000 zlotys. Et il ne va commencer ses études supérieures que dans trois ans seulement.
> Masza L. veut absolument trouver un fiancé. L'hiver passé, elle a jeté son dévolu sur un vieux riche, mais elle n'a pas réussi à le convaincre. Quand il lui a demandé pourquoi elle voulait de lui, Masza a répondu qu'elle avait envie d'une vie aisée.
> Fela a perdu beaucoup de sa fraîcheur. On raconte que son petit ami, un étudiant en dernière année de médecine, est le fils du propriétaire de la cantine où elle mange tous les jours. »

À travers ces anecdotes transparaît la préoccupation de Frania pour la situation matrimoniale de ses deux enfants en exil. Elle craint qu'ils ne restent célibataires, si loin du *Yiddishland*. Elle sent que son fils a tout sacrifié à sa carrière. Du matin au soir, il ne pense qu'à fabriquer des pilules miracles, pas une famille. Au risque de laisser passer la perle rare. Aussi, finit-elle par prendre les choses en main.

En novembre 1938, Chaïm a déjà trente et un an et toujours pas de femme – officiellement – dans sa vie, sinon ses deux sœurs.

> « Chaïm me ferait grand plaisir s'il se mariait enfin. J'ai l'impression que S. serait une bonne épouse pour lui. Aux yeux du monde entier, elle a un bon caractère. Réaliste comme sa sœur. Sage, énergique, assez jolie, jeune, intelligente. Cette fille nous plaît, mais nous voulons savoir à combien s'élève le montant de la dot. »

Chaïm résiste. Il n'éprouve aucune attirance pour S. Qu'à cela ne tienne ! Sa mère lui trouve quelques mois plus tard une autre fiancée, encore plus belle, plus intelligente. Cette fois, Frania évite l'approche frontale et compte sur Esther pour convaincre Chaïm que le temps est venu de passer la bague au doigt.

> « La sœur de M. compte partir à Paris voir une exposition et elle devrait passer par Bruxelles. Je voudrais que Chaïm la rencontre. Demande une photographie d'elle. Je voudrais prendre contact avec sa famille. On dit partout qu'elle est extraordinairement accomplie. Comme j'apprécie son frère, je le crois volontiers. Pour se rendre à Paris, elle a appris le français en quelques semaines. Elle étudie la chimie et travaille en même temps qu'elle poursuit ses études… Je voudrais absolument que Chaïm rencontre cette fille, mais je ne sais comment le convaincre. Le mieux serait qu'il fasse un saut à Maków. Mais si elle passait par Bruxelles, ce serait évidemment très bien aussi. Portez-vous bien, soyez joyeux, Frania. »

Pauvre grand-mère ! Chaïm n'est décidément pas un garçon comme les autres ! Un bon Juif se marie avant vingt-cinq ans avec la promise que lui propose (avec insistance) sa mère. Pas lui. Méprisant la tradition, il freine des quatre fers. Frania a beau faire défiler une noria de beautés fatales, plus adaptées les unes que les autres à sa personnalité complexe, rien n'y fait. Au lieu de se mettre en quête d'une belle fiancée, d'assurer sa descendance, Chaïm ne semble marié qu'à son travail. Papa ! Remue-toi, bon sang ! J'attends avec impatience de faire la connaissance de cette joyeuse famille avant qu'il ne soit trop tard ! Le pain d'épices de Frania me fait saliver ! Hélas, Chaïm fait la sourde oreille. Si son cerveau fonctionne à plein régime, côté sexe, c'est la page blanche. Pendant ses rares moments de liberté, au lieu de choisir une bonne épouse juive, que fait-il ? Il parle. Il discourt. Il débat. De politique avec ses amis (je veux dire qu'il cause et qu'eux écoutent). Pressentant les catastrophes qui se préparent, il suit nerveusement les informations, contemple en gémissant la dégradation inexorable de la situation politique en Europe, l'impuissance, l'inconscience, la division des hommes politiques, l'oreille collée à la radio fabriquée par Tomas, son ami nazi, et il scrute fiévreusement les journaux pour tenter de décrypter l'avenir.

Et les femmes, alors ? Je vous promets de continuer à fouiller les archives. Jusqu'ici j'en suis revenu bredouille. Mais je finirai bien par trouver une trace des femmes qu'il a rencontrées, peut-être aimées, avant la rencontre avec sa princesse deux ans plus tard. Pour l'heure, je dois ronger mon frein, quelques années encore. Pour débouler dans leur vie, il faut que le monde ancien ait complètement disparu et qu'il n'en reste rien, surtout pas les témoins. Du moins le croyaient-ils. C'était compter sans ma curiosité. On a beau tenter d'enfermer l'Histoire dans une casserole hermétiquement close, lorsqu'elle mijote sur le feu, le couvercle finit par sauter.

LE SECRET DES FEMMES JUIVES

Au fur et à mesure que me parviennent les traductions des lettres de ma grand-mère, se reconstitue le monde que mon père a déserté pour devenir un vrai citoyen belge. Un monde qu'il a refusé de me raconter. Il voulait que mes racines poussent dans le sol belge sans être parasitées par les graines venues d'un continent disparu. Or me voilà gagné par la nostalgie en entendant la voix toute fraîche de ma grand-mère et de ma tante Sara. Ces lettres que je découvre au fur et à mesure que s'écrit ce récit, j'ai l'impression qu'elles ont été postées il y a quelques jours à peine, que leurs auteurs sont toujours vivants, qu'ils attendent ma réponse. J'ai soif de comprendre les pensées, les désirs, les secrets de mes correspondants – ou plutôt de mes correspondantes, Frania et Sara, qui tiennent la plume. Qui sont-elles ? À quoi rêvent-elles ? Que se passe-t-il dans la tête d'une Juive polonaise peu avant que n'éclate la guerre la plus sanglante de l'Histoire depuis l'élimination des dinosaures ?

La lettre d'une amie de ma tante va singulièrement éclairer la question. Une lettre signée par une certaine Lilit (ça ne s'invente pas) et envoyée à la sœur de mon père, Esther, à Bruxelles. De quand date-t-elle ? De 1936, si je recoupe la vie des personnes dont elle parle avec les lettres de ma grand-mère.

Le discours de Lilit ne ressemble guère à celui de Frania, même si elles vivent à quelques maisons l'une de l'autre. Cette fois, au lieu de voir défiler les belles dames devant la vitrine du magasin de la rue des Marchands, on se glisse dans leurs pensées les plus secrètes.

« Ma chère Esther !
Je pense souvent et beaucoup à toi. J'ai rêvé de toi la nuit passée. Tu m'embrassais et tu me serrais si fort que j'ai eu mal au ventre et je me suis réveillée. Tu étais plus mature et encore plus belle. Quand je pense à toi, je suis bizarrement émue, je voudrais t'avoir à mes côtés. En me relisant, je me rends compte que ce que je t'écris ressemble un peu à une demande en mariage. Je me sens un peu ridicule. Nous sommes depuis longtemps sorties de l'âge de l'exaltation, j'ai fort changé. Je suis plus indifférente et forte. J'ai beaucoup vécu. Mais les sentiments de l'enfance se sont renforcés. L'année passée, au lieu d'aller à Zakopane, j'ai opté pour Varsovie où j'ai rencontré un jeune homme. Beau comme un dieu. Un Juif français. Nous avons fait connaissance à 19h40. Et, à 20h, nous sommes allés voir *La Traviata*.
Il est venu chez moi et il m'a raconté toute sa triste vie depuis ses quatorze ans. Maintenant il en a vingt-cinq. Il a décroché un bon poste et il m'a demandé si je voulais sortir avec lui. J'ai souri. Mais, après plusieurs rendez-vous, il est venu un jour tout énervé et il m'a demandé en mariage. Sinon, disait-il, il n'est plus possible de se fréquenter. J'ai refusé. Ne me demande pas pourquoi. Je ne sais pas si je l'aimais, et, si oui, pendant vraiment peu de temps ! J'ai réussi à dire que je ne voulais pas de lui.
Un autre garçon m'a embrassée cet été. Je l'ai laissé faire, parce que je l'aimais bien. Après, je l'ai regretté, j'étais triste. M'a-t-il embrassée parce qu'il m'aimait bien ou bien parce que je suis une fille en bonne santé, jeune, propre et que c'était un joli soir de l'été ? »

« Chère Esther,
Je suis assise à une table avec la mère de cet avocat avec lequel nous sommes une fois allées au bois, tu te souviens ? Il nous draguait tout le temps, il rigolait, racontait des blagues et récitait de petites rimes. Je tombe toujours sur des crapules. On dirait que j'attire ce type d'homme. Après lui, il y a eu Szmidt. Je suis allée chez lui parce qu'il m'a promis une photo avec son autographe. Il était follement doux, gentil et si modeste. Je devais avoir l'air affolée, mais en vérité je faisais un peu semblant.
Il a commencé par me calmer en m'assurant qu'il n'était pas méchant et qu'il ne voulait pas se donner l'air d'un grand artiste, qu'il n'était pas du genre à toussoter avant de parler. Bref, je suis restée plusieurs heures chez lui, il a chanté pour moi et m'a raconté plein d'histoires. Il m'a aussi montré des tours de magie. J'étais fort impressionnée. Tu sais, Szmidt était vraiment ému. Écoute ça. Il m'a dit que j'étais la première femme à venir ainsi chez lui. D'habitude on vient solliciter son avis ou son appui pour un film. Mais toi, tu es différente, m'a-t-il dit, une vraie jeune fille qui sent bon les champs et la forêt. Il m'a promis de m'envoyer sa photo dédicacée à Maków. »

Qu'est devenue Lilit ? Malgré la fouille scrupuleuse à laquelle je me suis livré, aucune autre trace d'elle n'est revenue à la surface, jusqu'à ce que je découvre au fond d'une enveloppe ce petit carton : « Lilit de Flatan et Dawid Rojzen souhaitent vous informer de leur mariage le 29 avril 1937, Maków Maz. Varsovie. »

J'espère que Lilit a connu le vertige amoureux auquel elle aspirait tant avant que l'Histoire ne l'engloutisse deux ans plus tard.

LA LANGUE D'ABA

On a beaucoup entendu jusqu'ici Frania et Sara, chroniqueuses infatigables. Et si peu la voix d'Aba, une voix redoutable s'il faut en croire les deux femmes qui vivent avec lui. D'Aba, je n'ai retrouvé que cinq ou six courtes lettres, dont le sens se révèle aussi impénétrable que le cahier des charges de la tour de Babel, une des plus belles facéties de Dieu ! Le mur de la langue d'Aba, est bien plus hermétique et infranchissable que celui qui sépare Israël de la Palestine.

Mis à part les documents administratifs belges et quelques messages, toutes les lettres de la famille de mon père, rangées dans les cartons de ma mère, sont rédigées en polonais ou en yiddish, langues que mes parents se sont soigneusement abstenus de m'apprendre. Il fallait que je parle français et flamand – mon père insistait sur ce point. Le polonais ? Une langue inutile pour la suite de ma vie – et dans son esprit pour la suite de l'Histoire. Le yiddish ? Une langue à jamais disparue. Et pour ma mère, qui refusait de la parler (et prétendait ne pas la connaître), la langue méprisable des prolétaires et des vagabonds (alors que mon père en adorait la saveur et la poésie). L'hébreu ? L'araméen ? Il serait toujours temps de me familiariser avec les langues juives, si d'aventure je venais à m'intéresser à mes origines ou pire encore à la religion de mon grand-père...

Dans ces lettres, cartes postales, aérogrammes envoyés de Pologne, s'inscrivaient des morceaux de l'histoire de mes parents racontés par des proches, témoignages frais et bruts que l'écoulement du temps ou la mémoire n'avaient pas déformés – autre chose que des documents administratifs dont il fallait reconstituer la chair. Mais ils étaient indéchiffrables. Moi qui me piquais d'être écrivain, je me retrouvais dans la peau d'un analphabète, incapable de lire un seul mot de ma grand-mère, de mes tantes, de mon grand-père. Leur signification restait aussi énigmatique que celle des tablettes retrouvées en Crète ou dans l'île de Pâques.

Le temps que prenait la traductrice pour m'envoyer les textes de Frania en français me mettait au supplice. Ces lettres avaient dormi plus de soixante ans dans les cartons sans que je ne m'en préoccupe et, soudain, je voulais entendre, sous-titrées, la voix de ma grand-mère et de ma tante Sara séance tenante ! Je rongeais mon frein : il fallait attendre son retour de vacances. Ou la fin de ses examens.

Pour le yiddish d'Aba, l'entreprise se révéla beaucoup plus difficile. Un professeur de yiddish se cassa les dents sur le premier document que je lui soumis, une lettre envoyée en 1938 par mon grand-père à ses enfants.

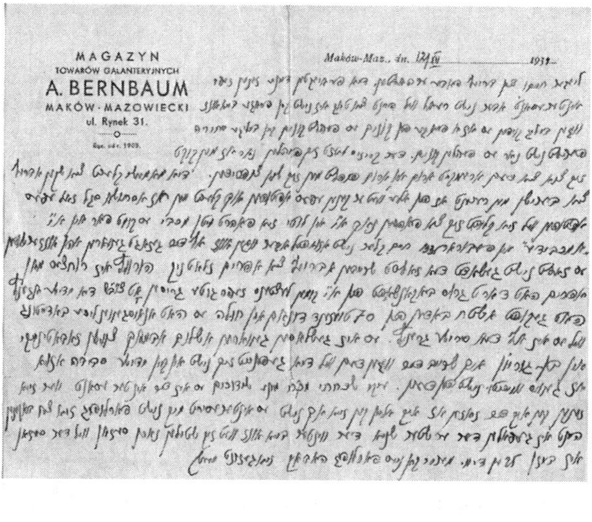
MAGAZYN
TOWARÓW GALANTERYJNYCH
A. BERNBAUM
MAKÓW-MAZOWIECKI
ul. Rynek 31.

Maków-Maz., dn. ...... 193?

Bon sang ! Mais qu'écrit donc mon grand-père ? Son écriture est impossible à percer et sa langue intraduisible ou presque, me dit le premier traducteur auquel je m'adressai. Il y a autant de yiddish que de *shtetls*, m'expliqua-t-il.

> « Je ne pense pas être en mesure de pouvoir vous livrer une traduction satisfaisante, m'écrivit-il. Le yiddish en lui-même est simple, mais le déchiffrement reste problématique. De nombreux mots, si ce n'est des morceaux entiers de phrases, m'échappent. L'écriture est trop allusive. Pour déchiffrer la phrase "les clients sont de retour", il m'a fallu plus d'une heure. Pour établir une clé de lecture, j'ai fait appel à un ami lexicographe bostonien qui, confronté aux mêmes difficultés, a transmis le texte à un ami plus habitué à ce type de graphie. Cette dernière personne m'a livré une transcription parfaite de la première page, qui est donc traduite entièrement. Cette aide ne m'a malheureusement pas permis de maîtriser entièrement la graphie. Seuls des universitaires habitués à manier des manuscrits (et les études de yiddish ne sont pas le premier souci des universités européennes) et, qui plus est, disponibles, des membres de l'ancienne génération yiddishophone et lettrée ou, peut-être, des orthodoxes, sont en mesure de lire ce type de graphie. »

Les messages d'Aba Bernbaum, plus hermétiques que ceux des savants commentateurs du Talmud, ne pouvaient-ils donc être compris que d'un autre Juif né et élevé à Maków, qui avait fréquenté la même synagogue et survécu au passage des Allemands ? Où vivait cet oiseau rare – qui devait être aujourd'hui plus que centenaire ? Autant dire que, sans pierre de Rosette, l'entreprise était vouée à l'échec.

Mon père avait voulu couper toutes mes racines tant avec la Pologne qu'avec le judaïsme religieux ou traditionnel. Pari gagné ! J'étais devenu le vrai Belge de souche dont il avait rêvé.

Je me mis donc en quête d'un autre professeur de yiddish pour essayer de savoir si, dans ses lettres de Maków, mon grand-père m'appelait au secours. Je finis par dénicher l'oiseau rare, une étudiante lituanienne, grâce à un professeur de yiddish à Paris, rencontré lors d'une convention de yiddishistes à l'université de Bruxelles (qui se tenait dans une salle sombre, sans fenêtre, couverte de boiseries soigneusement cirées et de livres, reflet flou d'une scène de pilpoul dans une salle d'étude d'une synagogue de jadis).

La première lettre non datée annonce à Chaïm et à Esther le voyage en Belgique d'un certain David à qui Aba a confié un colis destiné à ses « chers enfants ».

> « Écrivez sans délai ce dont vous avez le plus besoin. Je pense que David, qui est un gentleman, prendra tout ça avec lui (bien que sa famille ne soit pas trop raffinée). Nous vous remercions pour toutes les bonnes choses que vous nous avez fait parvenir, les bonbons noirs, deux bouteilles de Vichy, une petite bouteille de Fasflatsit et un crayon. Voulez-vous que je continue de vous envoyer les journaux ? Votre mère vous écrira de toute façon les nouvelles les plus importantes. Je vous signale toutefois l'attentat contre le colonel Koc le créateur d'OZN[5].

5. Le colonel Adam Koc a créé en 1937 le parti nationaliste d'extrême droite OZN, violemment antisémite qui trouve un large écho (un an après sa création, le parti compte cent mille membres). Koc déclare : « Jusqu'à la réalisation de l'émigration des Juifs, il faut leur ôter en premier lieu tous les droits civiques et confisquer leurs biens. » Koc a survécu à l'attentat

La bombe a explosé pendant son installation et l'assassin a été déchiqueté sur place. Je viens d'entendre la nouvelle à la radio ce matin. »

Installé en Belgique depuis près de dix ans, mon père n'a pas encore coupé tous les ponts avec la Pologne. Songe-t-il à revenir ? Hésite-t-il encore ? D'un côté, il accumule le matériel qui fera bientôt de lui un monsieur Janssens plus Belge que nature, mais de l'autre, il a soif de savoir ce qui se passe à Varsovie. La situation l'inquiète. Il ne croit pas aux paroles apaisantes de son père, à tous ceux qui mettent la tête dans le sable.

« Cher Chaïm, tu es parti de Pologne très inquiet. Cependant, je veux te rassurer, lui écrit son père. Grâce à Di-eu, le calme règne non seulement chez nous à Maków, mais en général dans le pays, l'atmosphère est paisible. Tout est complètement changé, avec l'aide de Di-eu, que ce soit ainsi pour de longues années ! »

Que raconte Aba ? Ne voit-il pas ce qui se passe autour de lui ? La situation des Juifs est menacée par la terrible pression nazie aux frontières et, à l'intérieur de sa patrie, par un antisémitisme virulent qui se répand au même rythme fiévreux qu'en Germanie voisine. Des pogroms ensanglantent Brisk et Czestochowa, des partis nationalistes et des militaristes fascisants entrent dans le gouvernement.

Chaque semaine, Chaïm dévore la presse polonaise que lui envoie son père. (Aba ne lit-il pas les nouvelles de la même façon que son fils ?) Chaïm observe la situation qui se dégrade de Berlin à Varsovie, de Lvov à Bucarest. Et les ravages des purges staliniennes ne

évoqué dans cette lettre ; il est mort paisiblement en 1969 et enterré à Oxford…

permettent pas d'espérer que le salut viendra des voisins de l'Est qui se préparent, eux aussi, à dépecer la Pologne.

Dans son cocon de Maków, Aba ne veut rien savoir, rien voir. Pourtant, l'ombre menaçante transpire soudain d'une phrase. À Chaïm qui lui propose d'envoyer de la marchandise de Belgique, son père réplique, agacé :

> « Tes projets sont très intéressants mais pas réalistes, parce qu'il ne s'agit pas d'acheter à bas prix chez nous. Les clients ne manquent pas de marchandises à prix bas ; par contre, on manque de clients. On sent la crise. Mais, quand on regarde la pauvreté autour de nous, on se sent déjà content de notre situation. »

Il referme aussitôt la parenthèse sombre et s'empresse d'apaiser son fiston, qui, hélas, ne cherche plus dans la parole de Dieu de quoi le rassurer.

> « Chers enfants,
> Je vous envoie mes cordiales salutations et je vous souhaite une nouvelle année pleine de joie et de santé. Que vous réussissiez bientôt à aider à construire la Terre d'Israël ! Votre père qui vous aime. »

Aba, si peu conscient (apparemment) de la tourmente qui se prépare, veille depuis Maków à assurer son autorité sur ses enfants à Bruxelles. Jusqu'à leur suggérer la façon de s'habiller et, bien sûr, la nécessité de se marier.

> « Chers enfants,
> Malheureusement, je ne peux pas vous donner des conseils. Pour toi, Chaïm, j'ai eu des grandes

aspirations. Pendant ta vie, tu n'as pas travaillé moins que, par exemple, un médecin. Pourquoi devrais-tu épouser une femme sans dot – ce n'est évidemment pas de l'amour… De plus, tu n'es plus un jeune garçon. Tu peux comprendre que, dans la vie, on a aussi besoin d'argent. On ne peut pas travailler pour les autres toute sa vie, spécialement dans ces temps-ci.
En ce qui concerne Sara, je ne sais pas si c'est raisonnable qu'elle continue des études ; ça coûte tellement cher et elle a déjà assez de diplômes ! Alors, décidez entre vous, mais n'oubliez pas ce que je vous dis.
Ester, j'ai examiné tes photos. Tu parais très bien en manteau beige, mais je n'aime pas le béret brun, il ne te va pas. J'ai examiné tout ça à la loupe.
Au revoir, mes enfants, que le Seigneur vous aide à suivre le chemin droit. Votre père, Aba. »

À Sara, il veille à diriger ses achats, prétexte pour lui reprocher ses éternelles velléités d'indépendance.

« Sorele, quand tu viens à Maków, il faut que tu achètes ici un couteau à pain avec une encoche et une bonne plume à écrire. Sorele, es-tu tellement fière de ta belle photo qu'il est au-dessus de ta dignité d'écrire quelques mots ? Es-tu vraiment tellement occupée ? »

Sous la sévérité et l'agacement du ton d'Aba, perce une affection sans limite pour ses enfants. Sa façon maladroite de l'exprimer, sa volonté de cacher la réalité politique, dissimulent à peine une tendresse paternelle aussi profonde que son attachement à son Dieu.

Petit à petit, les idées d'Aba commencent à évoluer. Même si ses inquiétudes n'apparaissent qu'en filigrane, il devine enfin – mais tard, si tard – que l'avenir du peuple juif n'est plus en Europe. Ceux qui partent en Palestine ne sont plus considérés comme des marginaux, des aventuriers, montrés du doigt par les notables du village.

« David est arrivé de Palestine, écrit Frania. Les rumeurs disent qu'il veut emmener avec lui Tania Margules. Ce serait un coup dur supplémentaire pour les Perlow, car ils ne l'apprécient guère. Déjà qu'ils n'aiment pas leur autre belle-fille ! Décidément, dans la vie, on ne peut rien prévoir. Pour certains, tout se passe carrément à l'envers. Les Perlow en sont un bon exemple. Que Dieu nous protège d'appartenir à cette catégorie de gens. »

Aba, lui aussi, évoque désormais la Terre promise sans plus exiger au préalable l'appel du Messie :

« Chaïm, ne pense pas trop à nous. Pas question de nous venir en aide. Il serait bien que tu écrives une lettre à Efroïm. Efroïm connaît très bien Israël. Récemment, on a entendu de très bonnes nouvelles à ce sujet. L'Agence juive a acheté 70 000 dounam de terre à Hula. C'est extrêmement significatif, parce que la terre est près de la frontière syrienne. Un traité de paix a été conclu entre Jabotinsky et Ben Gourion[6]. Je t'écris tout ça, parce que toi, tu ne te trouves pas dans un milieu juif et tu ne sais évidemment rien de ces choses. »

---

6. Zeev Jabotinsky était le leader de la droite sioniste (dont Begin allait être l'héritier), partisan d'actions terroristes contre les occupants britanniques, mais tout aussi violemment opposé à David Ben Gourion et aux sionistes de gauche.

Ses enfants entendent-ils le cœur d'Aba ou ne voient-ils que son écorce rugueuse ? À lire Sara – restée la plus proche de son père, la plus obéissante – les récriminations d'Aba ne lui causent que souffrance, ne provoquent que révolte. Elle se soumet, mais dans la haine et les gémissements, au milieu d'un torrent de culpabilité.

Pourtant, malgré la haine de Sara, l'éloignement sinon la fuite de Chaïm et d'Esther, Aba parvient à maintenir une cohésion familiale. À transmettre un ADN, la culture familiale de la mercerie Bernbaum de Maków jusqu'à la pharmacie Berenboom de Bruxelles et le bureau de l'avocat-écrivain plus loin encore dans la chaîne.

Les voix de Frania, d'Aba, de Sara se mélangent. La soif de liberté mêlée de mélancolie et de douceur de ma tante fantôme, la force ravageuse de ma grand-mère, les leçons de morale et l'angoisse à peine tempérée par la peur du Dieu de mon grand-père. La crainte de la modernité de l'un, la soif de renouveau de l'autre, la tentation des idées de gauche : je m'y perds dans cette marmite où mijotent tant d'ingrédients hétéroclites. De qui ai-je hérité mes émotions, mes envies, mes peurs et mes aspirations ? Et que m'ont légué mon père et ma mère ? D'eux, je ne sais rien. Ils ne m'ont rien dit ou si peu et je n'ai jamais eu la curiosité de les interroger, avant de fouiller leurs archives comme si j'essayais de m'arracher les ongles à soulever leurs pierres tombales. Et Sara, que m'a-t-elle légué ?

SARA

Ma tante Sara, restée à Maków, n'est pas plus décidée que son frère Chaïm à épouser le premier venu. Son caractère donne des cheveux blancs à Frania. Sarusia, comme on la surnomme, tient de sa mère son caractère indépendant et de son père le sens de l'obéissance filiale. Ces influences paradoxales vont lui jouer un très mauvais tour. Dans l'immédiat, les relations sont plutôt tendues à la maison.

Août 1934

« Nous avons reçu une carte des W. Ils proposent à Sarusia de les rejoindre dans une pension à Przetycz, près de Długosiodło où ils se rendent chaque année. J'ai dit à madame W. que je cherchais quelqu'un pour Sarusia. Un homme intelligent et capable. Peu importe qu'il soit pauvre ou sans travail. Il pourrait travailler au magasin. Un garçon doué en affaires pourrait m'apporter beaucoup. Apparemment, il y a des jeunes hommes convenables dans l'entourage des W. Hélas, je pense que Sarusia ne voudra pas les rencontrer. Je voudrais tellement qu'elle se fiance. Son caractère changerait si elle avait des responsabilités. Et surtout, il est vraiment temps pour elle de se marier ! »

Lorsqu'un fiancé finit par se présenter, Frania se doute que les choses sont mal engagées, ce qu'elle attribue au caractère fantasque de sa fille, à son caractère indépendant et à sa sourde révolte contre son milieu.

« Mon plus grand problème est maintenant Sarusia. Frenkel veut se marier avec elle. C'est à première vue un bon garçon, beau et énergique – mais pas très intelligent. Je vais chercher plus d'informations sur lui avant de décider si je dois tenter de la convaincre. Tout va très lentement malgré mes efforts, parfois je manque d'énergie. Sara est elle-même terriblement apathique. »

Quelle famille ! Frania s'arrache les cheveux (les siens, elle refuse de porter la perruque que s'imposent les femmes orthodoxes). Malgré ses efforts, pas moyen de marier ses enfants ! Sara, Chaïm, Esther, tous résistent – même leur frère Motek, resté au pays. Frania a beau se démener, leur suggérer les plus beaux partis, ses quatre enfants font la fine bouche. À croire que le mariage de leurs parents n'a pas été une très bonne publicité pour l'institution matrimoniale. Coincée à Maków, dans la maison familiale, sous la férule de son père et la main d'acier de Frania, Sara étouffe, tandis que Chaïm et Esther se sont enfuis au loin, respirer l'air de la liberté.

« J'ai adoré la visite de Masza qui a amené un peu de Varsovie à Maków, écrit Sara. Nous avons été mises au courant des nouvelles modes. Grâce à Masza, qui sait plus que les gens de Varsovie eux-mêmes, nous connaissons tous les potins de la capitale !

On m'a proposé une excursion de dix jours à Gdynia. Je me prépare en confectionnant une robe en lin, blanche à rayures. J'ai rajouté sur la longueur un volant bleu. Ce n'est pas vraiment joli, pour être honnête, mais je n'avais pas d'autre choix, car impossible de dénicher d'autres tissus. Une fois la tenue complétée par un chemisier blanc en soie et un tailleur mauve, je serai prête à partir dans le grand monde ! Zua voudrait m'accompagner. Elle parle de ce voyage comme une folle et me dérange dans l'écriture de ma lettre. Elle est surexcitée à l'idée de rencontrer des journalistes et des hommes de lettres hébraïques plus que par le voyage lui-même. »

De tous ceux qu'a emportés la fureur nazie, la plus douloureuse disparition pour mon père fut celle de sa sœur Sara, la délicieuse et imprévisible Sarusia que Frania avait tant de mal à marier.

Quelle ne fut pas ma surprise quand j'appris de l'administration communale de Schaerbeek, à qui j'avais demandé les traces de mes parents dans les registres communaux d'avant-guerre, qu'une certaine Sara Berenbaum s'était inscrite à l'adresse de mon père le 22 janvier 1937. (Les archives de la Sûreté publique belge sont indestructibles.) Ainsi donc, la sœur chérie de mon père avait, elle aussi, réussi à échapper à ses parents et à débarquer à Bruxelles. Où elle s'inscrivit à l'université, d'après nos précieux informateurs de la police des étrangers, pour étudier la littérature française.

Qu'est-ce qui a décidé Sara à quitter à son tour le cocon familial, son petit paradis préservé de la furie ambiante à en croire Frania ? Dans une lettre, envoyée de Varsovie par Sara – un mardi de 1936 – à Esther, on découvre son désarroi et surtout un portrait de la vie à Maków, entre Frania et Aba, bien moins idyllique que celui dressé consciencieusement par ma grand-mère dans sa chronique ensoleillée d'un petit village juif polonais flottant délicieusement à l'abri des vents et des tempêtes de l'Histoire. L'image traditionnelle de la famille juive unie par l'amour autour de parents aimant en prend un sacré coup.

« Mon Esther bien-aimée !
J'ai enfin trouvé un peu de temps pour t'écrire. Je suis à Varsovie depuis une semaine déjà. Je pense tous les jours à toi, mais je manque de force pour t'écrire. Je me sens si léthargique. Je devais me coudre une robe, ajuster quelques effets, mais rien n'avance. Je me fiche de tout. Que je sois élégante ou habillée comme un chiffonnier, cela m'est bien égal.
Je suis arrivée à Varsovie moralement épuisée. Je pensais qu'un changement d'entourage et d'atmosphère modifierait mon humeur, mais ce n'est pas le cas. La moindre chose me met hors de moi. Je reste le plus souvent à la maison, dont tu sais comme elle est sympathique… Entendre tout le temps les mêmes histoires, parfois des disputes. Je me réfugie quand je peux chez tante Fela. Parfois, mais plus rarement, auprès de Masza, qui est devenue une bourgeoise ennuyeuse, sans ambition. Chez les H., ce n'est pas la joie non plus. Leur belle-fille, Pola, vient de mourir. Les filles n'ont pas le moral et, comme d'habitude, sont tellement absorbées par elles-mêmes qu'elles n'ont pas le temps de s'occuper de leur invitée.
Bref, même si je voulais sortir, je ne vois ni avec qui ni où aller. Je tourne en rond comme un fantôme errant dans Varsovie. Esther, tu ne sais pas combien la vie ici est pénible en ce moment. Ma vie n'a pas de but. Les années passent et rien ne change. Je suis devenue sauvage, je n'aime pas voir les gens ; il m'est devenu difficile de supporter leur compagnie. Par exemple, tout le monde s'est très bien amusé au mariage de Masza. Fela était carrément euphorique, tandis que moi, je suis restée toute la soirée assise dans un coin, au bord des larmes. Tout le monde a remarqué ma mauvaise humeur et s'étonnait que je

déprime au mariage d'une si bonne amie. Je suis certaine qu'il y a eu plein de commentaires sur mon attitude. J'en étais consciente, mais comment prendre le dessus alors que je n'arrivais pas à maîtriser mes émotions ?
Je ne peux plus m'amuser et je ne retrouverai jamais la joie de vivre. Mon seul désir est de gagner ma vie afin de ne pas devoir rentrer à la maison. Je n'aime pas notre foyer. Je le déteste même. Il a contribué à mon infortune. Je blasphème certainement, car la maison est sacrée pour ceux qui vivent loin de leur foyer. Moi aussi, je penserais peut-être ainsi si je ne devais pas y séjourner, mais en vérité, c'est une torture. Je sais que nos parents souffrent à cause de moi et j'en souffre aussi. J'aimerais m'enfuir afin de ne plus voir perpétuellement le visage inquiet de notre père et ne plus entendre les lamentations sans fin de maman.
Je me suis retirée pour t'écrire dans le bureau de David. Il y a tout le temps quelqu'un qui vient me déranger. Je dois les écouter et acquiescer, alors que je voudrais les attraper par le col et les mettre à la porte. Tiens, voilà à nouveau Rozia qui s'amène pour me raconter une autre histoire. Chaque fois, ils me font perdre le fil de mes pensées. Cette lettre te paraîtra bien chaotique !
Ta dernière lettre m'a fait fort plaisir. L'idée de vous rejoindre pourrait être la bonne solution. Et je me suis sentie durant quelques jours comme ressuscitée. J'ai même commencé à faire des plans pour l'avenir. D'un seul coup, tout me semblait si léger et simple à entreprendre. Mais ensuite, j'ai commencé à réfléchir. Que se passerait-il si je ne trouvais pas de travail, ce qui est certain à 99 % ? Je deviendrais alors un fardeau pour vous, j'en ai peur. J'ai mis de côté quelques centaines de zlotys, ce qui

me permettrait d'apprendre quelque chose sur place. Oh ! que j'aimerais partir ! Un tel bouleversement pourrait avoir une influence considérable sur mon caractère. Ma très chère Esther, je te supplie de bien vouloir m'écrire franchement ce que tu en penses. J'ai tellement besoin d'aide et de conseil. Je me sens si seule.

Et toi, comment vas-tu ? Cela fait si longtemps que je n'ai plus reçu de tes nouvelles. Je ne sais rien de ta vie, de tes aventures. Je me rends compte que je suis devenue une égoïste qui ne pense qu'à elle. Il n'y a donc rien d'étonnant que tu m'écrives si rarement. Pourtant, je pense à toi bien plus souvent que tu ne l'imagines et je voudrais tellement te voir. Après tout, personne n'est aussi proche qu'une sœur.

Je m'aperçois que je parle de chagrins comme jamais auparavant et j'ai un peu honte d'envoyer cette lettre. Je le fais seulement par paresse, car je n'ai pas envie de la recommencer. Ne prends pas ce que je t'écris trop à cœur. Je suis si énervée que, du coup, je vois tout en noir. Comment va Chaïm ? Est-il content de son travail ? Ne lui montre pas cette lettre, car il ne faut surtout pas qu'il lise mes bêtises. Déchire-la dès que tu l'auras lue. Tu peux m'écrire à Varsovie, j'y serai encore une semaine. »

Au lieu de déchirer la lettre, Esther s'est empressée de la faire lire à son frère. Et tous deux d'encourager Sara à quitter la Pologne. Mon père, qui entretenait une sœur, va bientôt travailler pour trois.

Pourtant, une fois à Bruxelles, Sara ne parvient pas à couper le douloureux cordon ombilical. Au bout de deux ans, elle retourne en Pologne. Nostalgie de sa terre natale ? Culpabilité vis-à-vis de son père et de sa mère ?

Mal-être de l'exil à Bruxelles ? Difficulté de se mettre à la langue française, de s'intégrer en Belgique ?

Une lettre de mon grand-père, datée du 28 novembre 1938, pointe une autre raison à son retour. Bien différente de celles auxquelles je songeais :

> « Mes chers enfants,
> Je m'adresse d'abord à Sara pour discuter un peu avec elle.
> Chaïm m'écrit qu'il ne comprend pas ton intention de rentrer à la maison aussi longtemps que ton avenir n'est pas assuré. Est-ce une manière logique de parler ? Une affaire qu'on peut conclure en l'absence des parties ? Nous avons, avec l'aide de Di-eu, préparé un peu d'argent pour ta dot et tu es d'ailleurs loin d'être une *camelote*. Je suis sûr que, si Di-eu le veut, tu vas recevoir des propositions de mariage aussi bonnes que celles de tes amies. Tu le verras dès que tu seras à la maison. On nous propose d'ailleurs de beaux partis, qu'en ton absence, je dois malheureusement refuser en inventant un prétexte différent pour chacun. Alors, chère Sorele, laisse tomber tes fantaisies ! Pense à ton avenir tant que tu es jeune et que nous sommes en vie. Nous ne voulons pas, à Di-eu ne plaise, ton malheur. Quel peut être ton but de rester là-bas une année de plus puis une année encore et encore ? Je crois que la vie t'a déjà appris qu'il ne faut pas tant calculer. On ne choisit pas tout seul son destin. Après ces quelques mots, tu comprendras, j'en suis sûr, mon cœur et mon désir. Aussi, je forme le vœu de te revoir très vite. »

Pour appuyer son souhait pressant, il insiste auprès de Chaïm et d'Esther pour qu'ils poussent Sara à rentrer :

« Cher Chaïm et chère Esther,
Je vous prie de lire ma lettre entre les lignes et de comprendre ce que je désire. Vous me connaissez, je ne suis pas capable d'écrire facilement ce que je ressens. Cher Chaïm, j'aurais beaucoup à parler avec toi, mais malheureusement mes pensées ne sont pas claires et ne peuvent pas exprimer tout ce que j'ai envie de te dire au fond de moi. Laisse-moi te répéter que tu ne dois pas te croire obligé d'assurer l'avenir des autres. Pense à toi ! Tu n'es plus un enfant. Sinon tout est perdu, que Di-eu nous protège. Je suis très préoccupé de toutes ces choses dont je ne peux parler à personne. Au revoir alors. Trouvez un peu de temps ensemble, concertez-vous à propos de tout ça et écrivez-moi sans délai une réponse qui soit concrète et pas fantaisiste. En vous souhaitant beaucoup de bien, Votre père Aba. »

Des conseils pressants de mon grand-père, on peut plus ou moins reconstituer ce qui s'est passé. Malgré l'opposition de leur père, Chaïm et Esther avaient convaincu Sara de faire le saut, comme eux. De venir à Bruxelles, d'étudier ce qu'elle aimait, la littérature. Autant de *fantaisies* qui scandalisent à Maków. Que Sara étudie à l'université, qu'elle s'attarde dans une ville occidentale, au milieu de *goyim* et de sans-Dieu, voilà qui est insupportable pour Aba. Comment expliquer les caprices de sa fille à ses amis de la synagogue qui le pressent de questions et qui ne comprennent pas qu'il se montre aussi laxiste, aussi fantaisiste ? Autour de la table familiale, où ils ne sont plus que deux, Aba passe la soirée à lancer des imprécations, à secouer les bras au-dessus de sa tête, à interroger le Seigneur et à prendre Frania à témoin de leurs malheurs. Pourquoi son Dieu bien aimé lui fait-il subir pareille épreuve ? « Pourquoi moi ? C'est ta faute aussi, Frania. De tes enfants, tu acceptes tout. Toutes leurs *fantaisies* ! Et voilà où conduisent toutes ces folies ! »

S'il sait ne plus pouvoir convaincre ses aînés, Chaïm et Esther, il exige qu'après ces quelques mois d'égarement, Sara réintègre le *shtetl*. Les vacances sont finies ! Il est temps qu'elle se marie, s'occupe de son ménage, de son époux et de ses enfants. L'âge la guette, gronde-t-il. Qu'elle regagne la Pologne avant d'être vieille fille sans un fiancé digne d'elle !

Fatale méprise ! En la faisant rentrer au pays quelques mois à peine avant les tanks allemands, Aba jetait sa fille, non dans les bras d'un gentil mari, mais dans la gueule du loup.

Sara, douce et obéissante. Sara, tendre et généreuse. Comme j'ai pleuré cette tante que les Allemands m'ont enlevée ! À travers ses lettres et le portrait que m'en donnaient mon père et sa sœur Esther, je sais que je l'aurais aimée. Elle n'avait pas la pudeur exagérée de mon père, pas la distance aristocratique de ma mère.

À son retour en Pologne, les promesses de son père se révélèrent un vœu pieux. Pas d'élégant fiancé l'attendant sur le quai de la gare, les cheveux soigneusement gominés. Pas de grand mariage à la synagogue ni de défilé dans les rues du village, accompagnés par la fanfare de Maków. Peut-être que l'homme ou les hommes auxquels songeait mon grand-père n'étaient pas du goût de sa fille. De pâles barbus, rats de salle d'étude, tout droit sortis de la *schiele*[7]. En vérité, Sara était plus indépendante que son père ne le pensait. Gâtée par les gènes de sa mère.

D'après le policier chargé de remplir le registre spécial des étrangers, « la date réelle ou présumée » du départ de Sara est le 20 septembre 1939. Or les troupes

7. NDE: « École » en yiddish. Il s'agit en fait de l'école religieuse réservée aux garçons.

allemandes sont entrées en Pologne par surprise le 1er septembre 1939, occupant en un mois la partie du territoire qu'ils avaient partagé en secret avec les Soviétiques. Varsovie capitula le 27 septembre.

Sara serait donc arrivée à Varsovie en même temps que les blindés allemands ?

Affolé par la menace qui pesait sur sa sœur chérie, mon père crut qu'il était encore possible d'effacer l'ordre funeste d'Aba. Monsieur Optimiste ! Dès la déclaration de guerre des Allemands, il lui écrivit pour la supplier de revenir à Bruxelles, toutes affaires cessantes. Sara ne sembla pas comprendre les inquiétudes de son frère ni les raisons de son agitation. Dans quelle incroyable inconscience vivait la plupart des Polonais et des Juifs en ce temps-là ? Rien ne laissait donc présager l'Apocalypse qui allait les emporter ?

Le 24 janvier 1940, ma grand-mère écrit à mon père. Après l'avoir félicité pour son mariage (« Nous espérons pouvoir nous réjouir encore longtemps de votre bonheur »), elle le tient au courant des démarches que Sara a enfin entreprises pour repartir en Belgique : « Sara est à Varsovie. Je ne sais pas pourquoi le consulat ne veut pas lui donner son visa même si son passeport est valable jusqu'au 28 janvier. Peut-être que cela va s'arranger. Nous sommes tous en bonne santé. »

Toute la famille restée en Pologne est encore vivante, en sursis sans le savoir, Sara à Varsovie, les parents à Maków et Motek (le frère de mon père) dans un autre village des environs. Mais elle jette ses derniers feux. Dont ma mère a gardé les reliques, religieusement, au fond de son armoire, malgré tous les déménagements. Je peux ainsi suivre semaine par semaine les efforts désespérés de Sara pour s'extirper de Pologne.

Le 2 février, ma grand-mère rassure mon père, sans une seule allusion à l'Occupation :

« Sara est allée au consulat. Mais on lui a dit de

revenir le 21 février. Si cela marche bien, elle arrivera chez vous avant même que cette carte ne vous parvienne. Demain, nous aurons des nouvelles concernant son départ. Si nous n'avons pas écrit depuis longtemps, c'est qu'il n'y avait pas de décision pour le départ de Sarusia. Nous croyions qu'elle était partie et que vous auriez nos salutations par elle. »

Le 6 février, la situation commence à se gâter. Sara est retournée à Maków.

« La route de Maków jusqu'à Varsovie est très pénible. Je préfère ne pas prendre de risques pour le moment. Je vis ici chez tante Wajnsztok. Tous ceux de Raciaz sont maintenant à Varsovie. »

Sara se rend compte que si elle reste embourbée à Maków, elle ne s'échappera plus. Malgré les dangers et la présence des soldats allemands qui s'installent dans le pays, elle se décide (mais tard, si tard) à regagner la capitale polonaise. Le 14 février :

« Mes chers bien-aimés,
J'ai bien reçu votre carte. Je suis allée à l'ambassade de Belgique, mais je n'ai rien pu régler car le secrétariat est fermé jusqu'au 21 de ce mois. Quand j'aurai quelque chose de plus précis, je vous écrirai tout de suite. Je vais essayer d'arranger toutes les autres affaires jusqu'à la semaine prochaine pour ne pas perdre de temps au cas où j'obtiendrais une décision favorable concernant mon visa. »

Le 21 février, toujours pressée par Chaïm de remuer ciel et terre pour regagner la bienheureuse terre de Belgique (lui-même ne se doute-t-il donc pas que les

Allemands vont bientôt lui tomber à son tour sur le paletot ?), Sara répond :

> « Aujourd'hui, je suis de nouveau allée à l'ambassade belge. Cette fois encore, je n'ai rien pu régler, car le secrétaire n'est pas à Varsovie. Il est censé rentrer dans les jours qui viennent. On ne peut rien y faire. Vous vous énervez pour rien. Demain, j'irai de nouveau. Dès que j'aurai réussi à tout arranger, je viendrai. Portez-vous bien, je vous embrasse. »

« Ne vous énervez pas pour rien ! » lance-t-elle à mon père, à ma mère et à sa sœur Esther. Ne sent-elle pas l'haleine du monstre, bientôt prêt à l'avaler ?

Plus lucides, les autorités belges sont sur le point de lâcher la capitale polonaise.

Le 8 mars : « J'ai de nouveau une mauvaise nouvelle pour vous. »

Elle écrit « pour vous » ! Elle est prête à quitter la Pologne, mais seulement pour faire plaisir à mon père ! Sans son insistance, elle resterait volontiers à Maków, comme tout le reste de la famille et de ses coreligionnaires.

> « Je suis allée à l'ambassade hier et, sur la porte, j'ai lu ce mot : "ambassade fermée jusqu'à nouvel ordre". Je ne sais pas quoi faire maintenant. Il paraît que le vice-consul est en Belgique pour l'instant. Il était censé rentrer le 21 février, mais il n'a pas encore reparu. Il s'appelle Champelier ou Champetrier. Pouvez-vous voir s'il a un remplaçant ? Peut-être que je devrais recevoir un avis de l'ambassade de Belgique à Berlin ? »

Le plus important pour elle, ce n'est pas le sort qui

s'acharne, mais de savoir comment vont sa sœur et son frère à Bruxelles :

> « Quoi de neuf chez vous ? Comment va la vie ? Esther est-elle contente de son nouveau poste ? Pourquoi a-t-elle abandonné Liège où elle avait un bon travail ? »

Elle laisse échapper son inquiétude à propos de ses parents :

> « Je n'ai pas de nouvelles de la maison non plus. J'espère qu'il y aura du courrier aujourd'hui. Portez-vous bien. Je vous embrasse fort. »

Le 14 mars, enfin, une éclaircie : elle a obtenu l'autorisation de sortie du pays. Mais c'est un leurre. L'ambassade de Belgique reste aux abonnés absents et, sans visa, impossible de bouger.

> « Mes chers que j'aime,
> J'ai obtenu l'autorisation de la Sûreté publique. Je ne pourrai pas avoir mon visa ici, car l'ambassade est fermée. Avez-vous bien donné mon adresse à Varsovie ? Je devrais recevoir un avis de Berlin me permettant d'aller chercher mon visa. Sans cela, je n'aurai pas mon ausreiz-schein (autorisation de sortie). J'attends encore quelques jours et si je ne reçois pas cet avis, j'écrirai moi-même à l'ambassade pour demander des informations. L'adresse, comme toujours : Zamenhof 27/8.
> Portez-vous bien. Je vous embrasse bien fort. »

La Belgique a définitivement abandonné Varsovie. Même si elle n'est pas encore entrée en guerre avec l'Allemagne. Sara, qui ne doute décidément de rien, écrit le 24 mars qu'elle envisage de faire le voyage à Berlin :

« Cette semaine, j'ai eu un avis de l'ambassade à Berlin. On me demande de venir chercher mon visa personnellement. Pour le moment, cela se révèle très difficile, car je dois obtenir une autorisation de me rendre à Berlin. Ce qui va prendre du temps. J'aimerais tant vous voir le plus vite possible, mais je ne peux rien faire pour accélérer les procédures. J'espère y arriver au bout du compte. »

Avec le recul, le projet de Sara paraît à peine imaginable : une Juive polonaise, qui va bientôt périr dans un camp d'extermination, envisage de prendre le train Varsovie-Berlin pour obtenir son visa d'entrée en Belgique, en pleine capitale du Reich, à quelques encablures du palais où le *Führer* et ses sbires préparent la solution finale…

Le mois suivant, alors que la guerre se rapproche, le courrier circule encore. La dernière lettre de Frania est datée du 14 avril, juste avant que les communications ne soient définitivement interrompues :

« Je ne sais pas comment Sarusia va physiquement, car je ne l'ai plus vue depuis janvier. Elle a toujours aimé les sensations fortes et là, elle est servie ! »

Mon grand-père ajoute deux phrases, les derniers mots que ses enfants recevront de lui :

« Je vous salue cordialement et je vous embrasse, mes chers bien-aimés. Je vous souhaite des bonnes fêtes et tout le meilleur. Votre père qui vous aime, Aba. »

Et le 20 avril, l'ultime lettre d'espoir de Sara :

« J'ai reçu ta lettre, Chaïm. Au début, j'étais fâchée que tu essaies de tout reprendre en main. Je voulais tout arranger moi-même pour épargner de l'argent. Peut-être que j'ai mal fait. J'espère que cela ne va plus prendre longtemps maintenant. Je vais faire tout ce que je pourrai. J'ai écrit à l'ambassade. Je ne savais pas qu'il fallait tout leur expliquer et tout justifier. Sur l'avis, il n'y a pas de date de réception du visa. En attendant, je me suis cousu un paletot et je me prépare au départ. Je vous embrasse fort. Sara. »

Ironie du sort, départ il y aura, mais malheureusement pas pour Bruxelles. On perdra sa trace.

Depuis que je suis plongé dans cette chronique, je vis au jour le jour l'aventure de chacun des protagonistes. Or, dans l'inventaire des lettres et des cartes de Sara que j'avais envoyées à ma traductrice, celle du 20 avril 1940 semblait contenir son dernier signe de vie. Et voilà que la traductrice vient de m'adresser une lettre qui m'avait échappé, datée du 15 avril 1941.

Permettez-moi au passage un nouveau coup de chapeau à l'organisation des services publics de l'époque. Les fonctionnaires européens pourraient en prendre de la graine ! Après avoir mis la main sur les Juifs de Pologne avec une efficacité redoutable, les avoir enfermés entre les murs de quelques quartiers des grandes villes, isolés du reste de la population par des murs, entassés dans des maisons insalubres, mal nourris, les autorités allemandes se préparaient à exterminer ceux qui n'avaient pas succombé à la faim, au froid ou aux maladies. En revanche, pas question de toucher au service postal ! Aujourd'hui, on supprime les bureaux et les levées postales, on licencie les facteurs. En 1941, les messages envoyés par une Juive, prisonnière du ghetto de Varsovie en attente du voyage vers le camp de la mort, étaient scrupuleusement transmis par les postes nazies à son frère et à sa sœur dans Bruxelles occupée. Comme en écho à l'accueil très professionnel réservé à ma mère au même moment par la Société des chemins de fer français dans une ville en déroute, bombardée, incendiée, cernée par les tanks ennemis. De sa chambre, située Nowolipki 14/10, ma tante, tremblant de froid, écrit à sa sœur Esther. Son ton a changé. La sœur de Monsieur Optimiste se sait au bout du chemin :

« J'ai reçu ta dernière carte. Elle a croisé ma lettre qui est déjà sûrement arrivée chez toi. Je t'ai demandé de m'envoyer une robe sombre. Peu importe si elle est abîmée. Elle me serait très utile. Ce serait bien aussi si tu pouvais transformer mon paletot gris en blazer – c'est-à-dire une jaquette sport pincée derrière, sans col, avec des poches, pour faire un ensemble avec ma jupe bleu marine. Mon costume est terriblement étroit. Tu peux m'envoyer ton trois-quarts si tu n'en as plus besoin, car je n'ai plus de paletot. J'ai transformé mon manteau d'été de l'année passée en manteau d'hiver, car on m'a volé mon manteau en fourrure. Les parents ne le savent pas. Si tu as des difficultés à m'envoyer tout ça, ne t'en fais pas, je peux y renoncer même s'ils me seraient vraiment nécessaires. »

Elle trouve quand même la force de s'inquiéter de sa sœur et de son frère :

« Comment ça va pour toi, ma chérie ? Comment as-tu passé les fêtes ? J'espère qu'au moins tu étais avec Chaïm. Je t'embrasse très fort, Sara. »

Vient la dernière, l'ultime carte à Esther, datée du 29 juillet 1942. (L'été au cours duquel les Allemands entreprennent la solution finale à Varsovie – la déportation au camp de Treblinka.)

« Ma chérie,
Tu devais déjà t'inquiéter pour moi. Je ne pouvais pas t'écrire jusqu'à maintenant malgré mes meilleures intentions. Quoi qu'il arrive, ne t'en fais pas pour moi, chérie. Je suis jeune, saine et j'ai de l'espoir. Alors, ne t'inquiète pas. Ma chère sœurette, vas chez Chaïm et apporte-lui mes salutations. Comme je n'ai pas d'autre carte maintenant, je ne peux pas le faire moi-même. Remets à Ania des salutations de la part de Felka, je l'ai vue hier. À l'occasion, écris un mot à la maison pour dire que tu as eu des nouvelles de moi. Prends soin de toi. Je t'embrasse mille fois. Je t'aime, Sarah. »

Les baisers qu'elle envoie tout au long de sa correspondance ne sont pas partis en fumée. Je les sens sur ma joue pendant que j'écris. Ils me réchauffent et me font pleurer comme si son fantôme venait de se glisser dans mon bureau, qu'il se penchait sur moi et déposait ses lèvres fraîches sur ma peau. Sara chérie que je n'ai pas connue, mais que j'ai tant aimée.

ESTHER

Pendant que les nazis effacent la famille Berenbaum à l'est de l'Europe, que deviennent Chaïm et Esther à l'Ouest ? Raconter leurs relations n'est pas une promenade de santé. Si l'on a la curiosité de plonger en dessous des nuages, on tombe sur des failles redoutables. À ceux qui souffrent de vertige, la faculté déconseille formellement l'alpinisme. C'est mon cas. Dès que je me suis lancé dans l'exploration de la face cachée de mon père, j'ai découvert le glacier de ses relations avec sa sœur Esther. Alors, accrochez-vous, au risque de glisser !

Arrivée en Belgique quelques années après son frère, Esther s'est installée chez lui. Sara va les rejoindre en 1937. Pendant deux ou trois ans, les trois enfants de Frania et d'Aba vivent sous le même toit, confinés dans le petit appartement au-dessus de la pharmacie où travaille mon père. Chaïm et ses deux sœurs, « ses deux femmes », à qui leur mère, Frania, narre de mois en mois d'une plume rose la chronique de leur bourgade natale, forment à Bruxelles un trio fusionnel. Pendant qu'au rez-de-chaussée, Chaïm fabrique pilules et sirops miracles, à l'étage, ses deux sœurs étudient. Le soir, après le repas, ils écoutent la radio, lisent les journaux. Ou plutôt mon père s'empare des quotidiens belges et des gazettes polonaises (quand Aba les a envoyées) pour les lire à haute voix, s'interrompant entre chaque article pour placer ses commentaires : « Regarde ces politiciens qui se précipitent à Berlin pour lécher les pieds d'Hitler et lui vendre leur camelote. »

– Lis, Chaïm, lis !

Contraint et forcé, il reprend le journal jusqu'à ce qu'une autre information le plonge à nouveau dans une crise de rage : « Bande d'abrutis ! D'inconscients ! Allez-y ! Livrez-lui vos fusils et vos canons pour que vos propres armes vous ravagent demain ! »

Après ses copains de chambrée à Liège, ce sont ses sœurs qui sont obligées de l'écouter pérorer sur l'arrogance nazie, la lâcheté des dirigeants européens, la guerre qui pointe à l'horizon, le sort des Juifs en Pologne…

– La ferme, Chaïm ! On a un examen à préparer !

Qu'ils sont sérieux, ces trois-là ! Aba a tort de craindre qu'ils se laissent tenter par la *fantaisie*. Son éducation leur a appris que la vie est dans les livres. Pas dans les bars ou les salles de bal. Pourquoi Chaïm, choyé par ses deux sœurs, irait-il courir les filles ? D'ailleurs, que pourrait-il leur offrir ? Le trio a à peine de quoi subsister. Pourtant, malgré son maigre salaire et l'aide occasionnelle des parents, Chaïm parvient à épargner. Une vraie fourmi, celui-là ! Bien décidé à rester en Belgique et à s'intégrer dans cette société moderne et laïque, loin de la douceur faussement tranquille et de la chaleur originelle mais étouffante du *shtetl* polonais. La Belgique, c'est son Amérique à lui, un pays cosmopolite où les Juifs seront toujours à l'abri, une oasis sur la carte de l'Europe.

Mais une fourmi ne rêve-t-elle pas de temps en temps de se transformer en cigale ? Certaines nuits, le désir ne lui monte-t-il pas à la tête ? Et l'envie de sexe ? A-t-il attendu sagement l'apparition de la princesse de ses rêves un matin dans sa pharmacie avant de céder enfin à ses pulsions ? Il n'y a hélas pas la moindre trace d'un amour clandestin, pas un petit mot équivoque, pas une photo, une mèche de cheveux coincée dans un médaillon pour me mettre sur la piste. Ni la moindre allusion dans ce que je connais du courrier de ses sœurs. Chaïm n'aurait-il pas connu de femme avant Rebecca ?

Les archives de mon père étaient gardées par ma mère, ce qui explique peut-être cette lacune…

Quand ils sont fatigués, les enfants d'Aba se mettent parfois à parler entre eux polonais ou yiddish. Mis à part ces quelques moments de laisser-aller, le français est la règle. Sans en être conscients, tous trois ont hérité la discipline de leur père, qui peut passer des heures à décortiquer une phrase du Talmud afin d'en tirer la substantifique moelle – au risque d'épuiser l'auditoire.

Mon père travaille, ses deux sœurs tiennent le ménage, font la cuisine, la vaisselle, avant de plonger dans leurs bouquins. Les trois jeunes gens sortent peu. Parfois, un verre sur une terrasse quand vient le printemps ou une séance de cinéma. Et un détour par les bureaux de l'administration pour renouveler régulièrement les permis de séjour, toujours provisoires. On se voit surtout entre amis, immigrés juifs comme eux. Sans frayer avec ceux qui se sont installés en Belgique depuis plusieurs générations et qui, devenus bons bourgeois, regardent les nouveaux arrivants avec un certain mépris, en se plaignant qu'il y aura bientôt *trop d'étrangers dans ce pays*.

Un certain équilibre s'est installé au sein du trio. Jusqu'au jour où, sur l'ordre de son père, Sara retourne en Pologne. Cette fois, Chaïm est à Esther. À elle seule. Mais, à peine a-t-elle repris le ménage en main qu'un ouragan balaie ses plans. Sous forme d'une belle demoiselle à la peau brune et lisse, aux grands yeux profonds, brune à la peau mate à la chevelure auburn, qui est entrée dans l'officine telle une princesse de cinéma, dévastant tout sur son passage. Et emportant le cœur du pharmacien. « C'est pourquoi l'homme quittera son père et sa mère, et s'attachera à sa femme, et ils deviendront une seule chair. » (Gen. 2-24)

Il quittera aussi et surtout sa sœur… Très vite, la présence d'Esther devient envahissante. Mais elle est bien décidée à ne pas céder la place ! Rebecca ne se contente pas de combler simplement l'absence de Sara en partageant Chaïm avec Esther. L'atmosphère devient électrique.

> « Le “climat” dans lequel je vis ne me permet pas d'être heureuse. Et je désire tellement le calme. Je perçois le bonheur comme un bien simple où il n'y a pas de place pour les intrigues, où règnent l'honnêteté, la gentillesse, la cordialité et des intérêts communs. Malheureusement, rien de tout cela ne m'entoure. Mon frère (malheureusement frère) est férocement égoïste, malgré un “bon cœur”. Il ne lui plaît même pas que je sois amie avec sa future épouse. Aujourd'hui, j'ai versé des torrents de larmes juste parce qu'étant à trois dans une pièce, il a appelé sa compagne dans son bureau pour lui montrer un livre qu'il avait reçu. Il a claqué la porte avec férocité. Je me suis sentie très mal, et ce simple fait a été une des raisons d'un moment de peine profonde. Et ainsi chaque jour s'ajoutent des événements de ce genre qui m'affaiblissent psychiquement et physiquement. Je ne peux plus vivre dans cette atmosphère. Hier encore, il m'a demandé 5 francs, je ne les avais pas, ce que je lui ai dit. En réponse, j'ai eu droit à un “Donne-moi 5 francs, je te rendrai 100”. Il voulait me corrompre, moi… »

Tel est l'écho des pensées agitées d'Esther peu après l'arrivée de Rebecca (quelques feuilles retrouvées parmi les papiers de ma mère). Sa perception de la vie à trois depuis l'arrivée de l'intruse, de l'étrangère, de Rebecca – Appelez-la Kuka, comme tout le monde.

Quelle foi accorder à ses plaintes ? Y a-t-il une part de délire ? Souffrait-elle d'un complexe de persécution ?

Ses propos ne sont sans doute pas à prendre au pied de la lettre. Ce que l'on confie à un journal intime mélange toujours un peu de réalité et beaucoup de frustration. De plus, comment condamner mon père par défaut, sans l'avoir entendu, sur la seule déclaration d'Esther ? Sans le témoignage de Kuka ? Ni surtout celui de Sara qui aurait éclairé d'une lueur singulière la vie du trio quelques mois auparavant.

La jalousie fiévreuse d'Esther transpire dans une lettre (en polonais) qu'elle envoie à Chaïm et à Kuka. Une lettre sans doute écrite en 1940, au moment où Esther, Chaïm et sa toute jeune épouse espèrent encore revoir Sara, bloquée en Pologne comme un papillon dans une pièce dont la fenêtre vient d'être refermée pour la nuit.

> « Mes très chers,
> Je suis dans un état fiévreux. Je sais que je devrais me calmer, mais je n'y arrive pas. J'ai beaucoup réfléchi à la manière dont nous allons accueillir Sara. Je voudrais louer deux chambres. L'une serait une cuisine-salle à manger et l'autre un studio. Pour le studio, je pourrais prendre à tempérament un sofa avec une bibliothèque, une table ronde, deux fauteuils et des chaises, comme chez vous. Après, il me faudrait une armoire. Pour la cuisine, je prendrais volontiers la table qui se trouvait dans notre ancienne salle à manger, cher Chaïm, ainsi que les chaises et le canapé-lit d'en haut, car il nous faut deux endroits pour dormir. L'une de nous dormirait sur le sofa, l'autre sur le canapé-lit. J'achèterais aussi une armoire de cuisine (tout ça à tempérament). Sara ne peut en aucune façon habiter avec vous. Dormir en haut sur le canapé-lit n'est pas possible – ce n'est qu'une pièce commune avec votre chambre à coucher et en bas, ce n'est pas bien non plus, c'est impossible. Dites-moi ce que vous

en pensez. […] Je voudrais que to
avant que Sara n'arrive afin qu'ell
être un fardeau. Oh ! Comme je sui
son arrivée ! […] Elle vient de m'env
Elle s'étonne de ne pas avoir de nouvelles de Chaïm. Elle se demande si vous recevez bien ses cartes. C'est étrange, car moi je les reçois toutes ! Je lui ai écrit et je lui ai dit qu'ici, tout allait très bien. Je lui ai conseillé de rester à Varsovie et d'essayer de régler son affaire au plus vite, car les démarches ne dépendent plus que d'elle. Répondez promptement. Je vous embrasse. Esther »

À la lecture des cartes de Sara envoyées de Pologne occupée, rien ne transparaît de la tension entre Chaïm et Esther. L'ont-ils tenue dans l'ignorance de leurs discordes ou Esther les a-t-elle exagérées en se confiant à son carnet un jour de particulière mélancolie ?

« Comment ça va pour toi, chérie ? Comment as-tu passé les fêtes ? J'espère qu'au moins tu étais avec Chaïm », écrit Sara à Esther en avril 1941. Indomptable Sara qui parle de bonheur depuis sa chambre au fond du ghetto de Varsovie ! Quelle différence avec la nature d'Esther, inquiète, nerveuse. Voici ce qu'elle écrit dans son journal :

« Je suis tellement vulnérable, malade peut-être, qui sait ? J'ai tellement besoin d'un peu de gentillesse et de cordialité : j'ai besoin qu'on prenne soin de moi, oui qu'on prenne soin… mais je suis complètement seule. Je peux avoir de la compagnie, mais le manque d'amitié et de sentiments sincères m'épuise. Je suis incapable d'aimer qui que ce soit et je rejette les prétendants. Je ne sais pas juste flirter. D'ailleurs, je ne sais rien traiter de manière légère, superficielle – quel malheur ! (Le flirt n'est pas, selon mon opinion, un sport mais devrait être l'expression et la manifestation de sentiments profonds.) Qu'elle est bête, ma vision du monde... »

Les rigueurs de la guerre et l'accélération de la chasse aux Juifs vont élargir le fossé entre Chaïm et sa sœur Esther, tandis que s'éteignent les voix de Frania, de Sara et d'Aba, qui les obligeaient à faire bonne figure et à cacher leurs dissensions.

Pendant que Chaïm et Kuka se transforment en Janssens et Janssens, Esther quitte Bruxelles pour Liège où elle se cache, elle aussi, sous une fausse identité jusqu'à la Libération.

Tous les trois sont sortis, assommés, blessés, mais vivants de l'épreuve. Sans que leurs plaies personnelles ne soient cicatrisées. Seule la résurrection inattendue de leur mère va les forcer à faire à nouveau semblant de se rapprocher. Arrivée en Belgique peu avant ma naissance, Frania va vivre chez Esther, toujours célibataire. Avant de rejoindre la Terre promise cinq ans plus tard. Entre-temps, les survivants de la famille vont se retrouver, en apparence unis, tous les dimanches midi autour du poulet-compote de Rebecca.

Le climat s'apaise un peu, d'autant qu'Esther a fini par rencontrer l'amour. Un inventeur, un peu farfelu, venu de Bessarabie, qui fabrique des objets excentriques. Et qui lui fait un enfant poétique et délicieux – mon cousin. Abracadabra ! La baguette magique qui a transformé Chaïm en Belge moyen, invisible aux yeux des Allemands, couvre maintenant Esther de paillettes. Va-t-elle également réconcilier les enfants survivants d'Aba ?

Les mésaventures du prestidigitateur de Verviers montrent que le numéro des artistes les plus habiles déraille certains soirs. Entre Chaïm et Esther, décidément, le charme n'opère pas. Leur relation est aussi définitivement tranchée que le corps de la femme dans la boîte du magicien sur la scène du Grand Théâtre. Rideau !

Quelques années plus tard, Chaïm et Esther exploiteront chacun une pharmacie, à quelques centaines de mètres l'une de l'autre, sans jamais se croiser.

NUNIA

La survie de ma grand-mère tenait du miracle. Que dire de celle de Nunia, la jeune sœur de ma mère ?

Lorsque Rebecca partit étudier à Bruxelles, sa sœur cadette resta avec leur mère à Vilno, poursuivant ses études, d'abord au lycée français puis, après sa fermeture, dans un lycée polonais. Dans la famille, on se voulait laïc, résolument moderne. Traitant d'arriérés tous les barbus de village, toujours fourrés à la synagogue, coincés entre traditions moyenâgeuses et obscurantisme religieux. De quoi faire dresser les poils de la barbe d'Aba ! Heureusement que les chars allemands l'ont coincé à Maków en janvier 1940, sinon le mariage de Chaïm et de Rebecca n'aurait jamais eu lieu !

Le père de Nunia et de Rebecca mourut quand elles étaient encore enfants. Son épouse, Léna, reprit le magasin de textile qu'il avait ouvert dans le centre de Vilno. La boutique battait de l'aile depuis la Grande Crise. Il fallait se serrer la ceinture à la maison, où elles vivaient à cinq. Cinq femmes. Léna, ses deux filles, Rebecca et Nunia, ainsi que les deux sœurs célibataires de leur père. Le menu quotidien dépendait du nombre de mètres de tissu que Léna avait vendu la veille. Après l'invasion allemande, Lena et ses belles-sœurs furent enfermées dans le ghetto de Vilno. Elles disparurent sans laisser de traces. Nunia, d'abord prisonnière avec elles à Vilno, fut transférée quelques semaines plus tard au ghetto de Riga, en Lettonie, avant d'être envoyée au camp de concentration de Kaiserwald, où était parqués la plupart des survivants du ghetto de Vilno après sa liquidation. Alors qu'approchaient les troupes soviétiques, les Allemands vidèrent le camp, entraînant les prisonniers qu'ils n'avaient pas abattus, dans des marches, mortelles pour beaucoup d'entre eux. Jusqu'à ce que les soldats soviétiques les rattrapent et libèrent le camp de Kaiserwald en octobre 1944, puis les camps de repli. C'est dans l'un d'entre eux qu'ils retrouvèrent Nunia, malade, squelettique mais vivante. Un médecin français témoigne dans une lettre qu'il adresse à mes parents dès son retour en France :

« Mademoiselle Nunia Bieniakonska se trouvait à Gnewin, en Poméranie, près de la frontière polonaise où elle avait été libérée par les Russes du camp de repli de Huthof. Je n'ai pas besoin de vous raconter ce qu'elle a pu souffrir, en particulier au cours des derniers mois (il y a eu quatre cents morts de faim et de typhus sur mille). Les journaux se sont chargés de raconter ces atrocités. Ajouter que les SS avaient encore moins de scrupules à torturer les Polonais que les Français. Quand je l'ai vue, elle était en parfaite bonne santé dans le village où était l'hôpital dont j'étais chirurgien. Les Russes l'ont gâtée, en particulier un colonel qui fut un vrai père pour tous les pauvres déportés. Ils avaient groupé huit cents vaches dans le village pour alimenter tous ces pauvres malheureux.
Elle travaille maintenant comme secrétaire à l'hôpital, mais ce n'est pas très éreintant ; c'est même assez léger. Elle m'a dit qu'elle rêvait de s'expatrier si les Russes le permettaient. Je crois qu'elle m'a parlé d'une destination possible, l'Amérique, mais elle passera avant par Bruxelles. Je crains qu'il ne soit difficile de la toucher là-bas, car la Poméranie a été évacuée par les Allemands pour y mettre des Polonais. De plus, l'hôpital russe est parti. Il n'en reste pas moins qu'elle voulait rester le plus longtemps possible à cause de

l'excellent ravitaillement. Pour lui écrire, attention ! demandez au consulat la traduction du nom de la ville de Gnewin en polonais. Surtout il faut vous adresser à madame Catroux, notre ambassadrice à Moscou qui s'occupe de ces questions pour la Croix-Rouge. »

Malgré la gentillesse des soldats russes qui la chouchoutent, Nunia décide de ne pas suivre l'armée rouge en URSS. Dans le camp de Riga, elle est tombée amoureuse d'un autre prisonnier, qui la convainc de partir avec lui en Amérique, peu importe où, mais surtout pas de se jeter dans les bras de Staline. Après plusieurs tentatives infructueuses, ils parviennent à obtenir un visa pour le Venezuela, la clé pour quitter enfin la Pologne. Sur le chemin de Caracas, ils débarquent à Bruxelles, juste au moment où Rebecca donne un fils au magicien. Nunia s'attarde auprès de sa sœur, l'aide à pouponner son lardon tout en assistant Chaïm à la pharmacie. Mais son rêve américain ne s'achève pas à la mer du Nord, comme celui de Chaïm et de Rebecca. Au bout d'un an, Nunia et son mari décident de continuer le voyage. Ils traversent l'Atlantique et s'établissent à Toronto où Nunia célèbre à son tour le retour à la vie en accouchant d'une fille – ma cousine.

Un nouveau monde semble s'ouvrir pour Chaïm et Kuka, pour Esther, pour Nunia, avec Frania comme seul témoin de l'ancien, lorsqu'un dernier personnage rejaillit du passé.

LE DERNIER FANTÔME

Mal rangée dans une pochette, je suis tombé sur une lettre beaucoup plus récente, rédigée en polonais, mais envoyée d'Israël à mon père le 1er novembre 1964.

Une fois la lettre traduite, je découvre l'existence d'un cousin de mon père, nommé Motek.

Encore un parcours miraculeux dans la famille de monsieur Optimiste, le dernier écho de la vie d'avant, dont la page va être définitivement tournée jusqu'à ce que je me mette à remonter le temps.

« Très cher Chaïm !
Je te remercie beaucoup pour ta chaleureuse lettre. Excuse-moi de ne pas t'avoir répondu plus tôt. J'étais un peu malade mais maintenant, ça va mieux. Chaïm ! Nos souvenirs communs remontent à il y a plus de trente ans ! Toi, tu étais un élève consciencieux et moi, un petit garçon qui partageait parfois ton lit dans la petite chambre sombre à Mlawa. En recevant ta lettre, je me suis souvenu instinctivement de notre bon vieux temps.
Quand la Guerre a éclaté, je résidais à Maków comme chaque année pendant les vacances. Je me suis enfui à Varsovie où j'ai rencontré ton frère Motek et ta sœur Sara. De Pologne, je me suis enfui en Russie. Et j'ai passé toute la guerre en URSS. En 1946, je suis revenu en Pologne où je me suis marié. Avec ma femme, nous avons réussi à partir en Israël en nous engageant comme volontaires à la Haganah. On a aussitôt dû rejoindre le front. Heureusement pour nous, la guerre avec les Arabes s'est terminée peu après que nous nous sommes engagés. À l'époque, en arrivant au pays en tant que soldat, on

ne pouvait pas prendre de bagages. Donc, on a dû recommencer notre vie à zéro.
Ma femme s'appelle Chedwa. Elle travaille comme comptable. Moi, j'ai d'abord travaillé comme fraiseur et maintenant, pour des raisons de santé, j'ai dû changer de métier et je suis employé administratif dans une usine de tuyaux. J'ai deux petites filles qui apportent à ma vie plein de joie et de bonheur. Ilana a 15 ans et elle est déjà en 6e année au gymnase. Elle chante bien et joue de l'accordéon. Miry a 7 ans et elle est en deuxième primaire, elle fait partie des meilleures élèves de sa classe.
Et maintenant Chaïm, quelques mots à propos de ta maman, ma très chère tante.
Frania est la perle rare de toute la famille. J'aime l'écouter exprimer ses pensées et ses opinions. C'est une femme si sage et si intelligente ! Je regrette d'habiter si loin de chez elle et de ne pouvoir lui rendre visite plus régulièrement. Que Dieu lui donne de la santé et du bonheur pour de longues années ! J'ai appris par ta maman que ton fils Alain a été malade. Dieu merci qu'il aille bien à présent ! J'espère que ma lettre vous trouvera tous en bonne santé ! Mes cordiales salutations à ta chère femme. Salutations à Alain avec le vœu qu'il te soit d'un réel réconfort !
Chedwa, Ilana et Mira vous saluent cordialement.
Ton Motek. »

Qu'est devenu Motek ? Et sa famille ? Je ne sais, mais ce dernier écho, cet écho tardif et imprévu du *shtetl* disparu, ajoute une touche supplémentaire au portrait qui, peu à peu, s'est formé lorsque tous ces documents poussiéreux sont sortis de la caisse pieusement conservée par ma mère. Le témoignage de ce cousin lointain complète aussi le portrait de Frania. Comme j'aurais aimé les entendre refaire tous les deux le monde.

L'AN PROCHAIN À JÉRUSALEM

Je vous ai raconté que, selon Chaïm, la Belgique était le jardin de l'Eden ? J'ai un peu embelli l'histoire, je peux vous l'avouer maintenant. Cette fois, je vais être honnête. La Belgique n'est devenue son jardin d'Eden qu'une fois refermées les portes du paradis terrestre, le vrai, le seul estampillé kasher.

Peu après la fin de la guerre, mon père décida de quitter la Belgique pour la Palestine. Lui qui avait déployé tant d'énergie pour effacer toute trace de son pays natal (sauf la vodka) et devenir un vrai citoyen belge (sauf la bière), baissait-il les bras ? Quinze ans de travail acharné pour ressembler à monsieur Janssens, pour apprendre le français et assez de flamand pour choisir la pilule à fourguer au client plaintif qui lui expliquait en patois d'Alost où il avait mal, pour deviner si son interlocuteur était un supporter de l'Union Saint-Gilloise, du Daring ou du Standard de Liège, pour distinguer les sociaux-chrétiens des démocrates-chrétiens, pour savoir s'il avait en face de lui un partisan du roi Léopold III ou un militant républicain, pour expliquer pourquoi les Liégeois détestaient les habitants de Charleroi (et réciproquement), pour réciter le nom de tous les hommes politiques et leur parti, même quand ils en avaient changé plusieurs fois, pour reconnaître ceux qui avaient choisi le bon camp pendant la guerre, ceux qui s'étaient trompés mais qui avaient retourné leur veste à temps et ceux qui l'avaient fait trop tard mais qui avaient réussi à rebondir. Après tant d'efforts pour décoder ces notions plus hermétiques que la Kabbale, mon père renonçait-il à ce pays dont il avait appris à aimer le poulet-compote du dimanche, les exploits des as du vélo et le sens de la dérision ? Ne se rendait-il pas compte que les Juifs qui s'étaient exilés en Israël avaient oublié d'emporter l'humour dans leurs bagages – la plupart d'entre eux voyageait sans bagages, il est vrai. Cet humour juif polonais qui ressemblait de façon troublante à l'humour bruxellois, la *zwanze*, cette façon de rire de soi qui est le propre des peuples qui ont vécu sous occupation étrangère. La *zwanze* est à l'image de ce plat belge traditionnel, le *waterzooï*, une espèce de hochepot, lié à la crème, dans lequel mijotent des morceaux arrachés à tous ceux qui se sont installés en conquérants dans le pays et qui ont fait des Belges, le peuple le plus mélangé d'Europe, des *zinnekes*, comme on les appelle à Bruxelles – le mot désigne aussi les chiens bâtards.

Comment expliquer la tentation de mon père de traverser la Méditerranée, dès que sa chère Belgique fut libérée ? Le désir de quitter l'amère patrie pour construire une nouvelle vie sous des cieux qui n'avaient pas connu la guerre était partagé par beaucoup d'autres aussi bons Belges que lui. Poussés par l'humiliation, l'enfermement et, pour certains, les durs et angoissants lendemains de la Libération.

Dès qu'il apprit les projets de mon père, Hergé déposa, lui aussi, une demande d'émigration. Le papa de Tintin – dont certains soupçonnaient quelque complaisance antisémite à cause de tel ou tel dessin douteux et sa fidélité à des amis qui avaient versé dans la collaboration – était-il tenté de suivre Chaïm en Terre promise ? Dans une lettre à l'un de ses amis, Hergé déclare vouloir abandonner définitivement la Belgique pour le Brésil ou l'Argentine. C'est en tout cas ce que prétendent ses biographes. Mais l'Amérique du Sud n'est-elle pas un leurre, une fausse piste, comme le visa pour le Venezuela qui a emmené Nunia, la sœur de ma mère, non pas à Caracas, mais à Toronto ? Aussitôt la guerre terminée, c'est en Israël, pas au Brésil ou en

Argentine, qu'Hergé envoie son héros vivre sa nouvelle aventure. N'est-ce pas un signe ? Une façon de tâter le terrain ? Je soutiens qu'Hergé voulait rejoindre mon père sur le mont Carmel et former avec lui un club d'anciens Bruxellois, qui riraient ensemble au souvenir des *zwanzes* de *Quick et Flupke*, autant que des démêlés de Tèvié, le laitier, qui ressemblaient singulièrement à ceux des joyeux *kets* de Bruxelles.

En débarquant à Haïfa, Tintin est enlevé d'abord par des « terroristes » sionistes, puis par des « terroristes » arabes qui le prennent pour un Juif, un certain Salomon Goldstein. Goldstein, qui ressemble à Tintin comme un frère…

Mon père déposa sa demande à l'Agence juive. Deux personnes l'accompagneraient en Terre promise, précisait-il, sa femme Rebecca et sa mère Frania, tout juste rapatriée de Varsovie.

Dans la Palestine sous mandat britannique, l'entrée des Juifs était limitée. Les bateaux de candidats à l'immigration, tel l'Exodus, qui tentaient de forcer le blocus étaient repoussés *manu militari*. *L'an prochain à Jérusalem*, la prière que son père Aba l'obligeait à réciter chaque jour, avait-elle fini par monter à la tête de Chaïm ? Allons donc ! Qui aurait pu se réconcilier avec Yahvé en découvrant les images des camps ? Partir en Palestine était l'acte d'un mécréant, la marque d'une transgression. Personne ne condamnait plus sévèrement le retour des Juifs en Israël que les rabbins orthodoxes et les Juifs pieux. Pour eux, seul le Messie pouvait ramener le peuple dispersé et remonter les murs du Temple détruit par les Romains. Devancer son appel était un acte impie, un acte de désobéissance inadmissible aux commandements du Seigneur. C'est une des raisons qui poussèrent mon père vers la Palestine. Et ma grand-mère à se défaire une fois pour toutes du joug orthodoxe de son mari.

C'était surtout l'idéal sioniste qui séduisait mon père. Très jeune, il avait milité dans des mouvements de jeunesse d'extrême gauche, des « voyous », selon mon grand-père et ses amis, qui maudissaient Theodor Herzl, le père du sionisme moderne, au moins autant que Jésus-Christ et le tsar Nicolas II. Alors que les Juifs traditionnels attendaient sagement l'arrivée du Messie, ces jeunes militants, lassés de rester les bras croisés deux mille ans de plus ambitionnaient de créer un État juif laïc, dont personne ne voulait : ni les Juifs orthodoxes, ni les antisémites, ni les Arabes, ni les grandes puissances, ni personne de sensé ! Il était donc logique de retrouver mon père au milieu de cette bande d'illuminés. Des intellectuels, des artisans et des boutiquiers, tous rats des villes, bien décidés à se convertir en fermiers et à faire couler le lait et le miel dans un trou perdu du désert, le seul coin du Moyen-Orient où Dieu avait oublié de semer du pétrole. Ils voulaient être pionniers-pionnières, garçons et filles sur un pied d'égalité – autre pied de nez à leurs parents –, maniant la bêche et la pelle, alors que leurs aïeux passaient leurs journées enfermés dans des salles d'étude puantes à analyser chaque mot du Livre pendant que leurs épouses faisaient bouillir la marmite.

Entraînés par le souffle qui bouleversait le Moyen-Orient, Chaïm et sa mère Frania aspiraient à partager ce rêve séculaire reconstitué par magie. Ils voulaient s'installer dans un pays tout neuf, effaçant à la fois la mémoire de tant de siècles de souffrance et celle de la guerre. C'était compter sans le troisième pivot de l'équation familiale : Rebecca, la princesse de Vilno.

Pendant que son mari et sa belle-mère construisaient leur avenir en Palestine, un crayon à la main, examinant les photos de la Terre promise où ils se voyaient déjà, se promenant en short sous le soleil brûlant, une pelle sur une épaule et un fusil sur l'autre, elle frottait la vaisselle avec de plus en plus de hargne. Rien n'aurait pu la convaincre de se transformer en fille de ferme, nourrissant les poulets ou coupant les bananes avant de tomber de sommeil dans une baraque pleine de moustiques, sous la menace des tirs arabes. Après plus de quatre années d'occupation nazie, où elle avait vécu en permanence sur le qui-vive, changeant sans cesse de domicile pour échapper à la Gestapo, elle aspirait à goûter enfin à la paix et au confort moderne, à s'attarder dans une baignoire trônant au milieu d'une vraie salle de bains, avant d'aller chercher une boisson dans son Frigidaire électrique tout neuf, directement importé des États-Unis. Elle voulait aussi un enfant dont elle ne craindrait pas qu'une balle le tue. Et surtout, plus question de faire une nouvelle fois les valises. Elle avait déjà perdu deux fois sa garde-robe. C'était assez !

À l'étage, les discussions furent si animées qu'on dut entendre leurs cris jusque dans la pharmacie. Je ne sais comment mon père parvint finalement à arracher la signature de Rebecca au bas de la demande d'émigration. Mais cette nouvelle péripétie n'a sans doute pas contribué à améliorer les relations avec son mari et avec son envahissante belle-mère.

Que voulait faire mon père une fois débarqué en Israël ? Ouvrir une pharmacie à Tel Aviv ou à Haïfa ? Rejoindre un cousin de sa mère dans un kibboutz de Galilée ? À la manière dont il me parla plus tard des kibboutzim, à l'émotion qui perlait dans sa voix quand il décrivait le haut degré de civilisation de ces communautés, l'idéalisme de ceux qui les animaient, l'équilibre entre vie intellectuelle et travail de la terre pour transformer le désert en jardin d'Éden, il n'y a pas de doute. Pendant qu'il feuilletait avec moi des livres de photos montrant des jeunes gens au travail dans les champs, fusil en bandoulière, mangeant et dormant ensemble dans des hangars en tôle ondulée, élevant les enfants en commun, je retrouvais l'écho des premières pages de la Genèse qu'il m'avait lues. À ses yeux, ces communautés avaient reconstitué un petit bout du paradis terrestre – saupoudré d'un peu de l'idéal marxiste avant qu'il ne soit parasité par Lénine et ses acolytes sanguinaires. Retour au jardin de l'Éden disparu, juste avant le péché originel et la révolution d'Octobre.

Malgré sa force de conviction et ma confiance aveugle dans ses jugements et ses opinions, je n'ai jamais réussi à partager son enthousiasme. En retrouvant sa demande d'émigration, puis la réponse négative de l'Agence juive annonçant le refus des autorités britanniques de laisser les Berenbaum mettre le pied dans ce qui était encore un protectorat confié par l'ONU au Royaume-Uni, j'ai poussé un soupir de soulagement (comme a dû le faire ma mère lorsque Chaïm, l'air dépité, lui a tendu la lettre de refus). Mon Dieu, merci d'avoir barré la route du retour à mon mécréant de père ! Même dans mon enfance, pourtant bercée par les beaux albums de Benjamin Rabier, pleins de gentils animaux farceurs dans des basse-cours immaculées, j'ai toujours éprouvé une certaine réticence pour les travaux des champs. Les animaux, même les plus paisibles, m'ont toujours terrifié. Je ne lisais dans le regard des vaches que des vacheries et j'avais une frousse bleue des chiens – la faute à mon père, qui me racontait que les Polonais les dressaient à mordre les Juifs.

Merci à l'empire britannique et à son roi, aussi bègue que Moïse, de m'avoir empêché de devenir fermier, soldat et surtout un homme politique israélien !

LES COUTUMES DU TERROIR

Après le départ avorté pour la Palestine, mon père redevint citoyen belge. Plus Belge qu'auparavant. Plus décidé que jamais à vanter la magie du petit royaume. Son fils, qui venait de naître, ne devait pas avoir le moindre doute sur son identité. Mais était-ce le même homme qui avait parlé avec ferveur de son pays d'accueil à ses invités lors de son mariage six ans (un siècle) plus tôt en serrant contre lui l'amour de sa vie, sa chère Kuka – qu'il n'aurait jamais rencontrée sans ce détour par Bruxelles ?

Il était sorti indemne (apparemment) de la guerre, ainsi que sa princesse. Mais quel homme devient-on après avoir été pourchassé par les nazis et leurs sbires, après avoir découvert que sa famille a disparu avec la majorité de son peuple ? Révolté ? Amer ? Ou, au contraire, plus fort, galvanisé par les épreuves ? Dès la Libération, les résistants et les traqués – ces hommes et ces femmes ordinaires qui vécurent des moments inimaginables, risquèrent leur vie et apprirent à défier l'autorité –, se retrouvèrent au pied du mur : réintégrer le train-train quotidien ou s'en exclure. Devenir paria ou aventurier. En déposant sa demande d'émigration en Palestine, mon père avait choisi l'aventure. Il voulait transformer les années de traques en un combat noble et juste, qui lui rendait son innocence, persuadé que l'État d'Israël matérialiserait le Paradis perdu, quelque part entre le catalogue de voyages en technicolor de Theodor Herzl et celui de Trotski.

Au bout de quelques mois de rêve, le souffle de l'aventure retomba. Après le refus des Britanniques de le laisser débarquer (sans doute avertis par ma mère des épouvantables risques que ferait courir l'arrivée de Chaïm et de Frania !), il finit par renoncer à ce nouvel exil, pourtant devenu possible quelques mois plus tard lorsqu'Israël accéda à l'indépendance. Il rentra dans le rang, poussé par ma mère tombée enceinte entre-temps. Il redevint un brave pharmacien de quartier aux côtés d'une bonne ménagère. Belges pur jus, infiniment plus patriotes que leurs futurs compatriotes de souche, comme le révèle la lettre que mon père envoya à la fin de l'année 1946 pour demander sa naturalisation, quelques semaines après avoir reçu de l'Agence juive la lettre de refus des autorités britanniques de laisser les Berenbaum repeupler la Terre sainte.

Lui qui ne s'était pas résigné après les épreuves dont Dieu l'avait accablé depuis six ans, voilà qu'il abandonnait. Comment interpréter autrement sa décision ? Coincé entre sa femme et sa mère et, bientôt, un bébé encore plus exigeant que ces deux femmes, il rangea au placard le rêve de sa vie et en ressortit le cache-poussière blanc qui lui servira définitivement de costume. L'idéal sioniste pour lequel il avait abandonné la religion de son père ? Il en suivra la réalisation à la radio et dans les journaux. Et à travers les nouvelles lettres de Frania, qui choisit la Terre promise pour clôturer son périple sur Terre. Et il pleurera avec moi les compromis douteux auxquels allaient succomber les gouvernements israéliens successifs au nom du réalisme.

Je me souviens de ce jour de 1977 où, événement impensable pour lui, Begin et son parti néo-nazi (c'est ainsi qu'il le qualifiait) gagnèrent les élections et rejetèrent dans l'opposition, pour la première fois depuis l'indépendance, les travaillistes, fondateurs et gardiens de l'État d'Israël et de son idéal socialo-sioniste. « Un moment pire pour les Juifs que l'arrivée au pouvoir d'Hitler ! » s'écria-t-il, les larmes aux yeux.

Qui sait si l'Histoire aurait été la même si mon père avait débarqué en Palestine ? Soutenu par l'énergie de

Chaïm Berenbaum, Moshe Dayan aurait-il réussi à résister aux assauts meurtriers du fasciste Begin ?

Sur la lettre qu'il adresse au ministre de la Justice, flotte le drapeau tricolore noir-jaune-rouge, mais son ton tantôt officiel, tantôt lyrique – pour ne pas dire emphatique –, dissimule mal les accents sombres et l'amertume qui le ronge. Celui qui parle est un homme plein de colère, brûlant de rage face aux injustices subies par son peuple et sa famille. Incapable de repartir de zéro, de faire son deuil, comme ses voisins et ses amis. Si les mots sont de mon père, je reconnais la belle écriture de ma mère (celle de mon père ressemble à du fil de fer barbelé). Je le vois dicter en arpentant le plancher du petit salon-salle à manger au-dessus de la pharmacie, la voix roulant comme les vagues furieuses de la mer Rouge sur l'armée égyptienne, tandis que ma mère, assise à la table, calligraphie soigneusement le texte, corrigeant son français un peu hésitant et tempérant ses excès tant qu'elle le peut. Je l'entends vitupérer contre les collaborateurs belges des nazis, dénoncer leur complicité dans la déportation et la mort des Juifs, stigmatiser la passivité de ceux qui préféraient courber l'échine et se méfier de la Résistance, composée en grande partie d'étrangers comme lui. Écris, Kuka, écris que je suis témoin de la lâcheté et de la collaboration de tant de nos voisins ! Donne des noms ! Écris, Kuka, écris que Paul-Henri Spaak, qui se pavane aujourd'hui comme s'il avait à lui tout seul libéré l'Europe, n'attendait en 1940 qu'un signe de son copain, le roi Léopold III, pour le rejoindre à l'ombre rassurante des canons et des dignitaires nazis.

Ah ! toutes ces phrases enflammées que ma mère a dû patiemment effacer pour ne laisser que l'essentiel, en tout cas l'utile à sa cause. Il leur a fallu des jours et des jours pour composer leur requête, des discussions interminables pour que mon père comprenne que son ton de procureur et ses imprécations de prophète biblique ne lui vaudraient pas la moindre complaisance des autorités et certainement pas une carte d'identité.

« Je me nomme Chaïm Berenbaum. Je suis né à Maków Mazowiecki le 8 juillet 1907 d'Aba et de Frania, née Lewartowska, conjoints. J'habite Schaerbeek, rue des Pâquerettes, où j'exerce la profession de pharmacien. Mon père qui habitait Maków (Pologne) a été déporté en 1942. Ma mère Frania, née Lewartowska, à Maków en 1882, de nationalité polonaise, a réussi à échapper aux Allemands. Elle habite la Belgique depuis mars 1946, 16 rue des Menuisiers à Woluwe-Saint-Lambert ; elle n'exerce aucune profession. J'avais en Pologne un frère et deux sœurs, de nationalité polonaise. Mon frère, Motek, et ma sœur, Sara, ont été déportés par les Allemands vers une destination inconnue, et je suis sans nouvelle d'eux. Quant à ma sœur, Esther, elle habite à Woluwé. Depuis 1928, c'est-à-dire depuis mon installation en Belgique, je n'ai jamais résidé à l'étranger.
Après avoir fait mes études secondaires à l'Athénée de Maków et après avoir satisfait en Pologne à mes obligations militaires, je suis venu en Belgique en 1928 pour faire mes études de pharmacien à l'université de Liège.
Je réside en Belgique sans interruption depuis 1928 ; j'ai habité Grivegnée, Liège, Bressoux, Fleurus et Schaerbeek.
Comme références, je me permets de citer Messieurs Navarre, Lagache et Noël, agents de change, et madame Flament, pharmacienne.
Ma femme s'appelle Rebecca Bieniakonski, née le 22 juin 1915 à Vilno. Elle est de nationalité polonaise. Mariée le 6 janvier 1940, elle est

domiciliée rue des Pâquerettes et n'exerce aucune profession. Nous n'avons pas encore d'enfant.
Pendant l'occupation, le 25 juillet 1942, j'ai reçu une convocation des autorités allemandes ; je n'ai pas répondu à cet appel et j'ai dû me cacher pendant deux ans. À deux reprises, la *Feldgendarmerie* est venue pour me chercher.
J'ai pris une part active dans la Résistance belge ; j'étais membre notamment du Mouvement National Belge. Ma carte de membre porte le n° 14239. J'appartenais à la 9e brigade spéciale d'Uccle, sous le matricule 9191. En outre, j'étais en contact constant avec des membres de l'organisation Pol, de la Milice Patriotique, et du Groupe Général de Sabotage.
Je fournissais de faux documents d'identité (cartes d'identité, permis de port d'armes, *Bescheinigungen*, cartes de travail) à des réfractaires et autres personnes recherchées par les Allemands. Je fournissais également des renseignements militaires.
Je suis donc établi en Belgique depuis dix-huit ans. Dès le début de mon séjour dans le pays, je me suis senti profondément en symbiose avec ses institutions et ses mœurs, et avec la mentalité belge. Au fur et à mesure que s'écoulaient les années, ce sentiment s'est renforcé et s'est mué en un attachement sans limites, accompagné du respect le plus sincère pour la nation qui m'avait accordé l'hospitalité.
Je puis affirmer en toute conscience que je suis Belge de cœur et d'esprit, et que la seule patrie à laquelle je me sente définitivement attaché par les liens spirituels est la Belgique. M'efforçant toujours de comprendre et d'assimiler la législation de ce pays et les coutumes du terroir, je me suis fait de nombreux amis parmi les Belges. Ils ont tenu à renforcer de leurs témoignages ma demande. Tous

confirment ma loyauté et ma fidélité envers la Belgique.
Bruxelles, le 30 septembre 1946. »

L'enfant annoncé – « Nous n'avons *pas encore* d'enfant » – était en route. Il naîtra trois mois plus tard et sera déclaré belge par la naissance. Belge par l'éducation, par la conviction de ses parents, de plus en plus belge au fur et à mesure que *la nation belge* s'en allait en morceaux. Mes parents attendront encore six ans avant d'avoir l'honneur de partager la nationalité de leur bébé, une nationalité à laquelle ils avaient déclaré leur amour comme peu de leurs compatriotes.

Si, dans la demande de naturalisation, il entre une part de calcul et une forme d'obséquiosité que je ne lui connaîtrai jamais, l'amour de mon père pour « la nation qui lui avait accordé l'hospitalité » était bien plus sincère qu'on aurait pu le penser. Il soulignait d'ailleurs avec franchise qu'il avait fallu que « s'écoulent les années » pour faire naître ce sentiment.

Il aurait pu ajouter qu'il ne supportait plus d'être polonais. Comment en serait-il autrement ? Aux souvenirs amers d'une vie de citoyen de second ordre, des coups reçus de quelques camarades qui le trouvaient vraiment trop youpin, s'ajoutait le sort de sa famille décimée sur la terre où elle avait vécu depuis des siècles. Et que dire du retour des pogroms contre les rares survivants dans le chaos de la Libération ? Les victimes polonaises des nazis se vengeant sur les victimes juives. Ceux qui étaient encore officiellement ses compatriotes n'avaient-ils donc rien compris, rien appris ? Emportés une fois encore par leurs préjugés et leurs disputes politiques, pendant qu'ils faisaient à nouveau la chasse aux Juifs, ils laissaient les Staliniens s'emparer du pays.

Tout le reste de sa vie, Chaïm – Hubert pour ses clients – restera aussi passionnément fidèle à son pays d'accueil qu'à celui qui aurait pu le devenir. Il m'a élevé pour que je devienne un vrai citoyen belge, pas pour que je reprenne le flambeau et que je parte à sa place en Israël. Encore une victoire de ma mère. C'est elle qui a définitivement ancré en lui « les coutumes du terroir » après lui avoir fait aimer sa cuisine.

MONSIEUR THERMOGÈNE

La cuisine de ma mère (poulet-compote, boulettes à la sauce tomate, carbonades à la flamande et frites) va apaiser la soif d'exotisme de son mari. Avec la Libération, il semble retrouver foi dans l'avenir. Les signes de renouveau ne manquent pas : la création de l'État d'Israël, dont il a tant rêvé, la mise sur pied d'une organisation internationale garant de la paix sur le monde, la réconciliation entre la France et l'Allemagne, qui va jeter les bases d'une union européenne. Lui aussi reconstruit sa vie : un enfant, une nouvelle officine où il est seul maître à bord et bientôt une carte d'identité belge. Monsieur Optimiste serait-il de retour, les plaies de la guerre refermées ? Ce n'est qu'un leurre. Monsieur Optimiste n'est plus qu'un masque pour rassurer la clientèle. Le sourire du magicien quand il entre en scène. Un sentiment nouveau gronde au fond de lui, la colère. Une colère terrible qu'il essaie de dissimuler pour qu'elle ne submerge pas sa femme, son bébé, sa maman et sa chère clientèle. Mais cette rage, il ne peut pas toujours la contenir. Parfois, elle éclate, tel un ouragan. Le phénomène est rare. Habituellement, sa rage reste froide, rampante, aussi exceptionnelle que l'éruption du Vésuve. Mais, quand la lave se déverse, gare aux touristes égarés !

Quelques mois après la Libération, ma mère doit se rendre en Suisse pour se faire soigner. Ce qui l'oblige à passer par la France. Le consul de France lui refuse son visa. Pas question que cette étrangère foule le sol sacré de la République. Prenant sa plume, mon père explose : « J'ai l'honneur de vous faire savoir que la malade a dû être transportée par avion en Suisse, n'ayant pas la possibilité de passer par la France. Elle est arrivée en pleine fonte des neiges. Si quelque chose arrive à ma femme, c'est vous qui aurez commis un crime », écrit-il avant de barrer cette phrase et de poursuivre : « C'est un véritable crime contre l'humanité de refuser à une malade le droit d'aller se soigner en Suisse. Je suis d'autant plus en droit d'être peiné que je suis un ami sincère de la France et que la maladie de ma femme est une conséquence de l'occupation ennemie. »

Là, il s'est retenu à temps. Il aurait voulu ajouter : « Et de ses collaborateurs français. »

Quand plus rien ne peut calmer son humeur, que les éclairs sortent de sa bouche comme celle du bonhomme Thermogène sur le thermomètre publicitaire fixé à l'entrée de son officine, il se réfugie au fond de son laboratoire, toutes portes fermées (à grand bruit), pour que la fureur qui gronde en lui s'écoule en un flot furieux dans ses flacons, fioles ou fiasques et transforment les produits qu'il fabrique en remèdes miraculeux.

Et si la colère était nécessaire à un magicien pour qu'il réussisse à transformer un produit banal en paillettes comme la foudre pour donner la vie à la créature du docteur Frankenstein ?

LE JOUR OÙ JE SUIS DEVENU JUIF

La colère de Chaïm ne s'apaisa pas avec les années, surtout quand il découvrit que le paradis retrouvé qu'il avait célébré avec tant de faste – et beaucoup d'emphase – dissimulait quelques zones d'ombres. Et moi, enfant inconscient, à qui il cacha tout ce qui l'avait blessé, de m'y aventurer…

André habitait à quelques maisons de la mienne. Tous les matins, il sonnait à ma porte et nous partions ensemble au lycée, en traversant le parc Josaphat. Nous étions tous deux bavards, querelleurs, sûrs de nos idées dans nos certitudes de jeunes ados abreuvés d'informations, de jeux et de feuilletons radiophoniques. Les sujets de débats ne manquaient pas. L'armée belge devait-elle revenir au Congo plongé en plein chaos depuis l'indépendance ? Zappy Max allait-il enfin vaincre Kurt von Straffenberg, dit le Tonneau, son gras et sinistre ennemi – allemand, évidemment ? Le nouveau candidat de *Quitte ou Double* réussirait-il ce soir à atteindre la finale ? Anquetil empêcherait-il cette année encore un Belge de ramener le maillot jaune de Paris ? Salvatore Adamo, la nouvelle coqueluche des filles du quartier, était-il vraiment un garçon ou, comme le murmuraient quelques grands de l'école, une fille déguisée ?

Ce jour-là, alors que nous passions devant l'immense pigeonnier du parc, en essayant d'éviter les dommages collatéraux, et que nous nous disputions je ne sais plus à quel propos, il finit par me lancer, faute d'autre argument : « Au fond, mes parents ont raison. Tu n'es qu'un sale juif ! Fous-le camp, sale juif ! » Puis il s'enfuit, me plantant là, stupéfait. Oui, stupéfait. Ni fâché, ni blessé, ni rien de pareil. Simplement étonné. Incapable de comprendre ou de réagir.

Il m'aurait traité de « sale nègre ! » parce que je défendais Lumumba et que je trouvais scandaleux le retour des Belges dans leur ancienne colonie, j'aurais compris. Nos bagarres ne se passaient jamais à fleurets mouchetés. Mais « sale Juif » ? Vraiment, non, que voulait-il dire ? Mon éducation avait soigneusement été épurée de tout judaïsme, au point que j'avais à peine conscience d'être juif. Le soir, je racontai à mes parents ce qui s'était passé. Et le lendemain, au début de son cours, le professeur (de français, je crois) désigna du doigt André puis moi. Il lui fit répéter ce qu'il m'avait dit sur la route du lycée. Le pauvre garçon, rouge pivoine, finit par murmurer, en grommelant vaguement quelques mots entre ses dents, les yeux dans ses chaussettes. Si André se sentait mal, que dire mon état ? Qu'André m'insulte devant quelques dizaines de pigeons, même voyageurs, passe encore. Mais qu'il le répète devant la classe entière, quel cauchemar ! S'ensuivit un long discours du prof, rappelant la Guerre, l'Holocauste, les camps, etc. Qui écoutait ? Six millions de Juifs anonymes avaient été éliminés par les nazis, mais bon, ils étaient morts. Tandis que moi, j'étais vivant et je devais continuer à vivre tous les jours au milieu de mes quinze condisciples, brusquement marqué du sceau de l'étoile jaune à laquelle j'avais échappé.

Il me fallut longtemps pour comprendre pourquoi mes parents s'étaient confiés au directeur, au lieu d'apaiser mon trouble en m'expliquant eux-mêmes quelle mouche avait piqué André. Pourquoi ils avaient préféré que le prof de français transforme notre prise de bec en un cours d'Histoire et de morale et me fige, moi, dans le rôle de la victime devant la classe rassemblée. Longtemps pour saisir que mon père comme ma mère étaient incapables de parler de *ça* depuis la fin de la Guerre. Et qu'ils en resteraient incapables jusqu'à leur mort. Et aussi que la colère qui étouffait mon père l'empêcherait toujours de me raconter son histoire.

L'ÉTRANGE JUDAÏSME DE MON PÈRE

Mon père a hérité de Frania la haine de la religion et de son père l'amour de la Bible. Fameux cocktail !

À Maków, au début du XXe siècle, la vie des habitants n'était guère différente de celle de leurs ancêtres au Moyen Âge. Ni leurs préoccupations. Les hommes ne levaient les yeux des textes sacrés que pour guetter de temps en temps par la fenêtre l'arrivée du Messie. Les femmes s'occupaient de tout le reste. En attendant le Messie, on priait tous les jours pour que « Celui dont on ne prononce pas le nom » se hâte un peu. D'après les textes sacrés, le Messie devait apparaître un beau matin sur son âne, rassembler les Juifs, comme Moïse le fit en Egypte, et les ramener tous en un seul voyage en Terre promise, transport, nourriture et logement compris dans le forfait. Pour éviter les imposteurs, Dieu avait cru prudent d'avertir les Juifs que le Messie – je veux dire Son Messie – serait facilement reconnaissable : son arrivée serait précédée de catastrophes épouvantables et d'événements terribles.

Des catastrophes épouvantables ? Des événements terribles ? C'est le lot quotidien de la vie des Juifs d'Europe centrale. Massacres, pogroms, maladies, expulsions. À chaque nouvelle vague de persécutions, faut-il donc s'étonner qu'ils se soient laissés abuser par de faux messies qui leur promettaient la Lune – ou plutôt la reconstruction du Temple – en échange de quelques dons ? Obéissant à leurs appels, des milliers de jeunes Juifs polonais, russes ou allemands exaltés partirent s'établir en Palestine. L'un de ces plus fameux personnages s'appelait Sabbataï Zvi. Homme d'une excellente culture talmudiste, Zvi fut reconnu par des dizaines de rabbins comme le véritable Messie.

Communicateur de génie, dirait-on aujourd'hui, il avait eu la bonne idée d'apparaître en 1666, un chiffre qui, selon la tradition, annonçait l'Apocalypse. La ferveur que suscita son apparition se propagea, depuis l'Égypte et la Turquie où il vivait, jusqu'aux confins de l'Europe orientale. Son voyage à travers les *shtetls* et les villes de Pologne, de Hongrie ou d'Autriche souleva un tel enthousiasme que des milliers de Juifs, qui n'attendaient qu'un signe pour s'arracher à leurs villages – et fuir les épouvantables pogroms qui se multipliaient à l'époque – vendirent tout, biens, bijoux, terres, magasins, pour partir à sa suite en Terre sainte et refonder le royaume d'Israël. Mais une fois installé sur la terre où coulent le lait et le miel, au lieu d'arrêter le cours de l'Histoire comme le promettaient les Écritures, Sabbataï Zvi abandonna le judaïsme et se convertit à l'islam, avant d'aller mourir quelque part au fin fond du Monténégro, non loin de la frontière albanaise.

L'imposture dévoilée n'apaisa pas la flamme des disciples. D'autres reprirent le flambeau avec le même succès. Le magicien a beau dévoiler ses trucs au public, celui-ci ne peut s'empêcher de réclamer à l'illusionniste un autre numéro. On a besoin d'illusions et de mensonges autant que de pain. Plusieurs artistes de talent se succédèrent dans le rôle du Messie, se réclamant des Écritures. Jacob Frank (qui finit par se convertir au catholicisme) ou Mordecai Mokia. Avant lui, Abraham Aboulafia, Nissim ben Abraham, Moïse Botarel et d'autres. L'un de mes préférés, David Reubeni, se présenta comme ambassadeur et frère du roi de Khaibar, une ville-oasis d'Arabie, où s'étaient établis, raconte-t-il, les descendants de deux des tribus perdues d'Israël, celles de Ruben et de Gad. Cet escroc réussit si bien son coup qu'il fut reçu par le pape et le roi Jean III du Portugal à qui il réclama des canons et des armes pour lutter contre les Musulmans qui empêchaient l'union des Juifs vivant des deux côtés de la mer Rouge, en Arabie et en Palestine !

Ne dirait-on pas que ces personnages magnifiques, moitié prestidigitateurs, moitié escrocs, tellement sûrs d'eux-mêmes, de leur capacité à convaincre les gogos et sans doute convaincus de leur pouvoir à changer la vie tragique des Juifs (car il faut se laisser gagner par sa propre mystification pour jouer un jeu aussi audacieux et aussi risqué), annonçaient l'arrivée sur terre de monsieur Optimiste ? La seule différence entre mon père et Reubeni est que ce malheureux finit sur le bûcher de l'Inquisition comme beaucoup de ses coreligionnaires portugais, alors que mon père échappa à la chambre à gaz – mais il s'en fallut de peu.

Je soupçonne mon père d'avoir voué à ces faux messies, dont il me racontait l'histoire, avec un mélange d'admiration et d'ironie, une tendresse beaucoup plus grande qu'à tous les prophètes de la Bible. Rien ne l'aurait plus réjoui que de retrouver dans son arbre généalogique l'un de ces faux magiciens qui avaient un moment illuminé la vie triste, dure, souvent sanglante, des pauvres Juifs des *shtetls* et qui leur avaient rendu un peu de leur dignité et de leur fierté. Comme lui, je me plaisais à rêver – et parfois à prétendre – que Botarel, Aboulafia ou Reubeni était mon arrière-arrière-arrière-grand-père.

C'est la magie de la Bible, et plus encore de la survie du peuple juif, qui fascinait mon père. Pas son amour de Dieu. Comment un petit peuple dispersé par les Romains aux quatre coins de l'Europe, de l'Afrique du Nord et de l'Orient a-t-il survécu sans se fondre dans les populations locales, la culture et surtout la religion de ceux qui les accueillaient ? Pourquoi accepter de souffrir mille morts, d'épouvantables persécutions, alors qu'en devenant ici catholiques, là musulmans, ils

MON LIVRE DE GENÈSE

La Bible fut la grande émotion de mon enfance.

Chaque dimanche matin, mon père m'attendait dans le salon, où je me précipitais dès que j'avais englouti les petits pains à la confiture (qu'un bon Belge appelle « pistolets ») et le verre de café au lait (que ma mère appelait « lait russe »). Installé dans son fauteuil, il attendait que je me sois assis sur le sofa et que j'aie cessé d'agiter les jambes pour commencer sa lecture de la Bible. Son exemplaire avait une couverture noire un peu décolorée dont la reliure était sur le point de rendre l'âme. Le texte avait été édité par une association protestante (traduction de Louis Segond, édité à Paris, imprimé en Grande-Bretagne en 1930), qui contenait aussi le Nouveau Testament – un vrai sacrilège qui aurait mis mon grand-père en fureur et fait ricaner Frania !

Au début, je l'écoutais sagement, sans trop remuer. Le plaisir de me retrouver en compagnie de mon père, d'entendre sa voix, son accent rocailleux, son ton grave, ses *r* roulés comme des pierres qui dévalent la montagne. Depuis, la voix d'Adam, de Job, de Noé, d'Abraham, de Joseph, de Moïse, du roi David, de Jérémie et des autres ont dans ma tête l'accent de Maków. C'est ainsi que je les entends encore lorsqu'il leur arrive de me parler. Mais, au bout d'une heure, mon attention commençait à faiblir, tandis que s'étiraient la matinée et la lecture. Souvent, je me mettais à jouer tout seul au gendarme flamand et au voleur wallon. Une fois qu'il était lancé, rien n'interrompait mon père, même son gosse dansant la java autour de son fauteuil. Il était persuadé que la Bible m'entrait de toute façon « par quelque part ».

Louer le Seigneur à longueur de pages et traiter rabbins et curés par le mépris, célébrer chaque dimanche les chefs de guerre hébraïques et critiquer les militaires, je n'y ai jamais vu aucune contradiction. Qui d'autre qu'un mécréant est capable d'aimer la Bible ? Pauvres enfants pieux ! Quand on croit en Dieu, la lecture du Livre doit paraître si monotone ! Si tout est écrit d'avance, à quoi bon espérer ? Si nous sommes livrés aux mains du Tout-Puissant, ballotés dans Ses desseins mystérieux, pourquoi se battre pour faire reculer la barbarie ? Malgré la guerre, mon père a toujours cru que la civilisation progressait, même si elle le faisait au rythme de la procession d'Echternach.

À la lecture de la Bible – en tout cas dans la version arrangée par mon père – tout indiquait que Dieu n'existait pas. Un exemple : si Yahvé était vraiment le bon Dieu, qui peut penser qu'il ait mis Moïse à la tête du peuple juif ? Parmi tous les membres de notre communauté, n'avions-nous personne de plus représentatif qu'un bègue pour mener notre première grande aventure collective ? Imaginez de Gaulle parlant comme l'humoriste bègue Pierre Repp (tous deux travaillaient à la même époque et sur les mêmes radios), con-conconseiller aux Français de voter ou-ou-ou-î-î à l'inpen-indéran-inrépen… enfin, à l'Algé-gé-rie li-libre ? Un Moïse bègue, quel rabbin peut affirmer sans rire que l'Être divin a inventé ça ? Un écrivain, oui. Mais un dieu, allons !

Et la mort de Moïse, encore l'œuvre de Dieu ? Seul un auteur, c'est-à-dire un être cruel et pervers, a pu créer un tel personnage, fragile et pathétique, trahi par son propre frère, le faire aimer et le tuer froidement sous les yeux de son lecteur juste en vue de l'arrivée.

Et le successeur de Moïse ? Encore un personnage flou que jamais un texte vraiment sacré n'aurait pu donner en exemple aux bonnes âmes. Josué, un militaire timide, un peu terne, avait tout pour ne pas plaire ni à son peuple ni aux lecteurs.

Certes, lorsqu'Il prend les choses en main, la situation se simplifie un peu : le bègue a été éliminé, le Veau d'or fondu, on n'attend plus de nouveaux effets spéciaux, de tables descendant de la montagne au milieu des nuées et autres fariboles. Avec Josué, l'histoire change de nature. Rien que des récits de conquêtes traditionnels et des batailles ennuyeuses aux résultats connus d'avance. Jusqu'à l'affaire de Jéricho.

Après avoir pénétré triomphalement en Terre promise, les troupes hébraïques encerclent la ville de Jéricho. On s'attend à un assaut facile avec le secours du ciel, le doigt de Dieu poussant dans le dos les braves soldats Juifs. Au lieu de quoi, l'Histoire dérape. Jusqu'à ce que Mel Brooks (un réalisateur kasher) s'empare du fauteuil de Cecil B. DeMille (un *goy*). Aussitôt, les murailles de Jéricho s'effondrent sous les coups de trompettes d'un orchestre jouant affreusement faux. Il fallait une belle dose d'humour et de dérision pour imaginer pareil gag ! Ce n'est pas une armée solide et décidée qui s'empare de Jéricho, mais une troupe d'artistes qui fissurent les murs de la ville comme la Castafiore les verres en cristal. Pas étonnant qu'Hollywood ait été créé par des Juifs : la traversée de la mer Rouge, l'arche de Noé, Samson-Rambo, les dix plaies d'Égypte, les Douze Tables, l'orchestre ringard de Jéricho, que de matières à portée de la main pour les producteurs de cinéma, toutes libres de droits !

AU COMMENCEMENT ÉTAIT LA BIBLE

« Au commencement… » Si en français le premier mot de la Genèse commence par la première lettre de l'alphabet, il n'en est pas de même dans le texte original qui s'ouvre par la lettre B (*beth* en hébreu et en araméen) et non par A (*aleph*). « Au commencement » se dit *Berèshit*.

Ce n'est pas un hasard, expliquent les commentateurs, si la Torah s'ouvre par la deuxième lettre. Dieu indique ainsi que le commencement qu'il nous raconte n'est pas le début de l'Histoire. Avant le commencement, il y avait déjà autre chose que nous ne saurons jamais – exactement comme pour moi l'histoire de mes parents, dont l'essentiel, ce qui précède mes souvenirs d'enfant, s'est perdu à tout jamais. Avant le début de l'histoire que nous raconte Dieu, existait une autre histoire que nous ne connaîtrons pas. Comme il existait une histoire de ma famille à Maków et à Vilno que le petit Belge que je devais être ne pouvait connaître.

Pour les commentateurs de la Bible, les lettres ne sont pas jetées au hasard sur les pages du Livre donné aux Juifs par le Grand Illusionniste. Chacune aurait un sens apparent et un sens caché. Comme les documents conservés par ma mère.

Que le commencement ne soit pas vraiment le commencement donne à réfléchir. Si A ne marque pas le début, toute la hiérarchie en prend un coup. Depuis que j'ai découvert cette affaire, j'ai regardé les mots qui s'ouvrent par la première lettre de l'alphabet d'un œil circonspect. À la lumière de cette vérité, *assassin* n'est en effet pas un mot premier, puisqu'il est précédé par *crime*. *Affreux* est un bébé comme les autres. Et le premier verbe du dictionnaire, *abaisser*, vise quelqu'un qui était auparavant debout.

Cela voudrait-il dire qu'il n'y a jamais eu de début ? Un roman peut commencer lorsqu'il finit. Et la vie ? Comme celle de mes parents, sans cesse recommencée. Est-ce la Genèse qui m'a donné l'amour des mots et l'émerveillement des lettres, qui m'en a fait comprendre la magie ? Ou est-ce ma famille, qui jonglait entre les langues et les alphabets ?

Ma maman venait de Vilno, une ville qui, tout au long de sa jeunesse, a changé de statut. Rebecca naquit dans une ville russe, rattachée ensuite à la Pologne, après une brève annexion par les Soviétiques, avant de devenir Vilnius, la capitale de la Lituanie. À chaque modification de frontière, les élèves changeaient de langue, de programme scolaire, de culture et même d'alphabet. Ma maman apprit à lire en cyrillique et à compter en russe, la géométrie en polonais et l'algèbre en lituanien. Finalement, ses parents l'ont mise au lycée français avant qu'elle ne perde son latin.

Mon père parlait yiddish chez lui, hébreu ou araméen quand son père l'obligeait à l'accompagner à la synagogue. Et le polonais à l'école, sans compter l'allemand pendant les quatre ans d'occupation par les troupes du Kaiser. À l'université de Liège, il dut absorber la langue française en quelques mois. Dès qu'il connaissait un mot, il le rangeait précieusement comme il le faisait de chaque pièce que lui rapportaient ses jobs d'étudiant.

J'ai retrouvé une liste de mots qu'une de ses amies avait dressée pour qu'il les apprenne par cœur. D'une écriture calligraphique, elle avait tracé les mots qu'elle croyait indispensables à sa survie en Belgique, en procédant par ordre alphabétique : affection, attachement, amabilité, bonté, courage, confiance, douceur. La feuille se termine par *velouté*. Un seul intrus dans la liste, *idiotysme* (bizarrement avec y). Un message subliminal de cette jeune fille à mon père ?

Drôle d'époque. Aujourd'hui, on apprendrait à un immigré « Casse-toi, pauvre con ! Dégage ! Putain ! Attention, v'là les flics ! »

Revenons à la Genèse. Sa lecture ne progressait pas vite. Mon père s'efforçait de tout m'expliquer. C'était sa façon de lire la Bible. Il réécrivait le Talmud à lui tout seul tous les dimanches matin.

Au commencement donc, il n'y a pas de Juif. Il faut quelques chapitres avant de découvrir cette affaire singulière : de quelque façon qu'on interprète la Bible, avant Abraham, il y avait encore moins de Juifs sur terre qu'à Berlin en 1944. (Remarquez qu'Abraham s'écrit avec un A, ce qui voudrait dire qu'avant lui…)

Qu'est-ce qui distingue Adam, Noé, Abraham, Moïse ou David, des autres personnages de l'Histoire ? La circoncision ! Mon père tenta de m'expliquer la chose, mais aujourd'hui encore, avec cette affaire de zizis, je me mélange les pinceaux.

Bien sûr, Adam ne fait pas encore partie du peuple juif, ce peuple « sûr de lui et dominateur », s'il faut en croire le général de Gaulle. En effet, Adam a l'air d'un goy imbécile et Ève, d'une salope. Mais, dans la suite de l'histoire, il faut remarquer que le nombre de Juifs imbéciles dépasse de loin ceux qui sont « sûrs d'eux et dominateurs » (et qui ne le restent jamais assez longtemps pour en profiter), ainsi que le nombre de salopes.

À ce propos, je recommande la lecture de la Bible aux enfants traumatisés par la séparation de leurs parents, et qui se retrouvent avec des demi-frères à gauche et des quarts de sœurs à droite. Loth, Abraham, et bien d'autres, s'envoient en l'air avec six femmes, sèment des enfants dans tous les coins de Canaan sans que Dieu n'en prenne ombrage. « Léa vit qu'elle avait cessé d'enfanter. Elle prit Zilpa, sa servante, et la donna pour femme à Jacob. » Pourquoi se montrerait-Il plus sourcilleux aujourd'hui si c'est lui l'auteur de toutes ces coquineries ?

Ah ! les femmes de la Bible ! Il y en a tant et elles sont si belles ! Mon enfance fut comblée, bien plus que mon adolescence : ce n'est pas chez Jules Verne ni chez Tintin que j'aurais pu apprendre à les aimer. Rachel aux yeux tendres, Bethsabée qui ne fait pas un geste pour protester quand son amant, le roi David, envoie au front son mari, le brave Urie, façon de s'en débarrasser sans se salir les mains. (« Placez Urie à l'avant, au plus fort de la mêlée, et abandonnez-le pour qu'il soit frappé à mort. ») Stupide Urie qui a choisi la carrière militaire ! Dalila qui, à force de séduction, pénètre les secrets de Samson, son mari, et le livre à ses ennemis. Yaël, si belle que le chef ennemi ne résiste pas quand elle l'invite sous sa tente et qu'elle lui enfonce un clou dans la tête. Ce qu'elles m'ont grisé, les femmes de la Bible ! Enveloppées, dans ma mémoire, de parfums aux consonances si mystérieuses qu'elles se mêlent à l'odeur même du Livre. L'exemplaire de mon père sentait la vanille et la farine. Le livre refermé, il le rangeait, je ne sais pourquoi, près de la boîte à gâteaux, si bien que la lecture de la Bible le dimanche matin avait déjà le goût du dessert. Et de la Méditerranée.

La Bible, lue par un homme venu du froid, est un mélange savoureux, paradoxal et subtil de l'angoisse créative du Nord et de la douceur piquante du Sud. L'âme cosmopolite des Juifs qui faisait si peur aux nazis… Un premier pas vers la civilisation.

Je sais tout de ces femmes qui ont vécu il y a deux ou trois mille ans, leur beauté, la couleur de leurs yeux, de leurs peaux, le nombre de leurs amants et même les paroles douces qu'elles leur susurraient à l'oreille, mais rien des amours ni de mon père ni de ma mère. Que

Chaïm ait adoré Rebecca, je n'en doute pas. Mais comment évolua leur passion au cours des années ? Quelle a été leur vie amoureuse ? Je n'en sais rien. Ma mère, qui a accumulé les archives, gardé les lettres échangées avec l'administration des chemins de fer en 1941, des reçus de commerçants disparus depuis des années, des centaines de cartes postales d'amis et de copines envoyées des quatre coins du monde, ainsi que les lettres que j'écrivais à mes parents chaque fois que j'étais loin d'eux, n'a pas conservé le moindre bout de papier que lui a adressé mon père, à une exception près : une lettre échappée par miracle de la destruction, que son mari lui envoya en 1957 lorsqu'il partit, seul, en Israël rendre visite à sa mère. Bizarre, non ? Quel dangereux indice aurait pu révéler ces missives pour qu'elle les ait si scrupuleusement éliminées ?

Je ne sais donc rien de la façon dont Chaïm, alias Henri, alias Hubert, exprimait son amour à sa Kuka. Devant moi, mes parents sont toujours restés d'une extrême pudeur, pas un mot doux, pas un baiser même chaste. Du moins, c'est le souvenir que j'en ai.

Et, avec les autres femmes, comment se comportait le magicien ? Je n'ai trouvé que deux traces qui donnent une très maigre indication sur les relations de mon père avec les femmes.

D'abord quelques mots écrits au dos d'une photo. Le portrait d'une inconnue posant sur un chemin forestier : « En souvenir d'une Liégeoise, Madeleine, la méchante. »

Madeleine est-elle la Liégeoise – comme elle se désigne elle-même en s'adressant à l'étudiant polonais – qui a dressé cette liste de mots pour aider mon père à apprendre la langue de son nouveau pays d'accueil ?

La photo a été prise à Liège en 1930, à l'époque où mon père y faisait ses études. La jeune fille affiche un sourire ironique, moqueur, peut-être même provocateur.

Mon père tenait-il l'appareil ? Était-ce lui qu'elle essayait d'allumer ? Je ne me souviens pas l'avoir jamais vu utiliser un appareil photo. Mais sait-on jamais ? Et cette dédicace malicieuse, quelle signification lui donner ? Madeleine s'excusait-elle de l'avoir trop longtemps fait languir ? Ou de lui avoir échappé quand les doigts du jeune étranger avaient commencé à effleurer ses vêtements ?

Si je lui avais mis la photo sous les yeux, je devine aisément sa réaction : son beau sourire timide m'aurait convaincu de ne pas insister. De ne pas tenter de m'aventurer sur ce terrain avec lui. Nous n'avons jamais réussi à parler sentiments. Moins encore de sexe. La pudeur était dans nos gènes. La gêne aussi ! De toute façon, cette fille, je n'en aurais pas voulu comme maman. La mienne était tellement plus *glamour* !

L'autre indice sur les relations de mon père avec les femmes est cette réflexion qu'il écrivit, en descendant de l'avion d'El Al qui l'emmenait pour la première fois – enfin ! – en Terre sainte, sur une carte postale envoyée en mai 1957 : « La première fille qui nous a reçus en Israël était d'une beauté inimaginable. » Voilà ce qu'il écrit à sa femme – la plus belle princesse du monde juif – en débarquant de l'avion qui l'emmène à Jérusalem chez sa mère.

Kuka n'avait rien à faire de la lecture de la Bible, tant que nous ne salissions pas les tapis. En réalité, nos causeries du dimanche matin l'ennuyaient d'autant que la ménagère compulsive qu'elle était nous trouvait dans ses pieds. Elle traversait le salon sans écouter le texte sacré ponctué des interminables commentaires de mon père, déplaçant les meubles, passant l'aspirateur. Mon père avait renoncé à protester. Sauf quand elle surgissait à midi pile en criant : « Ça suffit ! Le poulet va refroidir ! ». Alors, il poussait un soupir déchirant. Parfois un cri de colère. C'est qu'elle venait d'interrompre une scène « capitale », une explication « essentielle », ce qui mettait par terre le résultat de la patiente leçon qu'il avait essayé de m'enseigner ce matin-là. Pour une fois que leur fils écoutait sans faire le clown ! Sans raison logique, mon père avait décidé que la lecture de la Bible s'interrompait au moment du repas jusqu'au dimanche suivant. Pour la même raison peut-être que ma mère n'entendait pas que le poulet refroidisse !

« Qu'il me baise des baisers de sa bouche », dit la bergère du Cantique des Cantiques, « car ses baisers sont plus doux que le vin ». Doux, le vin ? Je le trouvais amer, piquant, dégoûtant. Mon éducation sexuelle commençait mal ! La Bible veut dire, expliquait mon père d'un air gêné, que le baiser est divin.

– Ah, oui ! Je me rappelle ! Moïse est mort dans « un baiser de Dieu » !

– Oui, non…

L'amour, la mort, mon père n'était jamais très à l'aise avec ces affaires-là. Pour s'en tirer, il fit appel pour une fois aux commentaires. (Quand ça l'arrangeait, il oubliait qu'ils étaient l'œuvre de rabbins !) « Tous les baisers sont mensongers, sauf trois, dit une Midrash, le baiser de grandeur, le baiser de retrouvailles et le baiser d'adieu. » Que pouvais-je répondre ? Il délaissa assez rapidement le Cantique des Cantiques pour en venir aux prophètes, qui susciteraient moins de questions idiotes de ma part.

La voix de mon père lisant la Bible résonne encore dans ma tête. Sa façon particulière de déclamer le texte, donnant l'impression qu'il était écrit en vers. Sa voix rocailleuse bondissait dans la pièce et recouvrait tout, meubles, tapis, rideaux, même le bruit de l'aspirateur et mes cris de gendarme et de voleur. La voix de Yahvé lui-même, doublée en français avec l'accent polonais !

Sa voix s’est tue. Son fantôme, que je croise de temps en temps, passe devant moi en silence. Mais, quand j’ouvre son exemplaire de la Bible, une légère senteur de vanille flotte à nouveau dans la pièce. Je ferme les yeux, je devine de belles créatures se faufiler, fraîches comme des olives, j’entends mon père murmurer leur nom…

La Bible, un texte, une voix, une odeur, ma genèse…

PHARMACIE DES BOULEVARDS

Au début des années cinquante, mon père décida de quitter le quartier tranquille où nous vivions pour ouvrir une pharmacie au centre de la ville, non loin des grands boulevards. Fini les tournées en province, au service d'autres artistes. Le magicien partait à l'assaut de la capitale. Monsieur Optimiste reprenait des couleurs. Bruxelles entrait dans l'ère de la modernité. Lui aussi. Il fit installer dans l'appartement familial une salle de bains et le Frigo électrique américain dont rêvait sa Kuka et, au-dessus de son officine, une enseigne « Pharmacie des Boulevards » qui brillait toute la nuit. Il avait tort de se laisser entraîner par le courant. Cette modernité allait emporter une nouvelle fois son entreprise.

Le boulevard sur lequel il avait jeté son dévolu serpentait à la lisière du centre-ville, délimitant un quartier populaire bon enfant. Le nouveau théâtre de ses futurs exploits était entouré de petits magasins, d'artisans débonnaires. Des bistrots à chaque coin de rue devant lesquels, le soir, déambulaient quelques prostituées, qui faisaient autant partie de la vie du quartier que les marchandes de caricoles, les vendeurs à la criée ou les rémouleurs.

De l'autre côté du boulevard commençait la ville avec ses avenues illuminées en fin d'année de néons multicolores, et décorées de larges terrasses de cafés dans lesquels des pianistes, parfois des orchestres, se déchaînaient plusieurs jours par semaine. Entre la pharmacie de mon père et la place de Brouckère, la promenade à travers les rues était jalonnée de salles de cinéma dans les vitrines desquelles je contemplais émerveillé les affiches aux couleurs délirantes et les photos des films de la semaine, en essayant de saisir pourquoi certains m'étaient interdits. Sur quelques clichés glacés, des pastilles noires couvraient la poitrine des actrices, les rendant encore plus désirables. Au Cinéac, dessins animés et actualités défilaient en séances permanentes. En face, le Crosly, spécialisé dans les comédies musicales allemandes. (Inutile de préciser que nous n'y mettions jamais les pieds.) Plus loin, le Victory, le ciné prolo, proposait un nouveau western chaque semaine sous le nez du Métropole, un mastodonte de marbre rose. Dans une rue latérale, le Cinémax où, quand vint enfin l'âge de me glisser seul devant l'écran, j'allais trembler avec ravissement devant les films d'horreur de la Hammer. Faisant de Dracula et Frankenstein mes nouveaux héros.

Le dimanche après-midi, mon père m'emmenait parfois au Cinéac, où il aimait s'attarder pendant plusieurs séances pour voir et revoir les mêmes actualités. Peu m'importait. Entre les inondations, les inaugurations et les guerres, j'avalais les dessins animés. Puis recommençaient les reportages politiques que mon père commentait pour moi malgré les « chut ! » des spectateurs qui nous entouraient.

Lorsque la tête commençait à nous tourner, nous retournions avenue du Boulevard boire un verre dans un café, au milieu de la foule et des vitrines rutilantes. Une belle boulangerie-pâtisserie avec double devanture aux vitres bombées trônait au-dessus de quelques marches de pierre bleue. Une fromagerie chic qui sentait mauvais, un magasin de gants, un réparateur de vélos. Le coiffeur s'appelait René, son nom me revient tout à coup. Il travaillait toutes vitres ouvertes, été comme hiver. Le royaume de Chaïm, devenu Hubert, se trouvait entre la gare du Nord, située alors place Rogier, et le terminus des tramways vicinaux, dissimulé dans une rue sombre, un vrai coupe-gorge. On comptait un café toutes les cinq maisons autour de la pharmacie. D'après mon père, Bruxelles était la ville où il y avait le plus de cafés et de poètes au monde. Avec Varsovie.

Que signifiait désormais Varsovie dans son esprit ? Une ville imaginaire, à jamais disparue, près de laquelle il avait grandi et qu'il avait abandonnée aux Allemands, puis aux communistes staliniens. Varsovie, quand il l'évoquait, n'était ni la capitale de la Pologne, ni la ville où il avait étudié, vécu, aimé, ni celle d'où Sara avait envoyé son dernier message. C'était une cité de conte de fées, irréelle et magique, aussi fragile qu'un château de cartes que le souffle d'un seul homme pouvait faire disparaître. Pour mon père, la Pologne n'existait plus ; elle n'avait jamais existé. Il ne fallait pas que je m'y intéresse. L'avenue du Boulevard serait désormais son seul passé et son futur. Ses vieilles pierres, ses commerces bourgeois, sa foule agitée, sa seule famille. Ce quartier vivant, grouillant, indestructible, allait le protéger, lui assurer son nid, la fortune et la sécurité de ses enfants et après eux, de milliers de générations de pharmaciens, pas encore conçus mais déjà programmés, avec lunettes et cache-poussière impeccables, qui verraient défiler sous leurs vitrines, les fils, filles, petit-fils, petites filles de ces braves promeneurs, ses chers clients. La guerre était finie, les destructeurs anéantis et l'avenir radieux. Ah oui ?

LA CHARGE DE LA CAVALERIE

La pharmacie de mon père était petite, étroite, encombrée de boîtes en équilibre instable, débordant d'armoires dressées jusqu'au plafond. Un haut comptoir séparait la petite estrade où il officiait de l'espace réservé aux clients. Entre eux et lui, une espèce de passe-plat. Comme j'avais droit à l'estrade, je ne sais si l'apparition de sa tête à travers le passe-plat glaçait les clients d'effroi ou si elle les mettait en confiance. Mon père, mon cher père, bon comme du pain d'épices, si heureux de faire plaisir, de rendre service, de se faire aimer, comment croire qu'il ait imaginé ce mécanisme pour faire fuir ses clients ?

De l'endroit où je me tenais, coincé entre le comptoir et une lourde armoire, j'étais trop petit pour observer la tête des clients. Jusqu'au jour où surgit un gendarme à cheval, sabre au clair, fonçant droit sur moi !

Alerté par mes cris, mon père déboula à toute allure de la pièce arrière. Les yeux fermés, j'attendais le coup fatal qui allait me renvoyer auprès de mes ancêtres quelque part dans le ciel, du côté de Varsovie.

Au bout de quelques instants, étonné d'être encore vivant, je risquai un coup d'œil. Le gendarme était toujours là, droit sur son cheval, mais la bête sauvage s'était immobilisée juste devant le comptoir. À la vue du visage furibard de mon père à travers le passe-plat, son élan s'était brisé net. À peine remis, le gendarme regarda autour de lui comme s'il sortait – comme moi – d'un cauchemar et abaissa enfin son arme.

– Oh ! Ça va, hein, ça va, grogna-t-il, comme si mon père lui avait fait des reproches, alors que la peur l'avait rendu muet. « Ça va, j'ai dit, ça va », répéta pourtant le gendarme, retrouvant sa mauvaise humeur naturelle.

Avant de faire tourner sa bête dans un mouvement élégant avec un air de dignité blessée et de rejoindre ses camarades dans la rue.

Il y eut beaucoup de blessés ce jour-là parmi les manifestants qui défilaient, paraît-il, pour la paix scolaire. De toute cette affaire, une seule image m'est restée, celle de ce gendarme et de son cheval, coincés comme n'importe quel client devant le gigantesque comptoir de mon père, et obligés de lui faire soumission…

MON PREMIER VOYAGE DE JUIF ERRANT

Une fin de matinée, alors que mon père était occupé à préparer ses poudres de perlimpinpin dans la petite pièce arrière, pompeusement baptisée « laboratoire », je sortis de la pharmacie et me dirigeai vers le terminus des tramways vicinaux.

En fait de gare, les trams vicinaux n'avaient droit qu'à un terre-plein boueux au-dessus de la Senne, la rivière qui arrosait jadis Bruxelles avant d'être enfermée sous quelques tonnes de béton. Pour prendre le tram, il fallait se glisser dans un goulet étroit entre des murs aveugles d'anciens bâtiments commerciaux et de hangars abandonnés, un endroit sinistre, suintant la pauvreté, l'abandon et le rat. De tout le quartier, mon coin préféré. Les conducteurs, les *wattmen* en bruxellois, jonglaient avec les lourdes machines et les aiguillages pour accrocher les wagons avant de s'éloigner lentement, en route vers une destination mystérieuse. Les trams urbains portaient des numéros et les trams vicinaux une grande lettre noire peinte sur une plaque de bois au-dessus de la voiture de tête, suivie du nom du lieu inconnu où ils amenaient leurs passagers, Steenokkerzeel, Zottegem, Machelen, Mollem.

Ce matin-là, je passai deux heures à observer le manège des trams, quand soudain un esprit malin me souffla : « Vas-y, bon sang ! Qu'est-ce que tu attends ? »

Poussé par cette petite voix, je bondis sur la plate-forme arrière d'un tram qui venait de démarrer, aussi excité qu'un cancre en goguette. À cette époque bénie, les trams circulaient portes ouvertes, ce qui permettait de les attraper au vol. En route vers l'aventure ! Tonkin, Tanger ou Matadi ? Peut-être Varsovie ? De toute façon, un lieu magique au beau milieu de la jungle.

Le tram traversa la ville puis la banlieue, se vidant peu à peu de ses passagers. Rien n'annonçait le pays des mille et une nuits. Plus on s'éloignait de Bruxelles, plus tout y était semblable ! De petites maisons de rapport comme celles qui se dressaient en face de la pharmacie, des rues grises, des places obscures, des maisons en construction entre lesquelles subsistaient encore quelques champs. Le tram finit par atteindre son terminus. « *Allemaal uitstappen* ! » (Tout le monde descend), cria le conducteur. Le lieu magique ressemblait surtout à l'avenue du Boulevard ! L'autre côté de la planète avait un air de déjà-vu. Les gens ne marchaient pas la tête à l'envers. Ils ne portaient ni pagne ni os dans le nez. En fait d'animaux sauvages, seuls des chiens venaient me renifler, puis repartaient d'un air maussade comme si, moi non plus, je n'étais pas assez exotique pour eux.

Par malheur, mon père passa devant le terminus des trams juste quand je revenais de mon expédition. Ce qui me valut une sacrée engueulade devant tous les passagers. « Bon Dieu, depuis le temps que je te cherche ! D'où viens-tu ?

– De nulle part… murmurai-je d'une voix pitoyable.

– Tu refuses de me répondre ?

Et il se remit à hurler devant la foule, à ma grande honte. Comment pouvait-il douter de ma franchise ?

– De Tonkin, de Matadi, de Varsovie, qu'est-ce que j'en sais ? Regarde !

Mon tram était reparti. Mais on devinait encore sur la plaque en bois multicolore un V ou un W.

– Tu vois bien, je viens de V ou de W ! insistai-je.

Mon père ne parla plus de l'incident et moi, j'évitai soigneusement les tramways vicinaux. Non sans regret. J'avais pris la mauvaise direction avec le V ou le W. Mais avec le Y ou le Z, qui sait ?

Quelques mois plus tard, la compagnie des trams fit

fermer toutes ses voitures par des portières automatiques, avant de remplacer les lourds wagons par des trams modernes, hermétiques comme des boîtes à sardines. Des engins qui ne me conduiraient jamais au pays de nulle part.

LE REMÈDE MIRACLE DES *CAMPIONISSIMI*

Mon père aimait par-dessus tout fabriquer « ses produits ». Au fond de son laboratoire, il avait mis au point une crème de beauté, un lait de corps, des capsules contre les maux de tête, une boisson gazeuse désaltérante et anti-constipation, des complexes de vitamines pour les enfants chétifs, une gamme de sirops pour tous usages, une dizaine de variétés d'alcool qu'il distillait dans la cave, ainsi que des produits faits sur mesure pour les jeunes dames qui travaillaient dans les vitrines de la rue du Marché, juste derrière le coin.

Grâce à leurs étiquettes somptueuses, ses inventions ressemblaient aux spécialités des grands laboratoires et faisaient bonne figure, discrètement poussées sous les yeux des clients. Les lettres *Scarlett* ondulaient sur l'étiquette jaune de la crème de beauté et du lait de corps en dessous du dessin gracieux d'un corps de jeune femme, frémissant déjà du plaisir de se tartiner la peau. Le dessin était l'œuvre de ma mère. Les capsules s'appelaient *Calmodor* et l'eau gazeuse, *Poto*. Un nom puisé, après de pénibles soirées de brainstorming familiales, dans mon cours de latin. Malgré l'audacieux slogan ajouté par l'imprimeur, « la boisson gazeuse de vos soirées d'été », mon père n'en fut jamais satisfait. Son pressentiment ne l'avait pas trompé. Les bouteilles de *Poto* vieillirent sur les rayons sous le regard dégoûté des clients. La grenadine prit rapidement la fâcheuse manie de se séparer de l'eau et de l'anti-constipation, et de se réfugier dans le fond de la bouteille. Chaque fois que j'entrais dans la pharmacie, je remuais les bouteilles. Malgré mes efforts, la dissociation était irrémédiable. À peine mélangée, la grenadine reprenait sa place comme un vieux matou son coussin. Le *Poto* se mit à ressembler à une bouteille de formol contenant un monstre gluant, tout droit sorti d'un film du Cinémax, loin de la boisson gazeuse de vos soirées d'été.

Un jour du mois d'août, le son d'une cloche agitée dans la rue me fit sortir de la pharmacie. Des porteurs de cloche, il y en avait beaucoup à cette époque, le livreur de soupe, le vendeur de glaces, le rémouleur. Cette fois, une foule inhabituelle accompagnait le sonneur de cloche.

« C'est Walkowiak qui passe ! cria mon père depuis le comptoir. Va donc voir et viens me raconter ! »

Derrière l'homme à la cloche marchait un autre homme, le teint rougeaud, les cheveux noirs en désordre, un petit bonhomme au physique ingrat mais, avec son maillot doré, c'était un dieu descendu sur l'avenue du Boulevard. Walkowiak venait de remporter le tour de France et le voilà, faisant son tour d'honneur juste devant la pharmacie de mon père, vêtu de la fameuse vareuse jaune qu'il avait arrachée à Paris !

Je fonçais dans la rue, rattrapai le cortège et, me faufilant à travers plusieurs rangs de spectateurs, je parvins à m'approcher du champion. L'homme à la cloche ouvrait le chemin en criant « Walkowiak ! Walkowiak ! ». Le héros suivait, un sourire lointain aux lèvres, signant des autographes d'un air indifférent sous les bravos. De temps en temps, un admirateur lui donnait un cadeau que l'homme à la cloche glissait dans un panier. Cela me donna une brillante idée. Je retournai à la pharmacie, m'emparai d'une bouteille de *Poto* et revins aussi vite que je pus à la hauteur du champion. En lui offrant le *Poto*, je ne trouvai rien d'autre à dire que « courage ! ».

Jour de gloire pour le *Poto* ! Hélas, pas un photographe pour immortaliser l'événement. D'autant qu'il fut très bref. Walkowiak prit la bouteille et la tendit, sans la regarder, à son accompagnateur qui la fourra distraitement dans son panier, puis le duo continua son chemin sous les vivats. « Walkowiak ! Walkowiak ! »

Personne n'entendit plus jamais parler de Walkowiak. En guettant désespérément son nom dans les palmarès, je maudis le *Poto*, portant jusqu'à la fin de mes jours la responsabilité de la chute d'un grand champion.

RETOUR AUX CHAMPIONS

Un autre champion cycliste hantait notre quartier. Fons Van Overstraete. D'après le coiffeur René, Fons avait connu une brève période de gloire au début des années trente après une victoire en solitaire dans l'étape Vianden-Diekirch du tour du Luxembourg amateur. Devenu professionnel, il n'avait jamais pu affirmer sa personnalité. Jusqu'à la guerre, il avait trimé comme porteur d'eau pour la vedette de son équipe, Sylvère Maes. Mal récompensé de son dévouement, il n'avait jamais été autorisé à pointer le nez hors du peloton. Quelle force montraient ces gaillards pour chercher les canettes, remonter le peloton jusqu'au leader, bouteilles serrées contre la poitrine.

« Fons aurait dû se révolter, juste une fois, disait René, le temps de remporter un tour de France au nez et à la barbe des favoris. Il en était capable, le bougre. Les muscles de Maes, c'était lui ! » Il hurlait sa révolte en agitant dangereusement son rasoir à quelques millimètres de la pomme d'Adam d'un client pétrifié dans son fauteuil. C'est vrai, René, on rêvait tous de la victoire du sans-grade, de la revanche du lampiste.

Dans une rue sombre, à l'arrière de l'avenue du Boulevard, Van Overstraete avait ouvert un petit atelier de réparation de vélos dans un ancien garage abandonné. Des milliers de pièces de métal aux usages indéfinissables achevaient de rouiller sur les établis. Usé par ses efforts de porteur d'eau, Fons n'avait jamais nettoyé le local. Même pas repeint l'enseigne presque effacée. Il avait posé ses quelques instruments sur une vieille bâche comme s'il n'était que de passage. Entre deux clients, il somnolait dans un hamac tendu entre les deux colonnes métalliques qui soutenaient le plafond de vitres sales par lequel entrait une lumière glauque. De temps en temps, quand on lui apportait une bière (je n'avais jamais osé lui proposer un verre de *Poto*), il racontait l'étape des Pyrénées au cours de laquelle Sylvère Maes avait surpris tout le monde et remporté le tour de France 1935 ou 36 ; ou la façon dont lui, Fons, s'y était pris pour piéger le solide Antonin Magne, permettant à son patron d'enlever le Paris-Bruxelles.

Quand il s'échauffait, Fons descendait de son hamac et terminait son récit en réparant enfin les bécanes qui attendaient dans un coin depuis des jours. Exceptionnellement, quand il se sentait vraiment en forme, il sortait son propre vélo de derrière la montagne de vieux écrous, le vélo sur lequel il avait signé ses exploits, souffert et connu la gloire, le vélo qui l'avait accompagné au sommet du Tourmalet et consolé dans la voiture balai. Il avait trouvé une façon d'isoler son bien le plus précieux du capharnaüm qui encombrait le garage. Il l'avait fixé avec deux épais boulons sur une plaque de bois, debout comme s'il venait de franchir la ligne d'arrivée en vainqueur, figé fièrement pour l'éternité, véhicule sacré et embaumé du dernier pharaon.

Après le passage de Walkowiak, je racontai à Fons la balade du dernier vainqueur du tour de France dans le quartier. Il fit la moue, hocha la tête et sortit son fameux vélo.

« Méfie-toi de Walkowiak, dit-il, c'est un *ket* fragile. Fera jamais rien de bon ! L'a jamais été porteur d'eau. C'est le genre à se calfeutrer dans le peloton. Sait pas souffrir. »

Et il se mit à raconter le tour de France 1935 ou 36, comment il avait fait gagner Sylvère Maes et la montée du Tourmalet et de l'Aubisque, et le ballon d'Alsace descendu à toutes pompes sous la pluie. J'étais encore là à l'écouter trois heures plus tard quand mon père vint me chercher.

« Il est temps de rentrer, fils. Tiens, Fons, je t'ai apporté quelques bières. Tu l'as bien mérité pour avoir joué au baby-sitter.

– Quelle époque, dit Fons en prenant la bière. Maintenant les porteurs d'eau sortent de l'université ! M'est avis que ça ne va pas améliorer la qualité des champions. Vont devenir de plus en plus snobs.

– Mais pas plus sobres ! ajouta mon père, s'installant à côté de Fons avec les bouteilles pendant que je jouais au fond du garage. « Allez, viens maintenant, me dit-il plus tard. Et lave-toi avant de te montrer à ta mère, sinon on va encore avoir droit à une scène ! »

Du haut de sa monture, Fons nous regarda partir dans le soir qui tombait. « Tu veux que j'allume ? » lui demanda mon père en sortant.

« Non, non », dit Fons sans bouger.

Quand je me retournai, l'obscurité les avait engloutis, lui, son vélo et son atelier. Je ne le revis jamais.

LA RECETTE DU PIGEON À LA BRUXELLOISE

Le quartier général d'un club colombophile s'installa dans le café qui jouxtait la pharmacie. Mon père se lança aussitôt dans la fabrication de médicaments pour pigeons. En quelques mois, il devint le spécialiste universel de la question. Sa réputation se répandit rapidement dans les milieux colombophiles et les clients vinrent de partout. J'ai longtemps soupçonné mon père de s'être servi de ses recherches sur le *Poto* pour mettre au point son produit miracle.

Un jour, un colombophile du café voisin entra en trombe dans la pharmacie. Son champion venait de rentrer d'une expédition lointaine très mal en point. Il gisait entre ses mains, les pattes tremblantes, le corps agité de spasmes. Sous mes yeux dégoûtés, mon père s'empara sans hésiter de l'oiseau malade à travers le passe-plat et, laissant en plan les autres clients, se précipita vers son laboratoire.

Lorsqu'il en sortit peu après, il annonça à voix basse que le pigeon se reposait. Dans l'heure qui suivit, la pharmacie ressembla à l'antichambre d'une vedette en soins intensifs. Tout le café voisin s'était déplacé. Une dizaine de personnes se pressaient en chuchotant fiévreusement. Pour étancher leur angoisse, trois serveurs se relayaient pour apporter des bières comme on se passe des seaux pendant un incendie. À intervalles réguliers, mon père retournait dans son cagibi d'où il revenait l'air préoccupé. Au bout d'un moment, on comprit qu'il y avait du nouveau. Mon père sortit du labo, souriant, portant entre ses mains le volatile toujours immobile mais calme, les pattes au repos, le corps apaisé et l'œil vif. Un grand « Ah ! » s'éleva de la foule. Et des bouteilles de champagne remplacèrent la

« Tu verras, disait mon père. Demain, les bourgmestres se feront construire des statues, des piscines à leur nom et de nouveaux boulevards pour immortaliser le rôle considérable de leur passage sur Terre. Ils auront beau bâtir une nouvelle ville, leur nom sera oublié dès la première pierre posée. On dit que les Belges ont une brique dans le ventre. Van de Meulebroeck a prouvé que, même en Belgique, ce qui fabrique les grands hommes, ce n'est pas le béton, c'est une certaine idée de la liberté et du respect de l'individu. »

Dix ans plus tard, j'aurais ricané ou pire. Mais à cette époque, j'étais aussi friand de ses leçons de morale que du tour de France et des jeux radiophoniques sur Radio-Luxembourg.

Un après-midi, le patron du café voisin vint avertir mon père que le bourgmestre avait disparu. Il avait quitté l'établissement vers midi, comme tous les jours, mais il n'était jamais arrivé à son bureau. Depuis lors, on le cherchait en vain. Pourtant, le serveur l'avait vu partir comme d'habitude en direction du boulevard Jacqmain.

– Il avait beaucoup bu ? demanda mon père après une hésitation.

Le patron me lança un regard avant de répondre :

– Comme d'habitude… Ni plus ni moins…

– Je vois, dit mon père d'un ton inquiet avant d'ajouter : Et s'il avait continué tout droit vers le boulevard Baudouin ?

– Nom de Dieu, le canal ! s'exclama le patron.

Quand nous arrivâmes au canal, deux voitures de pompiers et de nombreux policiers s'agitaient déjà sur les bords de l'eau crasseuse. Je voyais enfin le canal. Au lieu de donner de la vie à la ville qu'il traversait, il en marquait la frontière. Longé par de vieux bâtiments industriels, séparés de l'eau par un chemin étroit, le canal charriait une saleté repoussante, comme si tous les égouts de Bruxelles s'étaient donné rendez-vous.

– Là ! m'écriai-je, là ! Regardez !

Tout le monde leva la tête.

– On ne voit rien, dit mon père.

– Là, criai-je, il doit être là ! Il y a au moins dix bouteilles de bières qui passent ici, juste sous nos pieds !

– Très drôle, dit le patron pendant que les autres reprenaient leur travail.

Mon père se jeta sur moi, me prit par le bras et me ramena immédiatement à la pharmacie. « J'ai honte, me dit-il, vraiment honte. Imagine qu'on raconte cette histoire au bourgmestre, de quoi j'aurais l'air ? »

« Ah oui ? dis-je, ne comprenant rien à sa colère. Et si on le retrouve grâce à moi ? Que diras-tu? » Il poussa un rugissement de rage et s'enferma dans son laboratoire.

Le lendemain, à l'heure de l'apéritif, le bourgmestre reprit sa place habituelle devant son verre de bière. Mon père le salua – moi aussi. J'attendais ma médaille, mais le bourgmestre ne répondit pas. Personne ne lui avait parlé, je suppose, du rôle décisif que j'avais joué dans son sauvetage.

LA PHARMACIE DES BOULEVARDS DISPARAÎT

L'annonce de l'organisation à Bruxelles d'une exposition universelle fut accueillie avec enthousiasme par les commerçants du quartier. Jusqu'à ce qu'ils apprennent à quelle sauce ils allaient être mangés. Un tunnel juste en face de la pharmacie, séparant définitivement les deux parties de Bruxelles, un viaduc à hauteur des fenêtres du premier étage, le quartier populaire et même la gare du Nord rasés pour faire place nette aux promoteurs immobiliers et à une mirifique cité de bureaux tout en verre et en métal, sur le modèle d'un New York de bande dessinée.

Le quartier se mobilisa et décida de rencontrer les auteurs de ces projets grandioses, deux jeunes loups de la politique qui prétendaient transformer la ville endormie en une cité moderne. On arrivait au milieu des années soixante. Étrangement, l'un avait le look de John Kennedy et l'autre de Richard Nixon. Mais, même dans cette lointaine et minuscule copie de New York, le béton dégageait le parfum capiteux de l'argent plutôt que l'odeur âcre du mortier frais. Et les méthodes des politiciens, qui avaient l'ambition de moderniser le monde, se ressemblaient étrangement, de Washington au plus petit village de Belgique.

La délégation revint rassurée de ces entretiens. Les deux hommes politiques, jeunes et dynamiques, leur avaient évidemment bourré le mou. La construction du tunnel et les autres travaux allaient être réalisés à une vitesse jamais égalée au moyen de techniques dernier cri. Ensuite, le quartier ressemblerait à Byzance, Constantinople et Manhattan réunis, avec fontaines et jardins suspendus, immeubles chics et héliports, rues surélevées et trottoirs roulants. Tel était le tableau qu'ils avaient brossé aux commerçants émerveillés de la future métropole qui allait remplacer leurs masures et leurs boutiques d'un autre âge. Mon père fut beaucoup moins enthousiaste : « Je me méfie du petit, de son allure de nain de jardin ambitieux et de ses manières de Méphistophélès d'opérette. Quant au grand maigre, c'est un technocrate, ignorant tout de Bruxelles ; il pense fabriquer une ville dans un laboratoire d'urbaniste avec un jeu de Lego. Ah ! si l'on pouvait compter sur Van de Meulebroeck… »

Hélas, le vieux bourgmestre, malade, avait renoncé à ses fonctions et même à son apéritif dans le café voisin.

Peu à peu, les chantiers se mirent en place et l'ensemble du quartier fut détruit avec la même froideur méticuleuse que les Allemands pour raser Varsovie.

La pharmacie des Boulevards et tout ce qu'elle contenait, son histoire, sa magie, son petit monde, disparut en quelques jours, aussi subitement que jadis la femme dans le coffre du magicien du grand théâtre de Verviers. Et de façon aussi sanguinolente.

J'étais jeune, si jeune, et la ville autour de moi me paraissait si vieille. La ville et tous ceux qui l'habitaient. Des regrets ? Maintenant qu'elle a disparu, son image figée dans une brume éternelle ne me semble plus ni jeune ni vieille, ni belle ni laide. Sa tristesse, ses rides, sa décrépitude se sont effacées comme par miracle. Il ne reste que le souvenir des émotions qu'elle a fait naître, un gendarme à cheval dans une pharmacie, un pigeon reconnaissant, un tram vicinal en route vers Honolulu, un bourgmestre disparu, un champion cycliste parcourant à pied l'avenue du Boulevard, cerné par une foule en liesse.

LES POTIONS MAGIQUES

Parfois, j'ai le sentiment que mon père n'a étudié la pharmacie que pour préparer en toute légalité des potions, pilules, crèmes, sirops et autres élixirs magiques que la Justice qualifierait de poison dangereux et l'Inquisition de sorcellerie, sans le précieux diplôme qui le mettait à l'abri des poursuites.

Si, au lieu de s'arrêter à Liège et à Bruxelles, il avait poussé son voyage de Juif errant jusqu'à Anvers ou Rotterdam et s'était embarqué pour l'Amérique, il ne serait pas resté à New York. Il aurait acheté un chariot et, poussant vers l'Ouest, on l'aurait croisé sillonnant les immenses plaines sauvages sous le nom de Docteur Barenboïm, la valise en cuir bouilli, qui l'accompagnait depuis Maków, débordant de pots en verre remplis de substances chimiques, de poudres aux couleurs improbables, de crèmes aux parfums sucrés. De grandes enseignes peintes, accrochées aux bâches du chariot, annonceraient l'événement en lettres rouges : l'arrivée d'un magicien, d'un docteur miracle, inventeur de potions révolutionnaires qui bouleversaient la science du XXe siècle. Déjà, à l'ouverture de sa première pharmacie après la guerre, bravant l'interdiction de la publicité, il avait profité du faire-part de naissance de son officine pour attirer ses futurs clients, allant jusqu'à se proclamer spécialiste des pigeons – ce qu'il deviendra en effet. Et le meilleur fabricant de spécialités qu'on ne trouvera évidemment que chez lui.

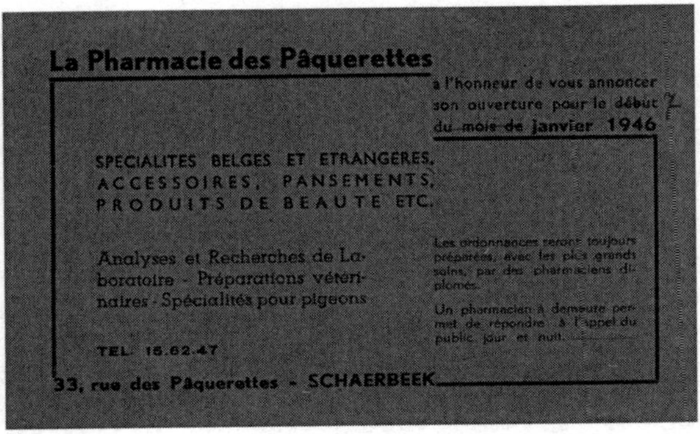

Rien ne lui faisait davantage plaisir que d'accueillir une cliente désespérée. Il écoutait sans l'interrompre égrener la liste de ses malheurs, la tête penchée pour ne pas perdre un seul de ses maux. Son mari était devenu amer, sourd, agressif et accessoirement alcoolique. Il perdait ses cheveux, avait mal au ventre et d'affreuses rougeurs sur le visage. Plus grave encore, son mal était contagieux. « Regardez, monsieur le pharmacien, ce bouton sur mon nez, sans parler de mes ballonnements, alors que je n'ai plus ouvert le pot de mayonnaise depuis trois jours. » Dès qu'elle avait fini de gémir, il se redressait et méditait quelques instants. « Revenez demain », annonçait-il d'une voix grave en soulignant sa maîtrise de la situation grâce à son accent polonais, tel un gourou sortant d'une léthargie de deux cents ans. « Je pense avoir la solution à vos souffrances. »

Le lendemain, parfois après une longue soirée de travail, il remettait à la dame, avec la discrétion d'un dealer, une bouteille remplie d'une substance bizarre, un peu gélatineuse, rouge de préférence, à boire trois fois par jour avant les repas – « Attention ! AVANT ! Sinon, ne vous plaignez pas qu'elle reste sans effet. »

Je ne sais si mon père avait lu *Knock* mais, comme les

patientes de Jules Romains, la cliente revenait quelques jours plus tard, les yeux humides de reconnaissance : « Il est guéri ! Même que vot' remède lui a débouché les oreilles ! »

Mon père se contentait de secouer la tête avec un petit sourire modeste tout en se tournant vers la cliente suivante, qui avait suivi l'échange avec autant d'attention que si elle venait de surprendre les secrets de la vie sexuelle du roi Baudouin. Il avait compris l'importance du bouche à oreille pour prolonger et dramatiser la carrière d'un artiste qui n'avait pour seule arme qu'une baguette magique.

Moi aussi, j'ai eu droit aux remèdes du docteur miracle. Quand j'étais petit, pour calmer mes pleurs, mon père me donnait à sucer le bouchon d'une bouteille d'alcool, qu'il venait de préparer pour ses amis. J'y avais pris tellement goût que, d'après ma mère, toujours critique des méthodes de son mari, dès qu'il entrait dans la pièce, je me mettais à hurler jusqu'à ce qu'il débouche la bouteille. Pops ! Le son déjà m'apaisait. Il paraît que j'avais une voix étonnamment grave pour mon âge et anormalement puissante. Plus retentissante que la sirène placée sur le toit de la poste voisine, qui claironnait tous les premiers jeudis du mois en prévision de la prochaine guerre, faisant trembler vitres, verres et porcelaines.

Mon père avait installé son alambic dans le petit labo à l'arrière de son officine. C'est là qu'il fabriquait, distillait, améliorait des alcools et des liqueurs de fruits avec une habileté d'autant plus diabolique que lui-même ne les consommait pas. Il n'avalait qu'une petite gorgée de ses breuvages, tel un cuisinier goûte les plats, pour vérifier qu'ils avaient acquis le corps, la force et la consistance nécessaires. Satisfait du résultat, il refermait les bouteilles d'un geste énergique avec un bouchon de liège et les distribuait autour de lui. En échange de l'admiration de ses amis dont il avait besoin pour assouvir son plaisir de faux alcoolique.

Les crèmes, cachets, pommades et autres produits qu'il inventait auraient pu faire de lui le plus sérieux concurrent de M. L'Oréal s'il n'avait obstinément refusé de vendre ses secrets aux laboratoires qui l'approchaient. C'est du moins ce que ma mère racontait sur un ton tantôt admiratif, tantôt amer, selon les jours. Mon père n'a jamais contesté les affirmations de sa femme. Il la laissait dire, ne répliquait pas, se contentant de saluer la légende d'un bref éclat de rire.

Je suis persuadé que son don pour les potions miracles est né le jour où ma mère entra dans sa pharmacie. Comment expliquer que la plus belle femme du monde se soit jetée dans ses bras, sinon par la vertu d'un élixir d'amour préparé spécialement pour l'occasion ? Peut-on penser en effet qu'un simple coup de foudre *over the counter* ait rapproché Rebecca de Chaïm ?

Que mon père reçut une décharge électrique en découvrant la magnifique créature brune venue chercher les médicaments de son oncle Harry, pas de doute. Mais, pour connecter cette électricité à ma mère avant qu'elle ne quitte l'officine et disparaisse à tout jamais, il a dû réussir le plus beau numéro de magicien de sa carrière. Sous le coup de l'émotion, il réussit à fabriquer en quelques minutes une potion qui le transforma en prince charmant, le mâle le plus sexy à la ronde. Le fait est qu'il parvint à ensorceler Rebecca. Et que son talent d'un jour devint le clou de son spectacle tout le reste de sa vie.

L'HISTOIRE DU CHIEN NOIR

Depuis que je me suis lancé dans cette entreprise, je me réveille chaque nuit au milieu d'un rêve. Juste avant le dénouement. Comme si une main mystérieuse me secouait en pleine action pour empêcher l'issue de cette histoire dans laquelle je me débats. Le souvenir que j'en garde est flou, mais la dernière image, juste avant d'ouvrir les yeux, reste imprimée dans mon cerveau. Le réveil survient systématiquement à l'instant où je suis sur le point de faire quelque chose : saisir une main qui se tend vers moi, embrasser un personnage, attraper un ballon au vol. Rien d'horrible, remarquez. Je ne suis pas attaqué par des créatures diaboliques ni assailli par des nazis. Même si son contenu s'estompe aussitôt, le rêve me laisse un arrière-goût agréable, celle d'un monde doux, un cocon dont la brume a le goût de la barbe à papa, peuplé de gens tendres et gentils. Sara me frôle avec son sourire craquant, Frania me tend une tranche de gâteau pendant que le poêle ronfle au rez-de-chaussée. Ce genre de choses. Pourtant, à mon réveil, mon cœur cogne et ma peau est couverte de sueur comme si je venais d'échapper à un monstre.

Une nuit, un grand berger allemand noir s'est avancé vers moi, la gueule ouverte. La bête ne me faisait pas peur. Ce n'était pas l'animal effrayant d'un gardien de camp nazi, ni l'antisémite polonais à quatre pattes, obsession de mon père. Je l'avais reconnu sans hésiter. C'était le berger allemand du grand-père de Chaïm. Je le sais, parce que j'en ai écrit l'histoire jadis. Je devais avoir dix ou onze ans et je séchais en grognant sur un sujet de dissertation (« Racontez une histoire de famille en trois feuillets ») lorsque mon père, fatigué de m'entendre soupirer, finit par replier son journal.

– Pourquoi tu ne parlerais pas de ton arrière-grand-père ? s'écria-t-il d'un air excédé, comme si, par quelque tour de passe-passe, je connaissais les souvenirs qu'il avait toujours refusé de partager avec moi.

« Mon grand-père était fermier, poursuivit-il. Sa plus grande fierté était un superbe chien noir de jais. Un berger allemand qu'il avait recueilli dans un fossé, où quelqu'un l'avait laissé pour mort (sans doute refusait-il de mordre des Juifs). Il l'avait soigné et élevé, avec plus d'amour et d'attention que pour ses enfants. Un soir, alors que l'horloge à l'entrée de la maison sonnait minuit, le chien se mit à hurler, réveillant toute la maison et jetant tous les occupants à bas de leurs lits. Sauf son maître… qui était mort. Lorsqu'il vit entrer les fossoyeurs, le chien devint fou. La gueule pleine de bave, il mordait tous ceux qui tentaient de s'approcher du corps. Craignant qu'il n'ait attrapé la rage, les fossoyeurs s'enfuirent. Aba et ses frères n'eurent pas plus de chance. La bête les connaissait depuis leur enfance, certains depuis leur naissance. Elle avait toujours été douce et câline avec eux. Mais, quand ils essayèrent de la sortir de la pièce, elle les mordit jusqu'au sang. Finalement, il fallut faire appel à deux solides fermiers habitués à mater les chevaux pour traîner le chien hors de la chambre et l'enfermer dans la grange pendant les funérailles. Au retour du cimetière, on découvrit la porte de la grange fendue, comme touchée par la foudre. L'animal avait disparu. Quelques semaines plus tard, des gens vinrent à la maison, l'air affolé. Ils prétendaient avoir aperçu le grand chien noir dressé sur la tombe de son maître. Pour en avoir le cœur net, Aba et ses frères s'installèrent à tour de rôle dans le cimetière, la Bible sur les genoux en guise de talisman. Mais la bête ne réapparut jamais – ni son fantôme. L'histoire se répandit dans les villages des environs, gagnés par la panique. Les antisémites en profitaient pour propager leur fiel. La famille craignit que cette affaire ne serve de prétexte à un pogrom. À peine eurent-ils relâché la surveillance du cimetière qu'on retrouva le chien. Le corps encore chaud, mais aussi maigre que s'il revenait de l'enfer, gisant sur la pierre tombale de son maître. »

J'ai recopié cette histoire mot à mot (sauf l'allusion aux antisémites que j'ai préféré épargner au reste de la classe). En remerciant le grand-père de mon père de m'avoir permis de décrocher une bonne note. Mais je n'ai jamais eu la curiosité de gratter davantage les histoires de famille. Ni de mettre ce récit en relation avec l'affirmation récurrente de mon père selon laquelle les chiens polonais détestaient les Juifs.

TERRE PROMISE, ALLER-RETOUR

Pour fêter mes dix-sept ans, je partis en Israël, mon premier voyage à l'étranger sans mes parents. Embarqués à Marseille avec un groupe de l'Agence juive sur un vieux rafiot puant qui devait sillonner la Méditerranée au moins depuis les croisades, nous avions débarqué à Haïfa, passant les cinq ou six jours de traversée à chanter des chansons de pionniers, à draguer les filles et à visiter les mystérieuses cales du bateau qui hébergeaient indifféremment des pèlerins allant à La Mecque et des Juifs fuyant le Yémen ou l'Algérie pour la Terre promise.

Je ne savais rien de ma grand-mère, j'ignorais tout de la Frania cachée au fond des cartons de ma mère. Sinon qu'elle avait survécu au ghetto de Varsovie et, qu'une fois arrivée en Belgique, elle me promenait dans les parcs de Bruxelles en me racontant en yiddish des histoires que je ne comprenais pas, ce qui m'a donné le goût des histoires incompréhensibles. Je n'ai pas encore réussi à les faire revenir à la surface, mais j'ai bon espoir qu'elles m'attendent, enfouies quelque part au fond de ma mémoire.

Arrivée en Israël au début des années cinquante et bien décidée à reconstruire sa vie en effaçant le passé, Frania était tombée un soir sur Mishka, son amour d'enfance, à qui ses parents l'avaient arrachée jadis pour l'obliger à épouser Aba, mon terrible grand-père. Mishka, l'éternel regret de sa vie, qu'elle croyait parti en fumée comme à peu près toute la famille, se retrouva – par magie ? – devant elle, un verre à la main, chez de vagues amis qui l'avaient invitée à dîner. Comme s'il l'attendait depuis toujours. Dieu avait-il des remords ? Provoqué cette apparition surprise en réparation des dégâts qu'Il avait commis ? Le mariage de Frania et de Mishka fut célébré quelques semaines plus tard dans l'euphorie et l'émotion. Mais, comme l'histoire de la femme de Loth l'a montré, il vaut mieux ne jamais se retourner. L'histoire ne repasse pas les plats. Frania aurait mieux fait de relire ce passage de la Bible qu'Aba lui avait si souvent cité, cruelle ironie. Frania ne fut pas heureuse avec Mishka.

Après avoir enterré l'amour déçu de sa jeunesse, Frania se retira dans une maison de retraite au sommet du mont Carmel qui domine Haïfa et la Méditerranée.

En entrant dans sa chambre, j'ai d'abord vu une dame très maigre, pas très vaillante, aux cheveux plus blancs que les trottoirs de Maków la veille de Noël. Assise dans un fauteuil qui paraissait beaucoup trop grand pour elle, elle lisait un journal. Ses mains, à la peau presque transparente, tremblaient un peu. Dès qu'elle m'aperçut, elle leva sur moi son regard bleu glacier. Aussitôt, la petite vieille se transforma en un solide boxeur qui aurait quitté le ring en pleine gloire, bien avant le match de trop.

Sans me laisser le temps de me ressaisir, elle se leva avec une grâce surprenante, s'approcha de moi, un peu hésitante – tant de gens avaient disparu autour d'elle qu'elle n'était pas sûre de la réalité de ma présence –, avant de m'embrasser avec autant de maladresse que mon père. Depuis le salon où elle m'entraîna s'offrit un magnifique paysage, les petites maisons blanches de Haïfa descendant jusqu'au port, le gigantesque temple Bahaï à la coupole dorée brillant au soleil, la mer et la lumière d'un blanc éclatant ; Israël, la terre libérée à laquelle elle avait tant rêvé – sans l'avouer à son mari – et où, après tant de détours, elle avait fini par s'installer, laissant une nouvelle fois ses deux enfants survivants à Bruxelles.

Je me souviens de la chaleur de sa main sur mon bras,

de sa main encore me caressant les cheveux, me parcourant des yeux comme pour retrouver dans mes traits ceux de ses enfants disparus. De ses yeux si intenses qu'ils avaient brûlé tous ceux qui avaient tenté de lui faire du mal.

Reste aussi un douloureux souvenir. Frania me parlait d'une voix à la fois douce et décidée en yiddish comme elle le faisait quand elle me promenait bébé dans ma poussette. Les cours d'allemand que j'avais suivis entre-temps ne m'aidaient guère. Tout juste si je saisissais quelques mots, sans rien de cohérent. Je restais plus muet qu'une carpe farcie, incapable de lui raconter ma vie, de lui poser les mille questions que je n'avais jamais osé poser à mon père.

Nous avons passé l'après-midi à nous tenir par la main, par le bras, à nous regarder. Puis je l'ai raccompagnée à sa chambre. Sur le pas de la porte, elle m'a caressé une dernière fois les cheveux, avec un sourire triste, en murmurant une phrase que je n'ai pas saisie, un message dont je ne saurai jamais rien.

L'AMI MAURICE

Frania, qui avait droit à sept vies miraculeuses, est sortie vivante des ruines de Maków. Seul autre témoin d'un passé à jamais anéanti, Moyshe, venu de Maków étudier avec mon père à Liège Où il est devenu Maurice, pendant que Chaïm se transformait en Hubert-Henri. Son diplôme d'ingénieur en poche, Maurice est entré chez Kuhlman à Zelzate, une petite ville près de la frontière hollandaise. Il s'installa dans une petite maison à l'ombre de l'immense complexe pétrochimique, avec sa femme, une cousine rescapée elle aussi de Maków. Ils eurent un fils. Un dimanche par mois, nous prenions le train jusqu'à Gand, où Maurice venait nous chercher en voiture.

Mon père mettait son plus beau costume, une cravate et un chapeau gris perle qu'il réservait aux jours de fête. « Tu es prête, Kuka ? » Ma mère se maquillait longuement, poudre, rimmel, rouge à lèvres, montrant la même application qu'une artiste de music-hall, malgré l'impatience de mon père qui criait toutes les trois minutes : « Kuka ! Nous allons rater le train ! On n'est pas à Vilno. En Belgique, les conducteurs de locomotives n'attendent pas les princesses juives ! »

Sa coiffeuse était surmontée de trois grands miroirs qui glissaient sur leurs charnières, répétant le visage peint de ma mère à l'infini. J'aimais la contempler, fier de posséder cent répliques de ma mère rien que pour moi.

Après le déjeuner, Maurice nous emmenait en promenade le long du canal en direction de Terneuzen en Hollande. Un paysage noir dans une plaine plate comme une crêpe, décorée de petites maisons en briques rouges et de cheminées d'usine, avec comme seul mouvement le passage lent des péniches. Un décor à la Simenon. À notre passage, les ouvriers qui prenaient le frais sur le seuil de leur maison se levaient pour saluer « *Mijnheer Ingenieur* » en soulevant leur chapeau ou leur casquette. Quand l'un d'eux l'interpellait en polonais, mon père s'arrêtait pour converser avec lui. Il mettait tant de fougue que l'on sentait soudain combien la Pologne lui manquait…

De retour à la maison, on sortait les chaises et la table de jardin. Quand il faisait chaud, Maurice ôtait sa veste et remontait ses manches avant de découper le gâteau.

C'était un homme petit et râblé, aussi musclé qu'un catcheur, avec des bras épais comme des jambons. Sur la peau très pâle de son avant-bras, se détachaient quelques chiffres tatoués à l'encre bleue. Je les regardais sans comprendre. Que signifiaient ces chiffres ? Un code secret ? La longitude et la latitude de l'île où se trouvait enterré le trésor de Rackham le Rouge ? « Cesse de fixer le bras de Maurice. C'est terriblement impoli. Et surtout, ne pose pas la question qui te brûle les lèvres. Ce chiffre, c'est le tatouage du *camp*. », murmura un jour ma mère d'un ton agacé, profitant du fait que Maurice était sorti avec mon père et que sa femme était allée chercher le café dans la cuisine.

On ne parlait jamais des trois années que Maurice avait passées au *camp*, de sa survie miraculeuse. Maurice n'avait rien raconté, même pas à son fils. Les familles de Maków n'aimaient pas évoquer le passé. La page était tournée, le livre fermé, rangé au fond d'une armoire dont on avait jeté la clé. C'est ainsi que Maurice et mes parents avaient décidé de construire l'avenir pour leurs enfants. En fabriquant de petits Belges heureux et sans mémoire sur une terre prospère que la guerre ne viendrait jamais plus effleurer. On leur apprenait le français et le néerlandais, mais surtout pas les langues qui avaient mené à l'Holocauste, le yiddish ou le polonais, symboles d'un passé gommé.

Je n'ai jamais rien su non plus de la vie de ma grand-mère dans le ghetto de Varsovie. Et les images que j'ai visionnées, photos ou films tournés par des Allemands, sont tellement effrayantes que je n'ai jamais réussi à y coller la silhouette de ma grand-mère. D'autant que le seul souvenir de son passage dans le ghetto que j'ai réussi à arracher à mon père est celui-ci. Comme j'essayais tous les soirs d'échapper à la corvée salle de bains avant d'aller dormir, mon père m'a dit un jour : « Quand elle était prisonnière dans le ghetto, ta grand-mère se faisait un point d'honneur de se laver les dents tous les jours. Alors, montre-toi digne d'elle. »

« Obéis à ton père », ajoutait ma mère qui avait toujours le dernier mot.

RETOUR SUR LE CIMETIÈRE

À la mort de mon père, lui ai-je été fidèle en organisant des funérailles religieuses ? Ou ai-je trahi le militant laïc qui dénonçait la religion et ses zélotes ?

Cimetière juif, rabbin, Kaddish et prières le samedi suivant à la synagogue, tout était compris dans le prix payé au consistoire. N'était-ce pas beaucoup, vraiment beaucoup trop de simagrées pour enterrer un tel mécréant ?

Lorsque j'ai posé la question à ma mère, en quittant l'hôpital, elle m'a répondu, toujours pratique : « À quoi bon te torturer l'esprit ? Va à la synagogue. Dis-leur que ton père est mort. Ils se chargeront du reste. »

Avec toutes les formalités à accomplir dans l'urgence, je n'eus pas le temps de réfléchir aux multiples questions qui m'agitaient. D'abord celle-ci : étais-je le seul à m'interroger sur les causes réelles de la mort de mon père ? Un meurtre ? Qui alors était l'assassin ? De quelle cachette de son passé oublié, occulté, a-t-il surgi et pour se venger de quoi ?

Au lieu de déclencher une enquête policière qui m'aiderait enfin à éclairer son passé et les raisons qui l'avaient poussé à l'enfouir dans des caisses inaccessibles, j'allais moi-même contribuer à effacer toutes les traces en faisant enterrer le corps sans plus attendre, comme la religion juive l'exige.

Autre question : enterrement civil ou religieux ?

J'avais d'abord tenté de trouver un arrangement avec le type qui s'occupait des funérailles : d'accord pour le Kaddish, mais ne peut-on se passer du reste, rabbin, prières, synagogue ? Mon père n'a laissé aucune instruction, mais je ne suis pas certain qu'il aurait apprécié…

Le type m'a lancé un regard mauvais avant de secouer la tête, l'air de me dire : « Ici, monsieur, on ne travaille pas à la carte. Vous prenez le menu complet ou rien. Si ça ne vous plaît pas, adressez-vous ailleurs. »

Je lui dis que j'allais réfléchir et je téléphonai à l'ami Maurice.

– Tu te souviens de la façon dont ton père s'habillait le dimanche ? me dit-il. Son plus beau costume, sa plus belle cravate, son chapeau gris perle.

– Même quand on partait se promener au Bois ou canoter sur le lac, près du chalet Robinson, il veillait toujours à avoir l'air endimanché. Je me suis souvent moqué de lui.

– Eh bien, je pense qu'il aurait considéré son enterrement comme un jour de fête très spécial. Crois-moi. Il serait triste si tu ne le célébrais pas avec tout le tralala ! Et je te promets de ne pas me moquer de toi ! », ajouta-t-il après un silence.

Restait que le tralala en question passait par une série de bondieuseries dont mon père avait horreur.

– Nous, les Juifs, nous sommes terriblement tordus, m'expliqua un autre ami de mon père, qui s'appelait aussi Maurice, et qui avait survécu à deux ans de camp de concentration. Être catholique, c'est facile : croire en Dieu, honorer son fils Jésus et sa maman Marie. Si tu as perdu la foi, tu cesses d'être catholique. Aussi simple que ça. Avec les Juifs, tout est beaucoup plus compliqué. Certains croient si fort en Dieu qu'ils se laissent pousser la barbe et les ongles et qu'ils s'habillent comme des paysans polonais du XVIIe siècle pour se faire entendre de Yahvé, un dieu apparemment incapable de faire confiance à un type rasé de près et en jeans. D'autres comptent sur l'aide de Dieu quand ils en ont besoin en contrepartie d'une petite visite chaque année à la synagogue le jour de Yom Kippour. Ils respectent le jeûne mais y vont en voiture, parce que marcher le ventre vide, c'est inhumain. Les plus nombreux d'entre nous ne croient pas en Dieu, sauf quand ils sont malades ou sur le point de mourir. Ou ils Le détestent à cause de toutes les épreuves que ce salaud nous a fait traverser. (Comment Lui pardonner mon petit détour par Mauthausen ?) Il y a aussi les indifférents qui vivent comme des *goyim*, jusqu'au jour où quelqu'un leur lance « sale Juif » et qui sont obligés de consulter un dictionnaire pour comprendre ce que cela signifie. Il y a enfin ceux qui, comme ton père, ont vidé le judaïsme de tout contenu religieux, rejettent les rites, se moquent des croyants, détestent les rabbins, mais considèrent qu'ils ne sont pas moins juifs que les habitants de Méa Shéarim. Ton père avait reçu le judaïsme en héritage d'une civilisation avancée, une histoire à nulle autre pareille, il voyait notre culture comme ces boules couvertes de petits éclats de miroirs qui tournent au-dessus de la piste des salles de danse et dans lesquelles se reflètent toutes les cultures du monde.

– Oui, mais de là à lui imposer le rabbin ? insistai-je.

– Et alors ? Le rabbin, chez nous, ce n'est jamais qu'un gars qui connaît la Bible, un type qui passe ses journées à étudier plutôt qu'à travailler comme ton père, toi et moi.

Il haussa les épaules. Pourquoi faire tant d'histoires ?

Je finis par me laisser convaincre quand je me rendis compte que priver mon père d'une sépulture dans le cimetière juif ferait souffrir ma mère, tout aussi incroyante que lui. Mais je m'abstins de discuter de la question avec elle.

C'est ainsi que je me retrouvai, vêtu de mon costume du dimanche (que je ne mettais jamais, surtout pas le dimanche), d'une cravate qui me serrait le cou, la tête couverte d'un chapeau récupéré dans l'armoire de mon père, à réciter le Kaddish sur sa tombe.

Avec le recul, je me demande si le passage par le

cimetière juif et tout son tralala, n'était pas une épreuve de plus que Dieu nous a envoyée, comme l'exil, les pogroms, les philosophes allemands, la carpe farcie, les chansons de Jacques Brel, les maux de tête, les Polonais, les mères abusives, les films de Lars von Trier et les camps de la mort.

En matière de facéties, ce bon vieux Yahvé est resté le plus fort malgré l'arrivée de nouvelles générations d'humoristes, Shalom Aleichem, Jerry Lewis, Woody Allen, Malamud ou Michael Chabon : aucun ne lui arrive à la cheville.

KADDISH

Je me suis donc retrouvé, tenant le bras de ma mère, devant le corps de mon père, condamné pour la première fois de sa vie à écouter un rabbin dire tout le bien qu'il pensait de lui, alors qu'il ignorait encore son existence la veille. Pour préparer son laïus, il m'avait posé quelques questions auxquelles j'avais répondu la gorge serrée en balbutiant, aussi bègue que Moïse. Quand votre père est-il né et où ? Quel était le nom de son père et de sa mère ? Le sort de la famille pendant l'Holocauste ? Pourquoi me persécutait-il avec cet interrogatoire auquel j'étais bien incapable de faire face ? Remarquez qu'il ne m'a pas demandé : qui a tué votre père ? Et pourquoi ?

Collant mes réponses évasives sur un discours qu'il avait déjà prononcé devant des dizaines d'autres cadavres auparavant, le rabbin a fabriqué un nouveau Chaïm/Hubert/Henri Berenbaum/boom qui ne ressemblait à aucun être vivant, même pas à ce bon M. Janssens dont il avait revêtu le costume pendant la guerre. Moi, je rongeais mon frein, en attendant qu'il ferme enfin son bec. Mais le rabbin parlait, parlait, parlait comme s'il escomptait un supplément. Enfin, il arriva au bout de son discours. Quittant les poils de sa barbe où il s'était longtemps attardé, son gros doigt velu me fit signe d'approcher. Ah ! Seigneur Dieu, Toi qui sais tout, qui vois tout, qui entends tout, Tu as dû remarquer que c'est moi, un impie, qui suis chargé de Te rendre hommage sur la tombe d'un incroyant encore pire que moi, mon père, un vrai bouffeur de rabbins. J'ai une idée ! Ne ferais-Tu pas subitement apparaître le frère que je n'ai jamais eu, le garçon juif idéal, qui a appris les prières, l'hébreu, les rites, et qui saura si admirablement Te louer et accomplir toutes ces affreuses formalités à ma place – après, Tu seras bien aimable de le faire disparaître aussi rapidement qu'il est venu ?

J'attendis quelques instants, les yeux fermés, en priant très, très fort. C'était un test. Mais rien ne se passa, personne n'apparut. Pas le moindre clone du fils favori du magicien ne surgit à mes côtés dans le cimetière. Mes prières étaient-elles restées bloquées dans Sa messagerie surchargée ou attendait-Il que je fasse les premiers pas ? Vraiment, Yahvé, tu es dur en affaires ! Que veux-tu en échange de ce petit service ? Tu as montré dans le passé combien tu aimais concevoir tes créatures en double. Tu l'as fait si souvent d'un simple mouvement de Ta baguette magique. Les animaux en couples sur l'arche de Noé, Berenbaum et Berenboom, Janssens et Janssens, Dupont et Dupond, Catzaf qui meurt et Catzaf qui survit, Hitler et Staline. Me fabriquer un frère le temps d'une prière, ce n'est qu'une plaisanterie pour toi.

Le rabbin se racla nerveusement la gorge avant de me toucher le bras, interrompant brutalement ma négociation avec Là-Haut. Il commençait à s'impatienter. Une autre festivité l'attendait sans doute, enterrement, mariage ou Bar Mitzvah. Je regardai la feuille qu'il tenait dressée devant mon nez. Le Kaddish. À lire ou plutôt à ânonner en araméen. *Yit'gadal v'yit kadash sh'mei raba…*

La transcription en lettres latines du texte araméen dansait devant mes yeux. Mais je ne voyais aucune échappatoire. Je devais me lancer et cesser de m'apitoyer sur mon sort. Prononcer à haute voix ces mots bizarres comme s'ils m'étaient aussi familiers que ceux que j'utilisais tous les jours dans le prétoire. Rendre hommage à mon père, n'était-ce pas la plus noble des causes ? Hélas ! dès les premières syllabes, l'affaire s'enraya. Alors que j'essayais d'articuler la prière sacrée à la face du monde, la voix qui sortait de ma bouche ressemblait à la plainte d'une chèvre aphone tentant d'appeler le berger au secours. J'avais beau me forcer à lire le texte que j'avais préparé la veille, ma gorge serrée refusait de laisser passer le moindre son. Un signe du Seigneur ? Pour me faire savoir que je n'étais pas un partenaire digne de discuter avec Lui ? Qu'Il refusait de me prendre au téléphone ? Ce genre de message Lui ressemblait. Le dieu des Juifs est un dieu coléreux, hargneux, violent. Les mots me collaient à la langue. Malgré mes efforts, je ne parvenais pas à articuler. Dieu, plus puissant que moi, me les renfonçait dans la bouche. Ce n'était pas que le texte fût dans une langue perdue, incompréhensible. Je l'avais soigneusement répété en vérifiant le sens de chaque phrase pour ne pas trahir sa signification (« Que le nom du Très-Haut soit exalté et sanctifié dans ce monde qu'Il a créé selon Sa volonté, qu'Il accomplisse Sa délivrance et qu'Il permette la venue de Son Messie, etc.). Face à la tombe, la prière restait bloquée dans mon larynx. Dire que des garçons, certains illettrés, déclamaient depuis plus de deux mille ans ce foutu Kaddish sur la sépulture de leurs foutus parents là où l'exil les avait plantés et la mort surpris. Et moi, dont le métier était de parler, je ne parvenais pas à bredouiller la moindre syllabe. Sacré Dieu de vengeance qui s'en était pris à moi pour me montrer Sa puissance, moi qui avais osé Le défier ! Et qui s'en prenait à mon père après lui avoir fait traverser toutes les monstruosités que Son esprit tordu avait mises en scène. Sa façon habituelle de rappeler qui était le patron. Résultat : ce fut la plus affreuse prestation de ma vie. La plus lamentable. Même Buster Keaton, confronté à l'arrivée du cinéma parlant, s'en était mieux sorti que moi. Le rabbin tenta de me venir en aide. M'entraînant à sa suite, en lisant chaque ligne du texte pour que je me contente de le répéter après lui, la voix de plus en plus forte pour occulter le massacre que j'étais en train de commettre. Tel un souffleur de théâtre obligé de sortir peu à peu de sa fosse pour suppléer l'acteur défaillant. Peine perdue. Mon filet de voix finit par se tarir. Je le laissai terminer tout seul à ma place pour me réfugier dans l'ombre de ma mère qui me regarda revenir vers elle, l'œil sec sans faire le moindre commentaire.

Dans la voiture qui nous ramenait en ville, Maurice tenta de me consoler.

– Chaïm aurait été heureux de t'entendre réciter le Kaddish en son honneur, me dit le vieil ami de mon père. Lui qui n'a jamais eu l'occasion d'honorer la mémoire de son père, de son frère, ni de sa sœur Sara.

– Dis plutôt qu'il aurait été horrifié de m'entendre aussi balbutiant.

– C'est l'intention qui compte, intervint sentencieusement ma mère.

– Quand nous étions étudiants, nous vivions à trois dans la même chambre. Ton père achetait tous les jours le journal et il nous obligeait, Idel et moi, à l'écouter lire à haute voix les nouvelles, alors qu'il ne parlait pas mieux français que toi araméen ! C'était beaucoup plus long que le Kaddish, pas plus compréhensible et nous avons dû supporter son numéro pendant quatre ans à cause du prix des chambres à Liège ! »

L'idée me vint qu'à force de réciter le Kaddish, je finirais moi aussi par apprendre l'araméen. Mais à quoi bon ? Je ne connaissais qu'une seule personne en Belgique avec qui converser dans cette langue. Mon père. Et il était mort.

« Ton père aurait adoré te voir aussi empoté et aussi maladroit, reprit Maurice. Ma mère intervint :

– Ça me rappelle le jour, tu devais avoir quatre ans, où tu as vu pour la première fois un cactus. Nous étions à la Côte d'Azur. Tu l'as pris pour un petit bonhomme et tu as voulu le prendre dans tes bras avec le résultat que tu imagines ! »

Nous éclatâmes tous les trois de rire avant de fondre en larmes.

PARTIE DE FOOT

J'ai fait un autre rêve dont je ne me rappelle qu'une scène : je jouais au football avec mon père dans un parc. Mais au lieu de taper dans un ballon, nous nous lancions de grosses pierres, de vrais rochers qui finissaient par former un mur, obscurcissant le ciel. Il faisait tellement noir que je me suis réveillé. Ce rêve m'a rappelé la seule partie de foot que j'aie jamais jouée avec mon père. Un moment de grâce qui se termina en catastrophe.

Mon père ne pratiquait aucun sport, même pas les mots croisés. Et il n'avait que mépris pour tous ceux qui « perdaient leur temps » comme supporteurs (même si, en bon commerçant, et Belge idéal, il commentait fiévreusement avec ses clients les résultats des matches de foot et des courses cyclistes).

Le jour où j'ai voulu assister à l'arrivée du tour de France, il a poussé des hurlements. Il a prétendu que j'allais me perdre au milieu de la foule carnivore, avant de m'emmener au stade du Heysel où il s'est déchaîné avec autant de passion que moi au passage des champions et surtout des champions belges. Comme c'était une étape contre la montre et que nous avions réussi à nous placer contre la rambarde au premier rang, nous pouvions admirer chaque coureur en plein effort alors qu'il se lançait sur la piste. En essayant de me rappeler le visage de quelques-uns de ces vedettes quarante ans plus tard, il n'y en a qu'un qui émerge, celui de Jacques Anquetil, fin, racé, un vrai lévrier, fonçant vers la victoire, les jambes luisantes d'huile et la coiffure pétrifiée par la gomina. Je ne l'aimais pas. Il battait toujours les Belges, malgré leurs efforts surhumains. Il semblait survoler la course sans le moindre effort, tandis que la Belgique attendait, depuis

1939, « son » maillot jaune. C'était Superman, froid, sec, lisse. J'ai toujours préféré les losers et les cicatrices.

La partie de football avec mon père s'est douloureusement fixée dans ma mémoire à cause d'un événement survenu une quinzaine de jours plus tard.

J'étais rentré de la partie de foot fou de joie, convaincu que nous y retournerions désormais toutes les semaines. Mon père n'avait-il pas avoué à ma mère qu'il s'était autant amusé que moi ? Pourtant, notre premier match fut aussi le dernier. Quelques jours plus tard, mon père fut terrassé par un infarctus dont il sortit très affaibli. Je n'ai jamais pu me défaire de l'idée que c'était moi qui avais failli le tuer en l'obligeant à courir derrière mes super ballons de champion jusqu'à ce que son cœur éclate.

Bien plus tard, j'appris que, dans la tradition juive, on jette des cailloux sur la tombe de ceux qu'on aime à chaque visite. Jamais de fleurs. Seulement des pierres. Y avait-il un lien entre cette tradition et les ballons de mon rêve en forme de rochers ?

FAMILLE, EST-CE QUE JE VOUS HAIS ?

Regardez-nous tous les trois, papa, maman et moi, assis à la table de la salle à manger devant une assiette de bouillon de poule. Mon père préside, ma mère à sa droite, moi à sa gauche. Il a gardé veston et cravate. Tout juste s'il s'est débarrassé de son cache-poussière avant de fermer à regret l'officine le temps du repas. À peine arrivé et déjà prêt à repartir. L'obligation sacro-sainte, décrétée par ma mère, de se nourrir à heure fixe et en famille l'agace au plus haut point. Une fois encore, il a dû interrompre la préparation d'une poudre miracle qu'une cliente attend avec impatience. Ne risque-t-elle pas de rendre l'âme avant le dessert ? À l'instar du Messie, mon père a été envoyé sur Terre pour soulager les misères humaines, pas pour avaler du bouillon de poule, même préparé amoureusement par sa princesse. À l'exception du dimanche, il ne prend jamais le temps de se détendre, de se laisser aller. Lorsqu'il se plonge dans la lecture du journal le soir après le dîner, il se croit obligé de grommeler des commentaires irrités sur la marche du monde et la légèreté des journalistes, comme si tous les habitants de la planète ou au moins le reste de l'immeuble, étaient suspendus à ses lèvres. Finalement, énervé par la médiocrité des folliculaires, il ouvre un livre – un livre d'Histoire – dans lequel il plonge avec l'attention d'un prof corrigeant des copies. Il mérite une médaille pour avoir supporté stoïquement le bruit infernal de la radio à laquelle je suis collé pour suivre feuilletons et jeux, entrecoupés de publicités, mais aussi pour avoir résisté jusqu'à son dernier souffle à installer un téléviseur dans l'appartement. Des tas de pensées ont l'air de l'agiter. En déchiffrant la vie de tel grand homme ou l'histoire de telle civilisation, on sent qu'il brûle d'envie de réorienter leur politique, de refaire le monde en refusant de laisser l'Histoire mal faite là où des générations de maladroits, d'inconscients ou de monstres l'ont laissée. Heureusement qu'il n'a pas eu accès à la machine à remonter le temps, sinon je n'ose imaginer dans quel état nous serions après qu'il ait refaçonné l'histoire de l'humanité avec l'application d'un plombier débutant essayant, pour son premier chantier, de remplacer la tuyauterie d'un gratte-ciel. Ma mère parle de la maladie d'un voisin, d'une lettre de sa sœur, du mauvais état d'entretien des escaliers, du concierge paresseux et sale dont l'odeur incommodante flotte dans le hall. Ah oui ! Le tuyau de la salle de bains ! Puisqu'on parle du plombier, tu as pensé à l'appeler ? Mon père lève la tête de sa lecture, répond gentiment, comme s'il écoutait avec beaucoup d'attention, mais sa tête est ailleurs. Je me concentre sur ma cuiller. Tout ça ne me regarde pas. Qu'ai-je à faire de leurs soucis ? Vous appelez ça une famille ?

Pendant que mon père lit et que moi, j'écoute *Quitte ou double* sur Radio-Luxembourg, ma mère fait les poussières, ramasse les miettes, remet en place les multiples objets qui encombrent le salon. Elle aime lire, mais à condition que l'appartement soit parfaitement rangé. Quand son mari est là, elle nettoie. Sa sœur Nunia raconte que lorsque Kuka a quitté la maternité, elle lui a confié son nouveau-né à peine de retour dans l'appartement pour enlever la poussière qui s'était accumulée en son absence.

Son principal plaisir était de battre les tapis. Elle portait une à une sur le balcon les carpettes qu'elle secouait avec un battoir en paille qui avait la forme d'une raquette de tennis et qui semblait si vieux et démodé que je la soupçonne de l'avoir emporté de Vilno.

L'écho du battoir résonne encore dans ma tête.

Pendant qu'elle tapait, mon père et moi nous nous taisions, en la regardant faire sans oser prendre la défense des pauvres victimes étalées sur le balcon. Je ne sais à quoi ni à qui elle pensait en cravachant nos pauvres tapis, mais je peux témoigner qu'elle avait les aptitudes nécessaires pour devenir un remarquable bourreau.

La table de la salle-à-manger où nous nous retrouvions deux fois par jour était immense. Dix personnes pouvaient s'y asseoir à l'aise. Pourquoi mes parents ont-ils acheté un meuble aussi gigantesque ? Rêvaient-ils de me coller un paquet de frères et sœurs ? Ou se préparaient-ils à accueillir le reste de la famille, Aba, Sara et Motek, après avoir récupéré Frania ? Avec le recul, j'ai l'impression que leurs fantômes planaient autour de la table. Quand mon père est mort, sa chaise est restée vide. Mais sa famille disparue nous rejoignait à chaque repas. Pas étonnant que je n'aie jamais réussi à raconter une belle histoire de famille avec ses rancœurs, ses jalousies, son venin, ses tensions, ses pulsions meurtrières et sa hargne. Les personnages de mes livres sont toujours des solitaires, dont la famille ne joue guère de rôle ni dans le récit ni dans l'un ou l'autre événement. A-t-on jamais vu un romancier qui évite les histoires de famille ?

En plongeant enfin, après tant de temps, dans les secrets de ma famille, la tentation est grande de basculer dans la fiction. D'améliorer quelque peu une vie sans histoire, de prolonger les quelques pièces éparses qui jettent une trop brève lueur sur ma grand-mère ou sur ma tante, en transformant ces souvenirs volés en intrigue romanesque. J'aurais pu raconter le long voyage en train de mon père de Varsovie à Liège sous forme d'une épopée, la prose du Transsibérien et de la petite Jehanne de France, transformer ses premières amours à l'université ou dans les bars du Carré dans un décor exotique et interlope à la Cendrars, m'inspirer de Simenon pour faire sentir la tension qui devait régner entre lui et ses deux sœurs, reclus dans leur petit appartement bruxellois, ne connaissant personne, parlant à peine la langue de leurs voisins, dans une ville travaillée par les mouvements d'extrême droite, tentés peut-être de rentrer en Pologne jusqu'à l'irruption de la belle Rebecca, qui fit voler le trio en éclats. Quelle belle matière à remuer ! Quel moule pour forger enfin une œuvre ! Encore une occasion ratée ! En explorant les souvenirs de ma famille, je me suis senti incapable de la trahir, d'en faire un matériau dont j'aurais été le maître. Mais cette soi-disant fidélité, n'est-ce pas une manière de refuser l'auscultation de ma vie de famille, de moi-même, de retenir le scalpel, enfin prêt à frapper, bref une manière de me défiler ?

Autrement dit, fait-on de la littérature avec une famille heureuse ? En racontant la vie d'un petit garçon gâté par des parents aimants et émerveillés d'avoir survécu à l'Occupation, qui va goûter à pleines dents les fruits de l'âge d'or d'une société paisible ? Voilà pourtant en quelques mots le portrait de mon enfance. Son portrait apparent. Le vrai portrait, c'est celui qui dormait au fond des cartons, là où ma mère les avait enfouis à mon insu. Celui, autrement plus intime, des fantômes qui occupaient les chaises de la salle à manger autour de la grande table et que je refusais de saluer, tandis que j'avalais mon bouillon. Sans comprendre que c'est leur présence même qui expliquait le silence de mon père et de ma mère sur leur passé, sur leur famille.

CAPPUCCINO

Si je faisais le bilan de ce que mes parents m'ont transmis, je noterais au crayon rouge qu'ils ne m'ont jamais appris à remplacer une prise électrique défectueuse, ni un plomb, même pas une lampe. Ma mère ne m'a jamais laissé secouer les tapis à sa place. Ni toucher à son aspirateur – je n'y pensais même pas. Il a fallu que je quitte mes parents pour oser m'approcher de la cuisinière, avec prudence, et mitonner une omelette ou un steak. Jamais rien de plus sophistiqué – surtout pas une recette du livre de cuisine de ma mère.

Mon grand-père, officiellement propriétaire de la *Merceria galanteria Bernbaum*, laissait lui aussi les basses besognes du commerce à son épouse pour se plonger dans les commentaires de la Bible au fond de la salle d'étude sombre et poussiéreuse de la synagogue de Maków. Quelque chose de la culture d'Aba a dû se fixer dans mes gènes.

Barrés au crayon rouge, la Pologne et la Lituanie, deux taches blanches sur la carte de ma mémoire. Dans le but louable (à mettre cette fois au crayon bleu) que je regarde droit devant, vers un futur toujours plus radieux.

Ma mère ne m'a pas appris non plus à tailler un manteau ou une robe (tout en me léguant le matériel nécessaire, craie, équerre, ciseaux, machine à coudre Singer, etc.). Les recettes magiques de mon père, pilules miracles guérissant tous les maux, crème antirides donnant une éternelle jeunesse, tout cela a également disparu lorsque son cerveau s'est éteint. Avec le contenu de leur album photo, presque vide.

Le mari d'une cousine de ma grand-mère, qui vivait en Israël, a raconté jadis à mon cousin (vous me suivez ?) que mon père avait été sévèrement rossé par des voyous antisémites dans les rues de Varsovie. Si l'épisode est vrai, mon père l'a passé sous silence, ou plutôt, il a préféré que je n'en sache rien.

Crayon rouge encore. Mes parents ne m'ont pas appris à jouer au scrabble. Même pas à la canasta, alors qu'ils semblaient si joyeux, réunis tous les samedis avec leurs amis autour de la table de la salle à manger en tapant le carton et en refaisant le monde (précision : c'est mon père qui refaisait le monde pendant que ses amis buvaient son alcool en grignotant les gâteaux de ma mère).

Reprenons le crayon bleu. Ma mère m'a donné le goût de l'Italie et du cappuccino. Je devais avoir dix ans environ. Comme la pharmacie ne fermait jamais, même pendant les mois d'été, ma mère et moi embarquions à deux vers l'Adriatique. Le train mettait près de vingt heures avant qu'un tortillard nous dépose à Riccione – après arrêt à Cervia, Cesenatico, Bellaria-Igea Marina, Viserba, Rimini, Bellariva et Miramare. Bruxelles-Milan se faisait de nuit et sans couchettes. Nous débarquions à l'aube dans l'immense gare-cathédrale, fourbus, la tête lourde, la bouche pâteuse, après une nuit passée à huit dans un compartiment étouffant où l'on somnolait les uns sur les autres. Quelques heures plus tard, la mer, le soleil et le ping-pong effaçaient tout. Et le soir, un lieu magique me donnait accès à un monde inconnu : le cinéma en plein air. Comme mon cœur battait lorsque je me glissais avec les gosses du coin, après le début de la séance, entre deux morceaux de palissades. Chaque matin, déjà très consciencieux, je courais découvrir le programme de la soirée, affiché sur un panneau de bois à l'entrée, près de la caisse, et qui me plongeait toujours dans une grande perplexité. « *Questa sera* » était-il annoncé perpétuellement. Chaque soir, le même film, *Questa sera* ? Ce cinéma ne changeait-il donc jamais son programme ? Je m'y rendais tout de même. Jouer au spectateur clandestin était une aventure encore plus excitante que le plaisir de la projection.

La nuit, ma mère allait de temps en temps danser dans une discothèque en plein air face à l'hôtel et dont j'essayais en vain de percer les mystères depuis la fenêtre de notre chambre. Je ne voyais qu'un petit bout de la piste à moitié dissimulée sous les grands arbres et noyée sous la lumière éblouissante des néons. Quelques vedettes "internationales" s'y produisaient à l'occasion, comme Fabiolo, le frère de la reine Fabiola – la part honteuse de la famille, disait-on à mi-voix. De son vrai nom don Jaime de Mora y Aragón. La reine des Belges et moi avions au moins cela en commun, un sérieux problème avec l'orthographe de notre patronyme d'immigrés.

Après la sieste, que nous passions dans le lit, ma mère et moi, tous les deux nus, nous allions dans un café au bout de la jetée boire un cappuccino, le moment de douceur de la journée.

Quand j'essayais de faire partager mon enthousiasme à mon père, il faisait la grimace. Il aurait préféré que je partage son goût pour le jeune État d'Israël, ses kibboutzim, ses pionniers, son idéal de société égalitaire. Il adorait feuilleter avec moi les livres-albums montrant les belles soldates, une pioche dans une main et un fusil dans l'autre. Je ne sais pas si ces images ont influencé ma sexualité, mais elles ont en tout cas impressionné l'adolescent que j'étais. Je me souviens d'un poème que j'avais griffonné en hommage à une femme soldat dont les beaux cheveux blonds sont éclaboussés par le sang d'un ennemi qui s'est jeté sur elle.

« Pourquoi une blonde ? » demanda ma mère, toujours pratique. « À mon avis, si tu cherches une blonde en Israël, tu t'exposes à de grandes désillusions… » J'en connaissais au moins une, Frania, ma grand-mère, mais je me suis tu.

Ma mère ne m'a jamais emmené en Israël (je ne pense pas qu'elle y ait jamais mis les pieds). Elle préférait de loin l'Italie. J'ai eu droit à la visite de tous les lieux historiques, de préférence sous le soleil écrasant de juillet : Rome, Ravenne, Venise et même la minuscule république de San Marino, perchée sur son rocher, terre bénie des jeunes philatélistes dont j'étais. Elle m'a fait aimer le cappuccino et les pâtes, mais pas la moindre spécialité de Vilno ni de Tel Aviv…

Pourquoi cette passion pour l'Italie où nous allions chaque année ? La soif de jouir du soleil et des plages de la Méditerranée ? Cela n'explique pas tout. L'amertume de mes parents vis-à-vis des Allemands, des Polonais et des Lituaniens, qui leur interdisait de remettre les pieds dans ces trois pays, n'aurait-elle pas dû s'étendre à la patrie de Mussolini ? Et leurs ancêtres n'avaient-ils pas détruit le temple de Jérusalem et dispersé notre peuple pendant vingt siècles ? Sans doute, ma mère estimait-elle, avec son esprit pratique, qu'il y avait prescription. Et qu'il fallait toujours regarder devant soi sans se retourner. Mon père lui avait aussi récité l'épisode de la femme de Loth. La mémoire, c'est bien, mais le goût du cappuccino, c'est mieux. Beaucoup mieux et beaucoup plus utile pour rester en vie.

POUPÉES RUSSES

À moitié assoupis devant un capuccino débordant de mousse de lait saupoudrée de paillettes de chocolat, regardez Kuka et son rejeton affalés sur la terrasse d'un café qui domine l'Adriatique, la plage de sable fin sous un soleil blanc d'argent, comme ils ont l'air heureux !

Ils le sont sans doute, même si l'ombre de Chaïm plane sur eux, lui qui travaille pendant ce temps à la pharmacie, ne levant la tête que pour lire les cartes postales bariolées que nous lui envoyions jour après jour.

Une autre ombre obscurcit l'image d'Épinal : le silence qui règne entre la mère et son fils. Certes, ils causent, mais ils ne parlent pas.

Comme sur les cartes envoyées à Bruxelles : « Un bonjour ensoleillé de Riccione ! » « Des vacances de rêve ! » ou « Plage, nage et *babelage* ». Le jour où le fiston s'est un peu appliqué, il hésita entre « babillage » et son équivalent bruxellois, preuve de son enracinement. Il bavarde avec sa mère de tout ce qui n'a pas d'importance. Du temps qu'il fait, du menu de midi, de la voiture de sport rouge vif entrevue sur la route de la mer. La nuit, c'est plus simple. Seul dans son lit, sous la lueur des néons multicolores de la discothèque, bercé par l'orchestre de mambo, pendant que sa mère danse, il pense à toutes les questions qu'il devrait lui poser. Celle-ci, par exemple : « Pourquoi les Polonais auraient-ils le monopole d'être des péquenauds ? La Belgique doit en compter une solide proportion aussi, non ? » « Réfléchis, Alain. As-tu jamais pensé au nombre de Polonais qui sont venus travailler chez nous ? », répondait Chaïm, dans la tête du gamin avant qu'il ne glisse enfin dans le sommeil. Au matin, tout s'était effacé, les interrogations et les doutes, face à sa mère souriante, fraîche et pimpante.

De Riccione à Bruxelles, le dialogue avec ma mère est resté inconsistant jusqu'à sa mort. Muet le jour et plein d'interrogations silencieuses la nuit. Il a fallu attendre qu'elle soit enterrée depuis dix ans pour que je lui adresse enfin la parole.

Est-ce ainsi dans toutes les familles ou seulement dans celles des magiciens où le secret est de règle ?

En vidant une à une les caisses de ma mère – qui ne contiennent que les trésors de mon père – j'ai l'impression de manipuler une poupée russe. Chaque fois que je découvre un document, il en cache un autre et un autre encore, mais au bout du compte, il reste un noyau d'atome impossible à briser.

Où est donc cette fichue vérité à la recherche de laquelle je me suis attelé depuis des mois ? Quel est ce bon Dieu de secret que mon père a tenté de cacher avec la complicité de ma mère ? Quels mystérieux et dangereux personnages, quelles forces inquiétantes, a-t-il voulu me dissimuler pour qu'ils ne me brûlent pas les ailes ?

Arrivé au bout des pièces du puzzle que j'ai pu rassembler, j'ai l'impression de me retrouver au point de départ.

DERNIER RÊVE

La dernière fois que j'ai rêvé de mon père, mon rêve a rejoint la réalité. Je me rendais à mon bureau, quand soudain j'ai été pris d'un haut-le-cœur si violent que j'ai dû arrêter la voiture, le temps de me remettre. Au lieu de me calmer, je me suis senti encore plus mal. Le fantôme de mon père flottait dans l'air, pas très loin de moi, comme s'il essayait désespérément de s'accrocher à mon auto. Ses grands yeux anthracite me fixaient intensément, essayant de me passer un message que je ne parvenais pas à déchiffrer. Devant mon désarroi, il articula quelque chose d'impossible à saisir. Sa présence dans l'habitacle était de plus en plus forte. J'avais l'impression qu'au prix d'un petit effort, il allait bientôt se matérialiser à côté de moi.

Sur le moment, la scène ne me parut pas absurde. Moi qui me flattais d'être le plus rationaliste de la famille, celui qui avait nettoyé les greniers de la mystique juive grâce au feu de la culture des Lumières, je ne mis pas une seconde en doute sa présence sous forme d'une bulle de savon, ni la gravité de la situation.

Je sentais confusément que quelque chose de tragique, d'irrémédiable était en train de se produire. De si grave qu'il me fallait intervenir d'urgence. Je remis la voiture en route et, à peine au bureau, je me précipitai sur le téléphone. Ma mère avait été plus rapide. Avant même de former son numéro, c'est elle qui m'appela. Mon père venait d'être transporté à la clinique en ambulance.

Le 17 janvier 1979. Mon père mourut au moment où je rejoignis ma mère dans la salle d'attente. Mais il fallut plus de trente ans avant que ne commence l'enquête sur son décès. Pourtant, toutes les pièces du dossier m'attendaient patiemment dans la vieille armoire qui nous suivit tout au long de nos déménagements, juste devant la porte de ma chambre. Et dire que la parole des témoins était à portée de voix. Mais je n'avais pas voulu les entendre. Pas plus que mon père et ma mère ne tenaient à réveiller des souvenirs susceptibles de raviver des blessures si bien enfouies.

Jusqu'au bout, le magicien a admirablement réussi son numéro. Chapeau ! Il a fait disparaître sa terre natale aussi facilement que la dame couchée dans sa boîte à malices, transformé d'un simple coup de baguette le fils d'un immigré d'Europe de l'Est en un pur Bruxellois de souche. Il a préservé de la mémoire de son fils tout ce qui aurait pu le perturber : son grand-père, sa tante, son oncle, tous envolés ; dans leur sillage, le village où il aurait pu naître, la boutique dans laquelle il aurait flâné, émerveillé, entre les boîtes de boutons nacrés et les napperons ; fermé l'accès aux langues qui auraient pu le faire pleurer, les sons de la nostalgie, du peuple disparu. Abracadabra !

Malgré son habileté diabolique, le magicien n'était jamais qu'un homme. En grattant un peu, en soulevant un pan du rideau, en explorant les coulisses et les trappes qui trouent la scène, le fils a retrouvé des morceaux plus ou moins entiers de ce que le magicien avait fait disparaître aux yeux du public dans un nuage de paillettes.

Pourquoi s'interroger ? À quoi bon soulever le rideau? Pour faire entendre la voix de Frania, d'Aba, de Sara et de tout leur petit monde, Lilit, Esther, Mazsa, Jafa, Fela, David.

Et si le fils avait en même temps trouvé la clé de l'énigme derrière laquelle il court depuis deux cent et quelques pages ? Si le père n'était pas mort, pas plus que le reste de la famille ? S'il s'était simplement éclipsé, grâce à un de ses tours de passe-passe pour reposer quelque part dans une armoire à double fond ?

Et s'il suffisait de faire glisser le panneau pour que réapparaisse monsieur Optimiste en faisant un clin d'œil moqueur ?

Étalons une dernière fois les cartes sur la table. Beaucoup de cœurs, quelques carreaux brisés, un trèfle à quatre feuilles à l'origine de sa baraka. Toujours pas de trace de l'as de pique. Qui a tué Chaïm ? Les cartons sont vides. J'ai examiné et fait traduire les lettres, étudié documents et archives, scruté les rares photographies, examiné les personnalités complexes qui ont croisé sa route, parfois réorienté sa vie : Catzaf et Tomas, l'oncle Harry et Tintin, Esther et Sara, Maurice et le magicien de Verviers, l'agent Porcin et le bourgmestre Joseph Van de Meulebroeck et tous ceux qui ont reçu une balle perdue à son passage. Même le meilleur des hommes peut-il passer sa vie sans blesser des gens ?

J'ai aussi tenté d'inventorier le contenu de ses valises. De Pologne en Belgique, de Liège à Bruxelles, de son logement aux multiples cachettes où il s'est réfugié pendant la guerre à l'avenue du Boulevard, qu'a-t-il emporté dans sa valise au départ de Maków, qu'il n'a jamais oublié de transvaser à chaque nouveau voyage, même lorsqu'il devait boucler ses bagages en toute hâte ? Qu'a-t-il gardé, qu'a-t-il perdu de chacun des mondes qu'il laissait derrière lui ? Les derniers vestiges, les plus précieux, de sa vie polonaise ont peut-être disparu à la gare de Boulogne ? Cela expliquerait que je n'en ai pas trouvé la moindre trace.

Les cartons sont vides ? L'histoire est finie ? Pas tout à fait. Reste une petite bouteille, à moitié remplie d'une eau un peu trouble, qui avait glissé sous les papiers.

FONTAINE D'AMOUR

Dans un coin reculé du parc Josaphat, où me promenait Frania, existe un lieu où nous faisions toujours un long arrêt. La fontaine d'amour. Une petite source jaillissait sur une jolie pierre bleue circulaire, polie par le courant, donnant naissance à un ruisseau minuscule qui allait se perdre à quelques centaines de mètres de là, au bout d'un sentier de terre, ombragé par d'immenses marronniers. C'est dans un beau livre d'enfants que j'avais puisé ma conviction que la fontaine d'amour possédait des vertus miraculeuses. Je me faisais fort d'éblouir mon père en guérissant avec mon eau magique ceux que ses crèmes et ses pilules n'avaient pas réussi à apaiser.

Ma grand-mère ressentait la même fascination que moi pour la fontaine d'amour. Comme moi, elle la fixait longuement sans dire un mot. En apercevant la lueur qui brillait dans ses yeux bleus, j'imaginais qu'elle voyait des images éblouissantes que je m'efforçais en vain de deviner.

Dans mon souvenir, je mélange sans doute mon propre émerveillement et celui que je lui prête. Si je l'avais mieux observée, j'aurais compris ce qu'elle voyait vraiment dans l'eau bouillonnante. Les traits vieillis, ses cheveux blancs tirés en arrière comme les cordages d'un bateau, elle ressentait sans doute l'écoulement irréversible du temps, la disparition de son mari, de ses enfants, de ses cousins, images à peine jaillies, déjà emportées au loin.

Un jour, je suis rentré à la maison tout excité, en brandissant la fiole qu'avec l'aide de ma grand-mère, j'avais remplie à la fontaine. Au lieu de saluer mon audace, ma mère m'a rabattu le caquet. « Jette ça, Alain!

s'est-elle écriée en faisant une affreuse grimace. Cette eau est pleine de saletés, d'insectes, de bactéries ! »

Devant sa réaction, je serrai mon trophée contre ma petite poitrine. Quelle mouche la piquait ? Essayait-elle de protéger le monopole de guérisseur de mon père ? Comme elle insistait, j'ai fini par vider devant elle la fiole dans l'évier de la salle de bains. Je réussis toutefois à en conserver quelques gouttes dans une petite bouteille cachée dans l'armoire à pharmacie. Je viens de la retrouver au fond du dernier carton d'archives. Incroyable. Voilà donc l'ultime témoin de mon enfance. En me concentrant, je pourrais y retrouver l'image, qu'aucun appareil photographique n'avait fixée, celle de Frania et de son petit-fils, se mirant joue contre joue et yeux dilatés au fond de la fontaine d'amour. Je secoue la petite bouteille, j'ôte le bouchon, j'avale une gorgée, non sans une certaine appréhension, me rappelant les avertissements affolés de ma mère. Aussitôt, je m'aperçois que je me trompais complètement en prêtant à Frania des idées mélancoliques. En contemplant la fontaine, elle ne se laissait aller ni au désespoir ni aux regrets. Ce n'était d'ailleurs pas dans sa nature. N'est-elle pas la solide maman de monsieur Optimiste ? N'a-t-elle pas franchi à plusieurs reprises le Styx et survécu à chacune de ses traversées ? C'était à moi qu'elle pensait en contemplant les flots furieux qui jaillissaient de la Terre. À moi qui, soixante ans plus tard, retrouverais la fiole que j'avais remplie avec son aide pour goûter enfin au nectar magique. Comme l'avait deviné jadis un savant français, il existe une mémoire de l'eau. Une mémoire qui rend merveilleux les événements qu'elle a arrosés, même les plus tragiques.

REMERCIEMENTS

Il n'est pas d'usage de remercier ceux qui ne peuvent plus nous entendre. Mais il est tout aussi difficile de passer sous silence ceux qui m'ont glissé ces histoires à l'oreille et tenu la main, Frania Lewartowska et son Aba, Rebecca Bieniakonska (Kuka) et son Chaïm/Hubert/Henri, ainsi que ses sœurs, Sara et Esther. Et leurs amis, notamment Maurice S.

Je tiens d'autre part à saluer toutes celles qui ont contribué à ce que leurs mots soient restitués en français, Krystyna Legezynska, Hanna Zaleski et Akvile Grigoraviciute et celles qui m'ont documenté, notamment Pascale Falek et Martine Goldberg (administration communale de Schaerbeek) pour la découverte des dossiers administratifs de mes fantômes.

Merci aussi à tous les autres, trop nombreux pour être cités, qui m'ont aidé.

Mes remerciements encore à Fanny et Nick Rodwell qui ont généreusement autorisé la reproduction des images extraites des albums d'Hergé. Et à Christian Lutz (Le Cri édition) qui m'a permis d'utiliser deux textes extraits de mon recueil *Le Maître du savon*.

Ce livre est aussi un hommage à ma tante Nunia, de Vilno à Toronto. Et plein de pensées pour sa fille Elaine et sa petite-fille, Stefanie.

À mon cher cousin Marc, à Stefan et à Benjamin.

À Danielle qui m'a poussé à écrire cette histoire.

Enfin, et surtout, ce récit est dédié à Myriam et Stanley, destinataires de ce livre qui n'aurait pas existé sans eux.

Parus dans la collection Poches BELGES
chez Genèse Édition*

- *Périls en ce royaume*, 2018
- *Le roi du Congo*, 2018
- *La recette du pigeon à l'italienne*, 2018

Autres romans du même auteur
chez Genèse Édition

- *Messie malgré tout* !*, 2011
- *La Fortune Gutmeyer**, 2016
- *Hong Kong Blues**, 201
- *Expo 58, l'espion perd la boule*, 2018

Chez d'autres éditeurs

- *Le maître du savon*, nouvelles, Le Cri, 2009
- *Le Goût amer de l'Amérique*, Bernard Pascuito, 2006
- *La fille du super-8**, Éditions Le Grand miroir, 2003
- *Le Lion noir*, Flammarion, 2000
- *La Jérusalem captive*, Éditions Verticales, 1997
- *Le Pique-nique des Hollandaises**, Le Cri, 1993, Espace Nord, 2010
- *La Table de riz*, Le Cri & Ramsay, 1992
- *La Position du missionnaire roux**, Le Cri & Ramsay, 1991, Espace Nord, 1997, J'ai lu, 2000

*Ouvrages disponibles au format numérique chez Genèse Édition

D/2019/12.107/71

Dépôt légal : mai 2019

ISBN : 979-1-0946895-47

www.genese-edition.eu

72, rue Vaneau – 75007 Paris

92, rue Saint-Bernard – 1060 Bruxelles